스토리텔링 백제가요

감수　조재훈 (공주대 명예교수, 시인)

필진　구중회 (공주대 명예교수, 평론가)

　　　박동록 (대건신협 이사)

　　　이남규 (한국문협, 시인)

　　　임윤수 (곰나루21 대표)

　　　정호완 (대구대 명예교수)

교열　조동길 (공주대 명예교수, 소설가)

스토리텔링
백제가요

초판인쇄일　2017년 12월 26일
초판발행일　2017년 12월 27일
지 은 이　정호완 외
발 행 인　김선경
책 임 편 집　김소라
발 행 처　도서출판 서경문화사
　　　　　주소 : 서울시 종로구 이화장길 70-14 105호
　　　　　전화 : 743-8203, 8205 / 팩스 : 743-8210
　　　　　메일 : sk8203@chol.com
등 록 번 호　제 300-1994-41호
ISBN　978-89-6062-200-5　03810
ⓒ 정호완 외, 2017

정가 19,000

스토리텔링
백제가요

정호완 외

서경문화사

● 드리는 말씀

　　백제가요가 노래인가 스토리인가. 이러한 명제를 다룸에 있어 스토리를 기반으로 하는 노래라는 관점으로 들어가 보자는 것이다. 말하자면 백제가요의 원형소가 스토리라는 것이다. 이제까지 우리는 백제가요는 노래라고 배워왔고 가르쳐 왔다. 이러한 관점은 스토리 산업 문화시대를 살고 있는 이 시대가 요구하는 화두라고 볼 수 있다. 벌써 정읍사나 서동요 같은 제목으로 영화나 소설, 연극들이 축제로 혹은 문화행사로 우리 생활 속에 향유되고 있음은, 백제가요의 스토리텔링에 대한 문학적인 요구를 반증하고 있다. 교육 현장에서는 더욱 절실하다고 본다. 백제가요, 그 스토리 속에는 백제인의 희로애락이 소박하게 담겨 있다. 이런 기쁨과 슬픔의 이야기가 백제가요의 뿌리다. 백제인의 이야기에 춤과 가락이 붙어 노동요로, 풍물로, 군악으로 궁중악으로 정제하였다. 모든 일에는 처음이 있듯이 정읍사가 백제가요의 불씨였다. 불씨를 지핀 곳이 정읍 칠봉의 무성서원(武城書院)이었다. 거기서 최치원의 향악잡영(鄕樂雜詠)이, 행상의 아내(혹은 시무비)의 정읍사가, 정극인의 상춘곡이, 유자광의 악학궤범이, 이름하여 칠보가단이 생겨서 전주로 고창으로 그 가지를 벋어 나아갔다. 때로는 이런 음악이 이런 노래가 정치의 도구로 쓰이기도 하였다. 신라에 향가(鄕歌)가 있다면, 백제에는 향악(鄕樂)이 있다. 그러나 안타깝게도 향악의 자료가 매우 엉성하다. 얼음장 아래서도 물이 흐르듯 백제인의 향악은 민초들에 의하여 끊임없이 오늘날에 이르러 우리 국악의 강물을 이루고 있다. 백제의 향악에 대한 연구의 흐름을 보면, 1970년 이후 동초 조재훈(趙載勳) 님에서부터 숲도 보고 나무도 보는 독보적인 연구가 이루어졌다. 연전에 선생님께서는 팔순을 맞이하셨다. 이를 주목하여 동초 선생의 문하생인 우리 곰나루21은 선생의 〈백제가요연구〉를 누구나 알기 쉽게 이야기로 재구성하여 이른바 '스토리텔링 백제가요'이라는 글 모음을 내게 되었다. 기꺼이 자료 제공을 해주신 동초 스승님께 감사를 올린다. 이 글을 함께 짓고 엮은 모임의 대표인 월산 임윤수님과 만권당 구중회님, 송사 이남규님과 매촌 박동록님, 그리고 소설가 조동길님의 동행을 바탕으로 이 작업을 필자와 더불어 진행하였다. 아울러 곰나루21 학우들의 물심양면 성원에 힘입어 이 글모음을 세상에 내놓게 되었다. 동시에 각 지역의 문화 관련 유관 기관에 감사를 드린다. 모자란 글모음이나 앞으로 더욱 완성도 있는 작품이 되도록 힘쓸 것이다. 관심 있는 여러분의 꾸지람과 성원을 기대해 본다.

2017년
지은이 대표 정호완

●차 례

1. 정읍사(井邑詞)

정읍사의 고향을 찾아서

　바람에 흔들리는 갈대를 보며, 새만금 뚝길을 ⋯. 군산 앞 저 바닷길로 소정방이 군사를 몰아 금강 하구언으로 성난 파도처럼 ⋯. 속수무책 탁상공론이나 하며 주지육림에 빠졌던 사람들 ⋯. 나그네[1]는 군산의 밤거리를 걷고 있었다. 금강 하구언 어름 장항으로 이어지는 철교 다리가 무슨 흑룡이라도 내려올 듯이 용트림을 하는 듯. 군산의 옛 이름이 진포(鎭浦)였다. 시도 때도 없이 쳐들어오는 왜군을 소수의 진포 수군으로 화약을 활용해서 물리쳤던 최무선 장군의 진포대첩의 현장을 ⋯.

　옛날식 등대가 보인다. 어디선가 뱃고동 소리라도 ⋯. 등이 휘어져라 하고 일하면서 지은 쌀을 공출이라는 이름으로 빼앗아가던 이 길에 갈매기 소리 들으며 ⋯. 날이 새면 군산에서 정읍으로 가야한다.

　비는 오는데 일행을 뒤로 하고 나그네는 어느 아주머니의 친절한 안내를 받아 버스로 흥덕을 가서 잠시 기다렸다가 정읍으로 가기로 했다. 자신도 흥덕으로 간다고 ⋯. 아니면 바로 정읍 가는 차는 오후 4시나 돼야 있다고. 문화원에 들러 정읍사 공원에

1　강원 횡성. 호 갑내. 대구대 명예교수. 시조시인. 이바구 삼국유사대학 대표.
　세종대왕기념사업회 이사.

가서 망부상(望婦像)을 보고 다시 정읍사의 고향인 정해(井海) 마을(샘골)로 가야 한다. 흥
덕에서 정읍행 버스를 갈아타고 빗속을 허위허위 달려온 버스에서 내리니 비를 맞고
나를 데리러 구 선생이 나왔다. 초면이었으나 반가웠다. 만권당 주인의 학교 동창생
이라는 분이다.

안개 자욱하고 비 내리는 정읍천 길을 따라서 문화원을 찾았다. 정읍사의 현장인

샘골 관련 전설이며 정읍사 학술 모임에 대한 자료를 준다. 고마웠다. 아울러 4월 11~14일까지 정읍사 및 벚꽃 축제를 하니 그 때 와보라는 사무장의 전언. 수제천 국악 연주를 13일 저녁에 한다는 것이다. 국악으로는 정읍사가 수제천(壽齊天)의 또 다른 이름이 아닌가. 상의해 보겠노라고 …. 구 선생은 문화원 밖에서 택시를 대기시켜 놓고 나를 기다려주었다. 비는 오는데 …. 먼저 정읍사 공원에 들렀다. 뒤로는 삼성산이, 그 기슭에 정읍사 공원이 자리하고 있었다. 우산을 받쳐 쓰고 사진 몇 장 찍고 간단한 해설을 영상에 담았다. 정읍사 공원 언덕에 망부상이 …. 멀리 고개 넘어 장사를 나간 남편을 기다리다 밝은 달님에게 남편의 탈 없는 귀환을 비는 그런 노래를 불렀으니 곧 정읍사가 되었다는 것이다. 그러면 정읍(井邑) 곧 우물골의 지명에 나오는 우물(井)은 어디에 있는 걸까. 전설 속의 우물이 있다는 정해(井海) 마을이 있다고 했다. 그 우물이 보고 싶었다. 정읍사 공원이나 보고 갈 요량으로 나왔다가 정해마을 샘골까지 가보자고 했으니 …. (초면에 염치없는 사람이라고 탓할 것 같은) 그러나 안 가보고는 돌아설 수가 없었다. 한 십여 분 이상 갔을까. 몇 그루의 아름드리 느티나무와 정자각이 있는 마을 어귀가 보였다. 우물로 다가섰다. 맑은 물속에 조그만 작은 피리들이 물 위에 떠올랐다 가라앉았다를 되풀이 한다.

"여기가 정해마을의 우물입니다."

구 선생이 한 번 보라는 듯이 나를 쳐다본다. 자세히 보니 돌기둥 네 개를 우물 정(井)자처럼 짜 맞추어 놓았다. 안내 글을 보니 정읍사에 나오는 아내와 남편을 상징하는 부부나무라 했다. 남편 나무는 야무진 인상을 주는 팽나무이고 아내 나무는 부드러운 버드나무였다. 조선 숙종 무렵 안윤형이란 선비가 세 명의 아들이 과거에 급제한 것을 기념 삼아 심은 것이라고. 나그네는 우물이 만들어지는 과정을 물어보았다.

"혹시 이 샘골의 샘물에 대한 전설이 있습니까?"

"그럼요. 가까운 바닷가에 신통 굴속에서 수행 정진하던 신통력 부인이 우물을 만든 데에 대한 전해오는 이야기가 있습니다."

그는 자신이 있는 듯이 내 얼굴을 보며 샘골의 전설을 들려준다. 전설 같은 안개들이 우물 쪽으로 내려 왔다. 전설의 얼개는 이러했다.

아주 먼 옛날. 산속에서 수도하던 신통력을 지닌 한 부인이 배를 타고 여행을 하였다. 바닷가에 아름다운 곳을 발견하고 사람들이 살 수 있는 마을을 만들기로 했다. 하지만 바다의 물기둥 때문에 물이 짜서 농사도, 살 수도 없음을 알게 된 부인은 큰 돌로 바다 물기둥이 솟아나오는 구멍을 막으려고 큰 바위를 던져 구멍을 막아버렸다. 그러자 바다의 용왕이 나와서 부인을 꾸짖고 왜 귀찮게 구느냐고. 이 아름다운 고장에 마을을 만들어 힘들게 사는 이들이 들어와 행복하게 살게 하려고 했다고 …. 이야기를 들은 용왕은 좋은 일을 한다며 구멍을 막아도 좋다고 했다. 부인은 마을 촌장을 불렀다.

"잘 들으셔요. 이 마을은 배와 같은 모양이요. 사람들이 우물을 함부로 파면 마을이 없어질 수 있어요."

라고 하면서 단단히 일러두었다. 아니나 다를까 사람들은 저마다 밤에 몰래 집에다 우물을 파기 시작하였다. 마침내 마을은 물에 잠기게 되었으나 부인의 도움으로 다시 물은 빠지고 마을로 돌아갔다. 대신에 오래도록 마르지 않는 좋은 물이 나오는 샘을 만들어 주었다고. 그래서 정해마을이라고 불렀다는 것이다. 본디는 정해(井海) 마을이었는데 정촌(井村)으로, 다시 정읍(井邑)이 되었다고 한다. 그렇다. 백제 온조왕의 형인 비류 왕자가 오늘날의 인천인 제물포로 정착했으나 바닷물이 짜서 마실 물은 물론 농사지을 물이 없어서 결국은 다시 하남 위례성 오늘날 서울의 남동쪽으로 옮겨갔으나 자신은 병들어 죽었다. 물은 생명의 어머니가 아닌가. 우리말로는 물과 불이 만나서 풀 곧 생명체를 이루어내는 속내가 있다. 여기서 불은 태양을 이른다.

나그네는 오락가락 비 내리는 거리를 지나 정읍역으로 갔다. 구 선생의 이야기인즉 정읍에는 쌍화차가 아주 유명하다고 …. 그런데 커피 점은 있으나 쌍화차가 보이지 않았다. 따스한 커피를 마시면서 구 선생이 정읍에 정착하게 된 물레방아 도는 이야기를 들었다. 노곤기가 스며들었다. 구 선생의 건강에 대한 이야기 같은데 …. 어렴풋이 듣는 둥 마는 둥 …. 이미 해는 저물었고 나그네의 발길을 재촉해야만 했다. 정읍에 다시오면 쌍화차도 하며 후일을 기약하자고. 열차의 차창에 부딪치며 흘러내리는, 빗물로 피곤을 …. 어기야 빗속으로 돌아갈거나, 아으 다롱디리.

정해마을의 우물 덮개 조성기

<축문>

　세월은 바야흐로 단기 4343년 4월 13일이 되었습니다. 샘바다(井海) 우물의 덮개 조성위원 일동은 몸과 마음을 조신하게 하여 삼가 고하옵니다. 하늘의 참다운 신이시여. 바이칼호로부터 위대한 우리 동이민족의 민족이동을 따라서 함께 지켜주신 천지신명이시여. 백두대간의 봉우리마다 주재하시는 산신과 삼성산 산신이시여. 샘 바다 우물 토지신이시여.

　우리나라 기맥을 유지보전하며 상서로운 기운을 유지보전하여 나라의 운세가 번창하기를 기원하는 뜻으로 온 힘을 모았습니다. 우물 덮개와 신령스러운 두꺼비를 만들어 깨끗한 술과 아름다운 과일을 바치고 정읍에서 난 쌀로 정성스레 떡을 빚어 바치옵니다.

　바라옵건대, 기꺼이 받아 주시고 남북통일 국운융성 자손번창에 한층 더 가피를 내려 주옵소서. 영험력을 보여주시고 모든 장애로부터 울타리 쳐 주시고 모든 묵은 업장을 없이하여 주시옵소서. 한 마음으로 비옵나이다. 상향(尙饗)

　앞의 글은 우물 덮개를 만들고 그 위에 두꺼비를 돌로 만들어 설치하는 과정에서 천지신명과 토지신, 무엇보다도 우물신 곧 용신에게 나라와 마을의 번영을 축원하는

維歲次檀紀四千三百四十三年四月十三日生辰에 우물물에
淑하여委員一同은心身을齊戒하고各自農事이다
真空妙有한宇宙萬有를主제로真理에依하여
始作하고大韓民族의橫積한것에天地神明이시여
白頭大幹脈脈大山神와三聖山山神이시여샌밭卟우물地
主神이여우리나라기맥을異地에荒廢한서기에하늘을받아
國運의隆盛을기원하오며우물물을밝게하며
영원우리에들선치하며것을나들물을밝게
참죄로정성어린맥을올리오니흔레히하것하니
기께기오곺하신을南北統一國運隆盛子孫繁昌에
가일층가되내려주시고모든물은영장을
울하되째주시고모든物은영장을소멸시켜주옵소서
心을비옵나이다.

郡民

그런 내용이 실려 있다. 마을 사람들이 이를 위한 우물덮개 조성위원회를 조직하여 그 이름으로 모든 마을 사람들을 대신해서 축원문을 신에게 고하고 이를 공표한 것이다.

20여 년 전에 이 바위 옆에는 수 백 년 묵은 팽나무가 있었다. 그 나무를 벤 후 나무 밑에서 큰 구렁이가 나와 마을 사람들이 기겁을 하며 놀라는 소동이 벌어졌다고 한다. 동네 지킴이라고 했다. 치마바위를 보호해 주는 업이라고 야단들이었다. 그 무렵 보화교(普化敎) 신자들이 다른 사람들의 나들이를 막고, 음식을 장만하여 점쟁이를 불러들여 여러 날 굿을 하기도 했다. 굿이라는 게 결국은 문제 해결을 위한 염원을 신에게 전하는 행위라고 할 수 있다. 때로는 화해를, 때로는 협박을 하기도 한다.

신에게 사람들의 잘못을 용서해 달라고 빌며 신을 위로하는 굿을 했던 것이다. 굿의 어원은 구멍 곧 굴을 뜻한다. 혈거문화 시대의 흔적이라고 볼 수 있다. 더러는 마을 사람들이 풍물을 치며 신을 향하여 마을의 번영을 빌고 뱀신 곧 용의 분노를 푸시고 잘 봐달라고 빌었다. 수 천 년의 세월 속에 오늘도 치마바위는 침묵을 한 채 정해마을의 수호신으로 남아 있다.

정해마을은 점차 커지고 번영의 기초가 마련되면서 정촌(井村)으로, 다시 정읍(井邑)이라고 그 이름이 바뀌었다. 하지만 아직도 마을 이름의 가장 핵심이 되는 것은 우물 곧 정(井)이다. 우물 고을이 된다. 우물은 신앙의 상징이며 물신의 거울이다. 농경사회에서 가장 중요한 것이 물이요, 이를 다스린다고 믿었던 물신 곧 용신을 숭상하고 목숨처럼 귀하게 보존하고 관리해야 하는 것이 물이 담기는 우물이요, 우물의 물로 농사를 짓는 논과 밭이었다. 우물의 어원은 움물이다. 움물의 움은 싹이요, 생명이 깃들이는 공간이다. 또 구멍이며 이는 여성의 태반이기도 하다. '움트다'에서 움은 싹이 된다. 오늘날에도 내장산 국립공원에 이웃한 용산 저수지가 있음은 주목할만하다. 정해마을 용신의 모꼬지는 용산 저수지라고도 할 수 있다.

신정동의 정해마을 달리 샘마을에 자리한 큰 샘에서 남쪽으로 5분쯤 걸어가면 현재 보화교 신도들이 살고 있는 집이 있다. 1930년대 김환옥(金煥玉)이 만든 보화교는 증산교의 한 종파로서 한 때 약 10만 명의 신도들이 있었다. 1천여 평의 밭에 담을 쳐 놓았고 그 안에 집이 5채 정도가 있다. 본채는 삼십여 년 전에 지어졌고 나머지 4

채는 1994년에 지은 것이다. 그런데 이 본채 앞에는 치마바위라고 하는 큰 바위 하나가 있다. 오늘날에는 담 안에 이 바위가 있지만 집을 짓기 전에는 밭 한가운데에 있었다. 치마바위의 높이는 약 1.5m, 그 둘레는 약 8m, 색깔은 검은색, 회색, 듬성듬성 파란 이끼가 끼여 보기 좋다고 하여 붙여진 것이다. 바위의 모양이 여성의 치마폭 같다고 해서 붙여진 것이다. 마치 전설에 등장하는 신통 부인이 치마폭으로 들어 올려서 바다의 기둥이 올라오는 구멍을 막았던 듯한 느낌을 준다.

정읍(井邑)은 정촌(井村), 정(井)은 저자

정읍사(井邑詞)의 연구가인 동초 선생님의 글 속으로 들어가 보기로 한다. 일행 가운데 가장 나이가 많으면서 지난 해 삼국유사 사전을 쓰기 위한 자료 수집차 일 년 동안 중국의 화교외대에서 초빙교수로 갔다 돌아온 정 선생이 동초 선생님께 인사도 할 겸 질문을 드렸다. 그는 지명이라든가 우리말 역사를 공부하고 가르쳐 온 곰나루의 만형이다.

"선생님, 뵙게 되어 반갑습니다. 저희 곰나루의 백제가요 답사에 동행해주신 것을 기쁘게 생각합니다. 선생님은 저희들 학창시절의 언덕이셨고 버팀목이셨습니다. 선생님께서 건강하셔야 합니다. 그래야 저희들도 잘 지낼 수 있을 것으로 생각합니다. 더욱 건안하시고 아름다운 시를 쓰실 것으로 기대합니다. 이제 정읍사를 구성하는 흐름에 대해서 말씀을 들을 차례가 되었습니다. 먼저 정읍사 제목과 관련하여 말씀 여쭙겠습니다. 선생님의 글에서 백제 노래를 관류하고 있는 두 가지의 큰 특징이 저항성과 종교성이라고요. 혹시 정읍사에는 어떤 종교성이 있을는지요?"

"일 년 동안 중국에 가 있었다는 소식은 잘 들었어요. 이렇게 건강한 모습으로 다시 만나게 되니 반갑구먼. 삼국유사 사전을 만들고 있다는 말을 들은 적이 있어요.

참으로 필요한 작업이지. 나도 한번 해보고 싶은 작업이었어. 정년을 한 지 벌써 여러 해가 되는 줄 아는데 손을 놓지 않고 학업을 이어가니 미덥고 좋은 연구 결과가 기대되는군. 자칫 잘못하면 고목나무에 매미가 우는 형국이 될 수도 …. 하여간 최선을 다 해주기를 바랄 뿐이여 ….

내가 쓴 글을 읽어본 게로군. 그래요. 정읍사의 종교성이라고 하면 아마도 우물 신 신앙, 곧 거북이나 용 신앙과도 상통하지 않을까 생각하지. 정 선생은 우리말 역사를 연구한 사람이니 관련해서 좋은 생각이 있으면 듣고 싶네."

"저도 같은 생각입니다. 제가 지난 달 새만금 갔다 돌아오는 길에 정읍문화원에 들러서 자료도 구할 겸 정해(井海)마을에 다녀왔습니다. 읍내에서 차로 한 이십분 정도 걸리면 갈 수 있습니다. 정읍의 발상지라고 합니다. 말하자면 정읍사의 고향이라고 할 수 있을 듯합니다. 백제 때의 마을 이름은 정촌(井村), 그러니까 정해-정촌-정읍에서 가장 핵심이 되는 부분은 정(井)입니다. 지금도 정촌(井村)경로당이라 하여 그림에서 보는 바와 같습니다. 자원으로 보면 정(井)은 정(丼)이라고도 적는데 가운데 점이 있는 글자가 원형(原形)으로 보입니다. 이 글자는 자원으로 보아 달감(甘)과 같은 글자입니다. 감(甘)은 거북을 뜻합니다(龜浦-甘同浦. 대동지지). 감(甘)은 자원으로 보아 생명을 뜻하는 단(丹)과도 상통합니다. 물이 바로 생명의 샘이니까요. 이는 김지하 시인의 대설남(大說南)편에도 나옵니다. 정읍은 우주의 단전 곧 배꼽이며 지구의 축(軸)이라 하였습니다만 …. 거북과 관련한 정읍의 지명으로는 무성(武城)이 있습니다. 최치원 선생이 태산(泰山. 현 정읍) 군수로 있을 때 만든 군사와 음악 등을 가르치던 서원이 있던 곳이지요. 지금도 정읍의 칠보면에는 무성리가 있고 서원이 있습니다. 무성의 무(武)는 현무(玄武)를 말하고 현무에서 무(武)만 떼서 썼습니다. 아울러 정읍의 옹동면의 큰 저수지로는 용호(龍虎) 저수지가 있습니다. 이는 용호천이 흘러 이루는 농업생산의 보고입니다. 말하자면 용신과 호랑이 신이 지켜주는 고을이란 뜻으로 볼 수도 있겠지요. 정해마을이 만들어지는 과정의 이야기가 지명에 투영, 파생된 경우라고 하겠습니다."

서울 성 사장이 한마디 거든다. 그는 가끔 번득이는 예지로 다가오는 때가 있다.

"정 형의 이야기와 관련해서 생각이 났어요. 제가 한 때 정읍에 잠시 머문 적이 있었어요. 거기 가면 감곡(甘谷)이 있어요. 공감이 가는 말인 듯합니다."

"그럼 우리말로는 감골이 되겠네요. 감(검)을 육당 선생의 신자전(新字典)에서는 신(神) 곧 조물주로 설명하고 있습니다. 또한 설문해자(說文解字)를 보면 정읍의 본디 이름인 정촌의 촌(村)의 옛 글자는 요새 둔(屯)과 고을 읍(邑)이 합성된 형성자인 촌(邨)이란 것입니다. 그러니까 시간이 흐르면서 촌(邨)村/邨)邑)의 과정을 거쳐서 신라 경덕왕 16년(757)에 정읍(井邑)으로 굳어진 형태입니다. 그러니까 정읍 속에 정촌이 들어 있고 성읍 국가의 개념으로 보면 좋을 듯합니다."

듣고 계시던 선생님이 정읍을 답사하던 당시의 경험담을 말씀하신다.

"내가 십 수 년 전에 정읍에 왔을 적에 잠시 하루 다녀간 일이 있었지. 지금도 그 여관이 있나 모르겠는데 뒤쪽에 깊은 우물이 있었는데 뚜껑을 잘 덮어 오래된 우물이라면서 우물을 보여주던 기억이 나는구먼. 그럴싸한 이야기네. 나는 정해마을에는 안 가 봤어."

"그 마을에는 증산도(甑山道)의 한 종파라고 하는 보화교(普化敎)의 교인들이 모여 사는 마을이라고 들었습니다. 어디 컴퓨터나 텔레비전에다 정해마을의 전설을 애니메이션 영상으로 보았으면 좋을 텐데 ⋯.”

어디서 구해왔는지 임 회장이 노트북을 하나 들고 왔다. 정해마을에 전해오는 신통부인과 용왕의 전설이 담긴 영상을 보았다.

우리들은 하루 동안 지내던 일을 정리하고 샘 고을(정해마을) 이야기를 듣기 위하여 숙소로 돌아왔다. 오늘의 기행은 더운 날 시원한 물을 마신 느낌이었다.

삼국지(三國志) 위서(魏書) 동이전(東夷傳)에 따르자면, 정읍의 옛 고장인 정촌에는 마한 54국 시대에 고비리(古卑離) 혹은 초산도비리(楚山塗卑離)라는 나라가 있었다. 말하자면 성읍(城邑) 국가가 있었다는 것이다. 설문해자(說文解字)에서는 읍(邑)은 나라[國]를 뜻한다. 성읍의 읍이라면 무슨 성이 있었을까. 그게 바로 장성과 정읍의 살피를 이루는 곳에 입암산성(笠岩山城)이 있다. 더욱 확실하게 살아 쓰이는 증거는, 정해마을의 법정 지명이 입암면(笠岩面) 신정리(新井里)라 할 수 있다. 옛날의 행정 구역 단위로 보면, 4개의 정(井)이 한 읍(邑) 곧 나라가 된다.

이와 관련하여 정촌의 정(井)은 시장, 옛말로 ‘져자>저자[市]’를 뜻한다(在國曰 市井之臣. 맹자). 그럼 정촌-정읍이라 함은 저자가 있던 행정과 경제, 그리고 군사의 중심이었던 공간으로 가늠할 수 있게 된다.

이러한 줄거리를 동아리하면 정읍(井邑)이란, 고비리국(古卑離國, 혹은. 楚山塗卑離國)의 정치와 경제 중심의 공간 곧 시장이 있고 성읍이 자리한 고을을 이른다. 고비리국은 고사부리국(古沙夫里國, 현 古阜)과 같은 얼안에 든다. 지명 접사인 −비리(卑離)와 −부리(夫里)는 신라의 서라벌과 같이 −벌(伐)과 같은 형태로 성읍(城邑)에 해당한다.

성읍의 읍(邑)이 나라를 뜻한다. 고비리-고사부리 공간은 정읍과 고부 태인을 아우르는 지역이다. 고부(古阜)를 한자의 뜻으로 보면, 옛 시기의 성읍을 말한다. 고부의 부(阜)는 언덕인데 이르자면 비교적으로 높은 지역에 자리한 성읍을 이른다. 오늘날의 정읍 지역에 늪지가 많기 때문에 행정과 경제의 중심지를 현재의 자리로 옮기게 되었다. 토지제도를 가늠하는 주(周) 나라식 정간법(井間法)으로 보면 1정은 사방 1리(里)를 뜻한다. 4정을 1읍이라 하였다(설문해자). 또는 우물 정자처럼 토지를 나누고 가운데를 공전(公田)이라 하였다. 이로 미루어 볼 때, 정촌(井村)을 중심으로 하는 고비리국의 영토 가운데가 되는 공전이 자리하였던 것으로 상정된다.

이와 관련하여 정읍사(井邑詞)의 노랫말 가운데 '全져재'의 '져재'는 정읍의 정(井)을 뜻할 수 있다. 정(井)을 우물로 풀이할 것이 아니라 시정(市井)의 정(井)은 시장 곧 저자를 뜻하는 것으로 볼 수 있다. 여기 전(全)은 기존의 풀이처럼 전주(全州)를 뜻하는 것이 아니라 악곡과 관련한 후강(後腔)만으로 모든 게 끝(全)이 나는 저자라고 볼 수 있다(장사훈 참조).

정해의 정(井)에 대하여 한 걸음 더 들어가 보도록 한다. 한자 정(井)의 의미소 가운데 시장(市場) 곧 저자를 뜻하는 경우를 조금 더 생각해 볼 수 있다. 말하자면 시정잡배 같은 말에서 쉽게 그 용례를 찾을 수 있다. 그러니까 마한 54국 시절에 이 지역에는 고비리국(古卑離國), 백제 시기로 와서 고사부리(古沙夫里) 혹은 초산도비리(楚山塗鼻里)라 하다가 고려 시기로 와서 고부군(古阜郡)으로 된다. 오늘날에 와서는 정읍시 고부면이 되어 존속되고 있다. 동학 혁명의 진앙지이기도 하다. 여기 비리는 서라벌의 벌과 같은 뜻으로 쓰였음은 또한 하나의 믿음을 준다. 그러니까 비리는 성 혹은 도읍이니 고비리(古卑離)는 옛날의 성읍이 있었던 곳이라는 말이 된다.

마한(馬韓) 시절 고비리국의 시장 곧 저자가 서던 곳이며 동시에 읍성이 어딘가에 있던 곳이다. 당시에는 성읍(城邑) 국가 시절로 보아야 한다. 그런데 지금도 정해마을은 정읍시 입암면 신정리인데 그 어름에 입암산성(笠岩山城)이 자리하고 있다. 유사시에는 산성에서 나라를 지키고 그 명맥을 이어갔다고 볼 개연성이 있다.

오늘날의 산성은 장성군으로 편제되어 있다. 이르자면 모악산과 내장산의 사이에 형성되어 있던 농업생산이며 군사 작전의 열쇠 마을이었다고 할 수 있다. 그러니까 산성이 있고 저자 곧 경제 중심의 공간이 정해마을이며 성읍국가가 자리하였던 고장이 아닌가. 곡창이었던 정읍 중심의 물산 교역이 이루어졌던 곳으로 보인다.

한편, 성씨 중심의 씨족 사회를 고려하면, 성읍국가였던 정읍은 정(井)씨들이 세운 나라가 아닌가 한다. 그 얼굴에 값하는 인물이 신라 경덕왕 때 승려로 알려진 진표(眞表) 율사라 하겠다. 그는 금산사의 순제 법사의 문하에 들어가 수도정진하여 삼국유사 의해편에 실린 고승대덕이었다.

신화적인 상상력으로 보면, 정해마을에 전해 오는 신통부인과 바다의 용과의 갈등과 그 해소 과정은 마한의 고비리국 원주민이 바다의 용 곧 더 큰 신흥 세력에 밀려 서로 간 절충하는 사회의 변천상을 엿볼 수 있게 해준다.

앞서의 이야기들을 동아리하자면 정읍(井邑)은 마한 시절에 고비리 혹은 고사부리 나라가 자리하였던 성읍국가였다. 특히 언제부터인가 정씨(井氏)들이 주도하던 경제 중심의 큰 저자가 이루어져 살면서 문화를 형성하였을 것으로 상정한다. 나라를 지키려면 그에 상응하는 군사력이 있어야 한다. 오늘날 정읍 풍물이 한국 풍물의 얼굴인데 이 또한 상징하는 바가 크다. 농사철이면 그에 따르는 풍물로, 군사 훈련이나 전쟁 때에는 군악으로서 생산과 안보를 상징하던 것이 바로 정읍의 풍물이었던 것이 아닌가 한다. 우물이 흘러 냇물로, 다시 강을 이루고 바다로 간다. 오늘도 정해마을의 샘물이 이 가뭄에도 끊임없이 흘러 흘러서 바다로 가고 있다.

정읍사(井邑詞)와 정읍가

임도 보고 뽕도 딴다고. 4월 초순 곰나루 일행은 정읍에서 벚꽃 축제도 참가할 겸 송사가 새로 옮긴 전주의 집들이도 할 겸 정읍사의 고향 마을을 찾아가기로 했다. 우선 정읍으로 가서 거기서 하룻밤 묵고 나서 전주로 갈 요량이었다. 공주에서 만권당 주인이 동초 선생님을 모시고 오기로 했다는 전갈이다(옛날의 금잔디 시절로 돌아가겠는데 …). 일행은 점심 때쯤 해서 모이기로 했다. 정읍사 공원에 이웃한 숙소에 들어 여장을 풀었다. 낮달인가 정읍사 공원 언덕에 뜨고 ….

손발을 씻고 짐을 풀며 서로 인사를 나누는데 선생님을 모시고 정읍에 도착했는데 어디로 가면 되느냐는 전화를

…. 정말 오셨네. 먼 길인데. 아직 건강하시다는 생각이 들었다. 큰 방에 모여 앉아 정읍의 벚꽃이 아름답고 흥겨운 정읍사 축제를 맞춰 잘 왔다는 이구동성. 그런대로 마음이 놓였다. 안 그래도 현직에 있을 때도 둘하 노피곰을 가르치기만 했지 정읍사의 현지에 와 보들 못했다는 것이다. 나 또한 마찬가지. 얼핏 지나치긴 했었지만.

모두 나가서 정읍사 공원 주차장으로 선생님을 맞이하러 나갔다. 소풍 나온 아이들처럼. 활짝 핀 벚꽃 공원에 친구들의 얼굴이 한층 해끔하다고나 할까. 선생님이 차에서 내리신다. 다소 힘이 없으신 듯 천천히 걸으신다. 팔순 노인이시다. 모두는 누가 뭐라고 한 것도 아닌데 다 같이 허리를 굽혀 인사를 드렸다. 구부러져 보이는 등 너머로 공원의 낮달이 덩그러니 떠 있고.

"반갑구먼. 한번 와보고 싶었네. 요즘이 정읍사 축제라고. 어떻게 여길 다 올 생각들을 했나. 잘 했어요. 가까운 곳에 남규가 산다고 했지?"

월산이 누군가에게 부탁해 어느 새 사진을 찍었다. 손을 내밀어 일일이 악수를 건네신다. 인정스런 모습은 변함이 없었다. 정읍사 연구를 하신 민족작가 시인께서 자리를 같이 하니. 정읍사 공원 언덕배기 계단으로 올라갔다. 정읍사 노래비가 눈에 들어온다. 우리는 다같이 정읍사를 읊조렸다. 월산(윤수)이 송사(남규) 시인에게 소리를 내어 읽으라는 권을 한다.

> 둘하 노피곰 도다샤
> 어긔야 머리곰 비취오시라.
> 어긔야 어강됴리
> 아으 다롱디리
> 즌져재 녀러신고요
> 어긔야 즌듸를 드듸욜셰라.
> 어긔야 어강됴리
> 어느이다 노코시라.
> 어긔야 내 가논듸 졈그룰셰라.
> 어긔야 어강됴리
> 아으 다롱디리

노래라도 한 곡조 읊었으면 했다. 아니나 다를까 송사가 금세 하모니카를 안 주머니에서 꺼내더니 고향의 봄을 2절까지 읊조린다. 모두는 아이가 되었고 사제가 한 마음이 되었다. 정읍사의 고향에 와서 고향의 봄을 함께 듣고 노래를 부르다니 …. (먼저 불렀어)

노래란 부르는 사람들 정서의 샘물이다. 그 노래가 여러 사람이 함께 부르는 민요일 경우는 더욱 그러하다. 노래는 리듬에 얹힌 시이며 그 시는 우리들의 언어이기에 그렇다. 언어는 쓰는 사람의 정신세계와 역사 문화의 바탕 위에서 존속하기 때문에 …. 백제는 당시 우리나라에서 가장 살기 좋은 나라였다. 넉넉한 농산물이 생산됨으로써 우선 먹고 사는 문제에 대한 어려움이 없었다. 동시에 서해와 인접하여 중국의 남조(南朝) 등과 교역을 함으로써 중원의 문물을 일찍부터 받아들일 수 있었다. 다른 문화와 마찬가지로 음악 또한 고구려나 신라에 뒤지지 않게 진진한 모습을 보여주었다. 일본에도 많은 영향을 주었다. 그 대표적인 일본의 전통음악으로 손꼽히는 기악(伎樂)도 백제 사람 미마지(味摩之)가 가르쳤음에 대하여 일본서기(日本書紀)는 그러한 사실을 실어놓고 있다. 공후(箜篌)만 해도 그렇다.

공후는 중국에서 들어온 현악기이지만 백제에서 다시 일본으로 전해져 백제라는 의미의 구다라(くだら)라고 불린 사실에서도 백제의 음악이 얼마나 융성하였던가를 알 수 있다. 삼국사기에 보이는 기록에서도 우리는 그런 사실을 알 수 있다. 백제의 문화가 아니면 좋은 것이 아니다(百濟無い. くだらない)라는 말뭉치가 생긴 것도 우연한 말이 아니다.

그러나 안타깝게도 현존하는 것은 엉성하기 짝이 없다. 정읍사를 제외한 다른 백제의 노래들은 이름만 전해올 뿐 그 실상을 알 길이 없다. 통일신라 이후 백제 유민들의 백제에 대한 향수를 아예 없애 버린 것이다. 문화란 그렇게 정치력으로 짓눌러 억압한다 해도 몽땅 다 사라지는 것이 아니다. 입에서 입으로 전해오던 민요는 어쩌지 못하여 상당 부분 뒷날까지 전하였을 것이다. 삼국유사나 삼국사기의 편자는 아마도 의도적인 양 아예 노래 이름조차도 싣지 않았다. 겨우 삼국사기에 중국(唐) 사료인 통전(通典)과 북사(北史)를 각각 인용하여 짤막하게 적고 있을 따름이다.

따라서 백제의 시가를 연구하는 작업은 매우 어렵다. 그런데, 주지하는 바와 같이 조선조 초의 문헌에 선운산(禪雲山), 지리산(智異山), 무등산(無等山), 방등산(方等山), 정읍(井邑), 산유화(山有花) 등의 노래가 백제악이라 하여 백제 노래에 대한 약간의 정보를 얻을 수 있게 된 것이다. 나그네는 이들 노래를 백제의 향악(鄕樂)으로 본다. 이는 신라의 향가와 같은 것이다. 목포 이 선생이 정읍가의 -가(歌)에 대한 것과 정읍가 연구의 방법론에 대하여 여쭈어 보았다.

"선생님, 저희들이 학교에서 배울 때 혹은 가르칠 때 정읍사(井邑詞)로 배우고 가르쳤습니다. 선생님께서 특별히 -가(歌)라고 한 이유는 무엇인지요. 정읍사는 가사가 있음으로 하여 유독 많은 논의들이 나왔는데 연구사적으로 볼 때 선생님의 창의적인 방향은 무엇이라고 보십니까?"

"좋은 질문이야. 고려사 권71 악지 부분을 보면, '백제 선운산, 무등산, 방등산, 지리산가'로 나오지. 각 노래에 -가(歌)를 붙여 썼으므로 정읍가라고 함이 옳다고 본다는 것이지. 정읍사에 대한 문학적인 연구는 작품의 구조를 객관적으로 살펴봐야 됨에도 불구하고 정읍사의 부대설화 등에 너무 몰입하거나 더러 연구자의 상상력에 따라서 지나치게 자의적인 풀이를 함으로써 연구자의 정체성을 드러내고자 하는 경우도 있었지. 바람직한 고찰의 몇 가지 방향을 들어 보이면 다음과 같아요.

먼저 문헌을 철저하게 살펴야 한다고 봐요. 원전(原典) 비평적인 눈으로 관계 자료들을 폭넓게 모으고 이를 분석해야 하지. 자신의 주장에 알맞은 자료만을 고집스럽게 활용하는 경우가 있어요. 다음으로 기록의 미시적인 자구에 매몰되어 작품의 본질에 접근하지 못하는 수가 많다. 위에 든 첫째의 경우, 자기의 주장을 위해서 때로는 원전을 마음대로 고치는 탐구를 한다면, 훈고학적인 주석이나 잘못된 내용을 금과옥조로 삼아 숲은 보지 못하고 나무만 보는 잘못을 범할 수 있게 된다. 앞에 든 몇 가지를 고려, 합리적이며 유연성 있게 자료를 다루는 것이 중요하다고 생각해요. 둘째, 주석과 해독의 단계에서 한 발짝도 앞으로 나오지 못하는 경우가 있어요. 선학들의 연구는 거의 그러한 흐름을 보여 주었지. 물론 어법에 맞는 해독의 중요성을 고려한 다음, 언어예술이라는 문학 본령에 따른 논의를 해야 한다 이거지. 셋째, 주변적인 데 빠져서는 안 된다는 점이지. 신비평가들처럼 작자의 전기적 사실이나 시대배경 등을 무시하고 작품 분석만 고려한 연구라고 볼 때, 적지 않은 무리가 될 거라고. 하지만 작품의 구조를 객관적으로 살펴본다는 점에서 부분적으로 고려해야지요. 무슨 현대문학 따로, 고전문학 따로 접근 방법이 따로 있는 양, 작품을 대하는 것은 큰 잘못이라고 봐요. 넷째, 문학 현상을 어느 하나, 이를테면 심리학, 사회학, 인류학, 신화학 등의 보조과학만을 활용하여 해석하려는 방법은 많은 위험성이 있다고 생각해요. 문학도 하나의 상상력의 열매요, 사회와 역사의 결과이고 보면, 다양하면서 폭넓은 접근이 필요하지. 특히 고전문학의 경우, 더욱 그렇다고 생각해."

"정읍사의 사(詞)는 노래하는 창(唱)을 전제로 한 문학이고 가(歌)는 악곡의 이름으로 알고 있습니다. 그러니까 선생님께서는 특별히 정읍사만 사(詞)로 할 이유가 없으니까 통일성 있게 정읍가로 함이 옳다고 판단하신 거네요. 알겠습니다. 참고하신 자료들은 어떻게 되는지요?"

"백제사 연구에 있어서 중요한 자료는, 삼국사기(三國史記)와 삼국유사(三國遺事), 그리고 고려사(高麗史)라고 해야겠지. 이들 자료들은 고려조에 나온 것이라 신라 쪽으로 심하게 기울어져 있어서 백제의 문학, 음악 등에 관한 연구 자료로는 큰 도움이 안 되는 게 현실이지. 이 가운데 삼국사기 잡지(雜志) 권32 잡지 제1에 악(樂) 부분이 있어 악기, 가악, 무악과 더불어 고구려, 백제악도 설정되어 있으나 빈약하지만 다소의 가능성을 엿보게 해주었다고 봐요. 정읍가(井邑歌)의 이름과 그 내용이 기록되어 현전하는 최초의 자료는, 조선조 초 왕명에 따라 정인지 등이 편찬한 고려사라고 봐야지. 고려사에도 악지(樂志) 항목이 별도로 있어서 정읍가와의 관련 내용에 바탕을 두어 살펴볼 수 있어."

하여간 동초 선생님의 정읍가라고 해야 옳다는 견해는 독창적이기는 하나 보편적인 용인의 가능성에는 재고해야 할 의구심을 자아낼 소지가 있다는 것이다. 대화는 이쯤해서 마무리를 하기로 했다. 소수의 의견이라도 진리일 수 있다는 제이콥슨의 이야기가 떠오른다. 일단 어떤 용어나 개념이 굳어지면 바로잡는 데 많은 시간이 걸린다. 좀 더 후일을 기다려야 한다.

지은 시기와 지은 이

민요의 속성상 입에서 입으로 전해지던 노래가 기록이 될 때에는 민요로서 정읍사의 원형이 그대로 보존되어 온 형태로 보기에는 많은 무리가 따른다. 그렇다고 해서 기록은 아랑곳없이 고려조 혹은 조선조의 노래로 본다는 것은 더욱 이상한 일이다. 적어도 정읍사의 모티브나 테마가 삼국시대의 고대문학적인 요소를 갖고 있느냐 하는 문제와 장르상으로 본 통시적 위치를 밝힘으로써 백제의 것이냐 아니냐 하는 결론을 얻어 낼 수 있을 것이다. 전주의 박 선생이 문득 질문을 했다. 그는 정년 후 특수학교의

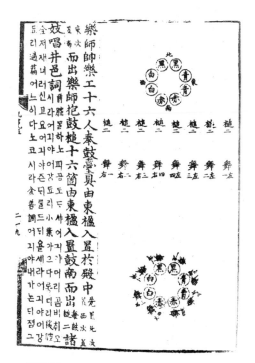

• 악학궤범

교장으로 봉직하다 퇴임하였다.

"선생님, 궁금한 게 있습니다. 민요 형태로 구전되어 온 것으로 볼 때, 정읍사가 갖고 있는 삼국시대의 고전적인 요소는 무엇인지요?"

"좋은 질문이요, 나는 원시신앙에서 드러나는 제의(祭儀. ritual)라고 봐요. 따라서 정읍사는 백제가요다(이병기. 김태준. 이희승 등). 신라의 가요, 고려의 가요, 아니면 조선의 가요다. 말하자면, 신라의 도솔가에서, 고려의 충렬왕 때 만들어졌다. 조선조 성종 때 가요다 이런 여러 가지 주장이 나왔지."

좀 쉬기도 할 겸 함께 온 일행들이 다과를 들며 선생님과 향수 어린 정담을 나누었다. 꽃피는 봄날의 밤은 깊어만 갔다. 어딘가에서 뻐꾸기 소리가 들려왔다.

정읍사(井邑詞)의 언어 미학

    정읍사(井邑詞)에 대하여 낱말들의 고리로 엮어진 노랫말에 대해서 연구하신 동초 선생님의 글 속으로 들어가 보기로 한다. 이번 곰나루 문학 기행에 주도적인 역할을 한 대표인 월산이 인사도 할 겸 동초 선생님께 드리는 말문을 텄다.

    "선생님, 고맙습니다. 이번 백제가요 기행에 함께 자리해주심을 기쁘게 생각합니다. 선생님은 저희들 학창 시절 늘 푸른 숲이었습니다. 소박하나마 선생님의 백제가요 연구에 대한 궁금했던 점을 말씀드리고자 합니다. 먼저 갑내 형이 쓴 선생님의 정읍가 연구에 대한 요약문을 보면서 말씀 이어가도록 하겠습니다."

    문학이란 언어예술이다. 말로써 사람의 감정과 사고에 옷을 입힌다. 이제 정읍사라는 민요의 언어 미학에 대하여 살펴보기로 한다. 둘하 노피곰 도드샤로 시작하는 정읍사의 언어적인 속내는 어떤지에 대하여 들어가 보기로 한다. 먼저 정읍사를 이루고 있는 어절을 시작으로 하여 언어와 문학적인 내용의 몸통을 살펴보기로 한다(조재훈, 정읍사 소고(1989) 참조).

    둘하

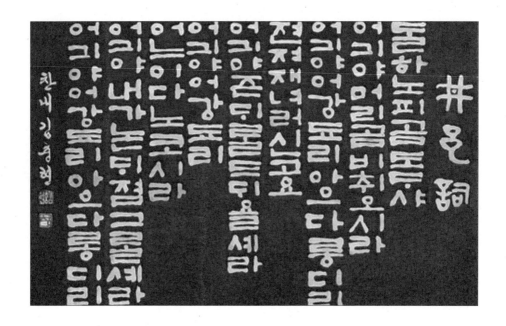

　달님이여. 달을 향한 절절한 기원을 호격으로 시작하고 있는 이 노래는 독백으로
시작하고 있다. 따라서 정읍사에 있어서 달은 임, 혹은 임금에 대한 그리움의 중요한
모티브로서 그리고 기원의 중요한 대상으로서 핵심적인 위치를 차지하게 된다.

　임자말인 체언에 감탄의 호격조사를 통합시켜 감탄을 만드는 방법은 다른 나라의
말에서는 찾아보기 어렵다. 갑자기 달을 부르는 돈호법(頓呼法)을 쓰고 있어 절박한 상
황을 인상적으로 드러내 준다. 더욱이 태양이 작열하는 낮이 아닌 밤에 뜨는 달(月)이
라는, 밤을 배경으로 한 천체의 이미지와 아-아(ㅏ:ㅏ) 라는 입을 벌려 소리를 내는 모
음이 중복됨으로써 그 감동의 효과는 상승되고 확산되었다.

　지용(芝容, 정지용)은 우리말의 바다처럼 해(海)의 이미지를 잘 나타내는 말은 없다고
하였다. 그 이유로써 영어의 씨(sea), 불어의 메르(mer)가 주는 청각적 효과에 비하여
바다의 아-아(ㅏ:ㅏ)는 해(海)의 망망함과 그것의 놀라움을 충분히 드러내 준다고. 마찬
가지로 이 노래에서 '달하'도 의미가 주는 정서적인 호소력과 함께 시니피앙의 개구

모음이 주는 절박한 심상을 드러내는 데에 효과적으로 조응하고 있다.

달은 어두운 밤하늘에 그리움 같은 모습으로 떠오른다. 달빛은 많은 신화를 낳는다. 인도나 남양 군도에서는 달을 진선미의 상징으로 삼고 있다. 불교에서 변함이 없는 여여(如如)의 세계를 달에 비유하고 있는 것도 그 때문이다. 이러한 사실은 동서를 막론하고 상통되는 바로써, 엘리아데는 이것을 달 신화(lunar myth)라고 불렀다. 이것은 달의 신비에 바탕을 두는 것으로 부활과 재생의 원형이라는 것이다.

달은 작은 초승달로 나타나 날이 거듭될수록 점점 커져 보름달이 되었다가 다시 점차 작아져 마침내 사라져 버린다. 죽었다가 다시 살아나기를 주기적으로 되풀이한다. 달은 원시인들에게 피조물은 죽는다는 사실을 보여준 첫 번째의 것이며 또한 다시 살아나는 피조물의 첫 번째도 된다. 주기적인 반복으로 하여 달은 영원한 회귀를 나타내며 또한 측정의 의미를 지닌다. 엘리아데에 따르면, 인구어족에 있어서 더 만스(the month)와 더 문(the moon)을 나타내는 대부분의 말은 어근 me-에서 갈라져 나왔는 바, 라틴어의 멘시스(mensis)는 더 문(the moon)을 의미하며 같은 어근을 가진 메티올(metior)은 가늠[mesure]을 의미한다. 이러한 사실은 달의 운행에 바탕을 둔 농어민 사회에 있어서 같은 현상으로 드러난다. 가령 일본의 경우도 달의 신은 시간을 계산하는 사람을 의미하며 우리나라의 경우도 두 이레, 세 이레 따위로 날짜를 드러낸다.

7일 곧 이레를 단위로 하고 있는 것은 도교의 영향이 아니라 보름[望月]을 중심으로 하여 전후로 각기 나누되 그 전후를 다시 양분한 수치 때문이다. 보름이란 어원으로 보면 밝음에서 비롯한 말이다. 옛 말로 거슬러 오르면. 밝곰-볼롬-보롬-보름으로 소리가 약화되어 떨어져 굳어진 형이다. 우리말의 둘[月]도 '돌다[廻]'라는 동사에서 나왔다고 본다. 드리[橋]와 다리[脚]는 같은 뜻에서 파생되었다. 이와 마찬가지로 주기적으로 회전하기 때문에 '돌다'에서 나온 말이라고 본다, 따라서 달이 헤아림만을 의미하는 것은 인구어에만 있는 것은 아니고 인류의 보편적인 현상이다.

그러나 이 노래에서 둘이 헤아림을 뜻하는 것은 결코 아니다. 오히려 그보다는 영원한 회귀에서 오는 불멸의 상징으로 보아야 하며 성(性)과 관련이 있다. 회남자(淮南子)는 음(陰)의 한기가 쌓여서 물이 되고 소기(小氣)의 알맹이가 달이 되었다고 말한다, 이리하여 해가 양(陽)의 주체라면, 달은 음(陰)의 주체가 된다고. 말하자면, 해를 남성에 비기면 달은 여성이 된다. 이것은 보편화된 상식이다. 이것은 인류의 공통된 잠재의식으로서 특히 성숙한 여성이 갖는 생리현상과도 걸림을 갖고 있다(日者陽之主也, 月者陰之宗也).

아프리카 만데인고 족은 월경을 가로루 곧 달이라 부르며 이러한 사례는 콩고의 원주민이나 기니아의 스스 족에서도, 그리고 그 밖의 많은 말에서 발견된다. 뉴질랜드의 마오리섬에 사는 원주민은 월경을 달의 병 곧 마태마라마라고 부르는데 나름대로 달의 형태와 짝하여 나타나기 때문이다. 그리고 그들은 달을 그들의 진정한 남편이라고 믿는다. 여기에서 언뜻 달을 남편으로 보는 게 아니냐 하는 의문을 제기할 수 있을지 모르나, 실제에 있어서는 성의 상징과 관계가 깊기 때문에 생겨진 민속신앙으로 여성의 역설적인 드러냄이라고 해야 옳을 것이다.

아무튼 달은 여성을 가리킨다. 음양의 결합과 깊은 관계를 가지고 있다. 남녀의 로맨스는 휘영청 달 밝은 밤을 공간으로 삼는 경우가 많다. 정서를 물 흐르듯이 엮어낸 서정시 같은 소설 '메밀꽃 필 무렵'에서 허생원이 성씨네 처녀와 처음이자 마지막 만남을 가진 공간적 무대도 달밤이며 황진이가 벽계수와 정을 건넌 때도 역시 달밤이었다. 이러한 사실은 처용가에서도 찾아 볼 수 있으며, 오늘날의 여러 민요에도 나타나고 있다. 중국의 경우에 있어서도 가장 오래된 문헌인 시경(詩經) 속에 달과 관련하여 임에 대한 그리움을 나타낸 노래가 들어있다.

정읍가의 머리에 느닷없이 나오는 달은 여인의 사랑과 절절한 기원이 교묘하게 얽혀 있는 상징으로서 노래 전편을 흐르는 열쇠라고 할 수 있다. 전주 송사 시인이 동초 선생님에게 시와 달에 대한 상징성을 떠올렸다.

"선생님의 시에는 달이 많이 나오는 걸로 압니다. 이르자면 낮달이 나오는데 누구를 상징하는 말입니까. 돌아가신 어머니, 아니면 옛 정인을 그리는 것인가요."

"이 친구 이제 아주 속 깊은 이야기를 듣고 싶어 하네. 좋아요. 어린 아이들을 놓아 두고 젊은 나이에 돌아가신 나의 어머니를 그리워하는 이미지가 있기는 하지. 그렇다고 꼭 그런 것은 아니고 가엾은 민초들을 자애로운 부처님의 미소처럼 돌보아 주었으면 하는 … 우리 역사가 한이 많잖아 ….”

어린 아이들을 놓아두고 하는 대목에 가서는 … 눈가에 젖어드는 그리움 같은 정서가 어림을 모두가 공감하고 있었다. 우리들의 어머니 … 어머니는 달님이었나.

지금 우리들은 달빛 어린 곰나루의 솔밭 길을 걷고 있다. 더러 물새소리에 솔바람 소리까지 ….

노피곰 도드샤, 머리곰 비취오시라

높이 그리고 멀리 여기서 노래를 부르는 이의 그지없는 그리움을 읽을 수가 있다. 아니면 본인이 달빛이 되어 그런 애살스러운 빛과 사랑으로 다가서고 싶음을 드러낸 것이다. 이는 마치 소월의 산유화 시에서 ‘저만치 피어있네’에서의 ‘저만치’와 같이 심리적인 거리, 공간을 설정하고 있다. 문장의 짜임으로 볼 때 ‘돌하’에 이어지는 서정이라고 할 수 있다. 언어 미학으로 보면, 머리곰에서 -곰은 강세첨사로서 더욱 강조하는 효과, 달무리 같은 효과를 가져 올 수 있다.

서사라 할 수 있는 것으로서 표현과 의미로 보아 별 문제가 되는 것은 없다. 노피와 머리는 서로 대위를 이루는데 노피가 수직적인 것으로 천상에의 승화 곧 절절하게 치솟는 기원을 뜻하는 것으로 본다면, 머리곰은 횡적인 것으로 님에 대한 그리움 곧 여인의 질투로 얽힌 착잡하고 미묘한 감정이 스미어 있다. 가까이 가기엔 먼 당신이니까. 그리고 ‘-이곰’이 되풀이됨으로써 그러한 분위기, 정서가 가슴 저미게 파고든다. 말하자면 은근함과 간절함의 미학이 서려서 달빛으로 흐른 것이다.

全져재 녀러신고요, 즌딕롤 드딕욜셰라

정읍사의 몸통이라고 볼 수 있다. 달에게 높이 떠 멀리 멀리 비추어 달라고 기도하는 까닭은 오로지 집을 나가 행상을 하는 임이 행여 잘못 될까를 걱정함에 있기 때문이다. 풀이하는 이에 따라서 서로 다른 여러 가지 풀이가 많아 독자로서는 갈피를 잡기가 매우 어렵다.

ㄱ) 全州市(시장)에 가셨는가요. 진 데를 디딜세라.

ㄴ) 全州市場에 가셨는가요. 진데(泥處)를 디딜세라.

ㄷ) 져자에 가신가요. 이뻐하는 곳(眷處, 花柳巷)에 드딜까 두려워하외다.

ㄹ) 저자를 다니고 계신가요. 제발 즌곳일란(泥水汚, 害) 디디지(犯) 않게 하여 주소서.

ㅁ) 市場에 가계신가요. 진 곳을 디딜세라.

ㅂ) 모든 장에(여러 장에)가신 그 이라(그 사람이고 보니) 진 데라도 디딜까 걱정이다.

이러한 풀이를 간추려 보면 (ㄱ-ㄴ)은 거의 같고, (ㅁ)과는 전주 시장이냐, 그냥 시장이냐만 다를 뿐 역시 같다. (ㄹ)의 경우도 '즌져재'에 대한 해석에서 차이를 보일 뿐 내용의 파악에 있어서는 같다고 할 수 있으며 (ㅂ)의 경우도 가신고요의 풀이가 특이할 뿐 (ㄹ)과 비슷하다. 이 가운데에서 가장 특이하면서 이 가요의 성질상 정곡을 찌른 견해는 두말 할 나위 없이 (ㄷ)이다(지헌영. 정읍사 연구(1961) 참조).

동초 선생님도 (ㄷ)과 같은 방향으로 살피고자 하는 바, 주목할 부분을 차례로 살펴보기로 한다. 정읍사에서 가장 논의가 활발한 곳은 '즌져재'인데 이에 대해서 논의된 풀이들을 다음과 같이 간추릴 수 있다.

ㄱ) 즌져재, 곧 全州市場이다

ㄴ) 져재 곧 시장이다

ㄷ) 즌져재이되 온(모든) 시장이다

ㄹ) 즌은 '쏘'자의 오각이다

전주 시장으로 보는 경우, 고려사를 바탕으로 풀이하는 것으로, 백제 때에는 전주가 완산 또는 비사벌(比斯伐)로 불리다가 신라 경덕왕 16년(757)에 전주(全州)로 개칭하였기에 잘못된 견해가 아닐까 한다. 흔히 노래가 채록될 때의 지명이 자연스럽게 쓰이는 것을 고려했어야 한다는 것이다. 이르자면 처용가의 동경(東京)이나 서경별곡에 보이는 서경(西京)이 그 노래가 불렸던 당시의 지명이 아니고 적어도 채록될 때의 것이라 볼 때, 전주(全州)의 경우도 마찬가지다. 그리고 '全州져재'라 하지 않고 全이라고 한 것은 –주(州)가 지명에 붙는 보통명사이기 때문이라고 본 것이다. 곧 –주(州)는 모두 한 글자의 이름으로, 그리고 군현은 두 자의 이름으로 각각 고쳤으므로 전주(全州)의 경우는 전(全)으로 충분하다는 거다. 아울러 정읍사의 의미로 볼 때 정읍에서 가까운 가장 큰 고을은 전주이다. 정읍과의 거리는 불과 7~80리밖에 안 되므로 전주 시장이라 해석하는 것이 마땅하다. 끝으로, 全져재라고 하지 않을 경우, 후강전(後腔全)이 되는데 이러한 음악의 술어가 정읍가 전문이 게재된 악학궤범이나 그 밖의 문헌에 전혀 보이지 않는다는 사실을 지나쳐서는 안 된다.

'져재'로 보는 주장은 앞의 주장과 아주 대조적이다. 우선 져재 위에 전(全)자가 붙어 있어 全州져재의 준말이라고 주장하는 것은 잘못이라는 견해인데, 그 이유를 다음과 같이 여러 가지 보기를 들어 풀이하고 있다(이병기). 그리고 악학궤범(樂學軌範)에 있는 악곡 이를테면, 처용만기, 봉황음중기, 봉황음위기(鳳凰吟急機-三眞勺), 북전위기(北殿危機) 등의 형식을 미루어 볼 때, 정읍가의 경우는 전강과 과편에 소엽(小葉)이 붙어 있으나 후강전(後腔全)에는 없어 후강으로만 완전히 끝난다는 후강전으로 보아야 한다는 것이다(장사훈).

또한 만약 全져재가 전주라고 하면 정읍과의 거리가 불과 7~80리밖에 되지 않는데 망부석에 발자취를 남길 정도로 절박한 상태에서 노래를 불렀다는 것은 상식적으로 설득력이 없다는 것이다.

전(全)을 전주(全州)의 전(全)이나 –什, –俱의 전(全)이라는 서로 팽팽히 맞서는 견해에 대하여, 시선을 좀 더 넓혀서 관형사 모든(온)으로 풀이해야 옳다는 견해다. 이르자면 전국, 전부, 전시 등에서 보이는 전(全)과 같다는 것이다(최정여). 정읍의 정(井)–을 시장 곧 저자(저자. 市)로 볼 경우, 여기 전(全)은 후강만으로 끝난다는 음악 용어로 봄에 큰 무리가 없을 것이다(정호완).

옛 문헌에서 적지 않게 발견되는 오자의 경우가 여기에도 적용되지 않는가 하는 것이다. 곧 판본이나 사본을 막론하고 오각, 오식 등 오자가 전혀 없다는 것은 사실상 있을 수 없는 일이다. 숖져재의 전(全)도 '쏘'의 오각이 아닐까 하는 것인 바, 그 이유로 이 노래의 전편이 국문으로 표기되어 있음에도 불구하고 이것만이 한자이어야 할 까

• 앞줄 오른쪽에서 세 번째가 동초 조재훈 선생님
 −상철상 수상자

닭이 없으며 또한 쏘 다른 장으로 가시렵니까라고 하는 것이 전체의 가사 내용으로 보아 자연스러운 맥락을 이루기 때문이라 하였다(이희승).

동초 선생의 풀이는 앞에서 이미 밝힌 바와 같이 전주(全州) 시장이라는 주장에 궤를 함께 한다. 그 까닭은 후강전(後腔全)이라는 악조 이름의 용례가 없을 뿐 아니라 우리말의 조어법상 한자어+고유어 또는 고유어+한자어로 된 보통명사가 적지 않게 있다.

숖져재의 조어가 가능하며 또한 '온, 모든'으로 보기에는 이 노래의 흐름상 추상성을 피할 수 없다는 것이다. 그리고 쏘 자의 오자로 보기에는 정읍가와의 깊은 관련성을 지나칠 수 없다는 것이다. 더욱이나 앞에 앞에서도 잠깐 말한 바 있지만, 어느 지방의 자연발생적인 민요라고 할 때, 그 불리는 지명이 쓰임은 자연스러운 경우다. '숖져재'의 경우에 있어서도, 막연히 시장에 가 계신다든가 모든 시장에 다니고 있느냐 라고 하기보다는 남편의 구체적인 모습과 함께 어디엔가 있을 구체적 지명을 떠올림은 너무 자연스러운 일이다. 따라서 정읍가란 이름은 물론 숖져재도 전주 시장으로 보는 것이 옳다(조재훈, 한국시가의 통시적 연구(1996) 참조).

즌ㄷㅣ롤 드ㄷㅣ욜셰라

여기서 '즌ㄷㅣ'란 진 곳[泥處]을 이른다. '즌−'의 기본형이 '즐다'이고 관형형 어미 −

ㄴ이 붙었기에 그러하다. 그러나 단순히 진 곳을 이르지는 않는다. 이 노래의 화자가 여인이며, 또 오랫동안 돌아오지 않는 남편을 향한 그리움은 온갖 망측스런 상상과 질투로 이어졌다고 할 때, 고려사의 편찬자들이 엮은 이수처(泥水處)라고 보기는 어렵다. 즌ᄃᆡ의 원관념은 여인의 성이다. 일찍이 지헌영 교수는, 쁜ᄃᆡ[春處]로서 그리워하는 곳, 좋아하는 곳으로 파악, 유곽이라고 볼 수 있음을 가리킨 바 있다. 나그네도 여성의 성을 가리킨다고 본다. 실제로 이 노래가 야한 음사(淫辭)라고 하여 궁중연악에서 제외시켰다는 기록도 있다. 노래의 동기로 볼 때 달님에게 호소하고 애원하는 성적 질투의 노래, 그리고 내용상 전후의 자연스러운 맥락이 닿음을 고려할 때 그렇게 볼 수 있다. 이어서 다음에 연결되는 '드ᄃᆡ욜셰라'의 '드ᄃᆡ다'도 성적인 접촉으로 볼 수 있다. 현재 충남, 전북, 경북 일원의 방언에서 짐승들의 접 부치는 과정을 '드린다'라고 하거니와 이 같은 측면에서 파악할 때에도 역시 같은 풀이를 할 수 있다. '딛다'라는 행위는 발로 이루어진다. 여기서 발은 남자의 성을 상징한다. 메닝거(Menninger)는 '인간의 마음(The Human Mind)'이란 저서에서 발의 상징을 여러 가지 예를 들어 풀이하고 있다. 발이 갖는 속성과 기능으로 보아 신발 속으로 들어가는 등 남성의 성을 상징한다고 본 것이다. 따라서 이 대목은 다른 여인과의 성적 접촉이 이루어질까 두렵다는 뜻으로 파악된다(나를 두고서 …).

어느이다 노코시라, 내 가는 ᄃᆡ 졈그롤셰라

이 부분은 정읍사의 마무리 부분이 된다. 그 풀이가 연구자마다 구구하므로 먼저 이러한 풀이들을 간추려 보기로 한다.

　가) 어디에다가 놓고 계서지라 내 가는 데에 저물을세라
　나) 어느(어떤)것 다(모두) 놓으시라(놓고 오시라) 내가 (나의) 가는 곳에 저물
　　　을세라.
　다) 어느 곳(娼女)에 놓고 계신가요. 나의 가는 곳(금단 지역)에 잠그올까 두
　　　렵네.

라) 어느 것의 불안스러운 상황에 전신을 휘감고 있는 불안, 의구, 고뇌 등이나 다 놓게 하소서. 내가 살아가는 곳에 어둠이 없게 하여지이다.

마) 어느 것(사람)에다 놓고 계시는가, 나의 가는 곳에 어두워질까 두렵구나.

바) 어디든지 (그 밝은 빛을 비추어) 놓고 있거라. 내 가는데(우리의 앞길에) 저물까 걱정이다.

이 부분도 다른 곳 못지않게 엇갈린 견해들을 보여 주고 있다.

의미 맥락으로 보아 (가-나)와 (마)가 서로 비슷하며 그 밖의 (다-라-바)는 각기 독특한 풀이를 하고 있다. 정읍사의 글 가운데 '즌ᄃᆡᄅᆞᆯ 드ᄃᆡ욜셰라'에 대한 풀이의 일관성을 고려하여 (다)의 풀이에 방점을 두기로 한다(지헌영).

어느이다

이 구절의 형태분석은 어느이+다, 어느+이다, 그리고 어느+이+다 와 같이 나누어 볼 수 있다. 어느이+다는 어늬+다 로서 어늬는 어느의 주격형으로 어느 것, 무엇 등으로 풀이되며 -다는 모두의 뜻으로 풀이된다. 다음에 어느+이다는 이다의 표기가 일본 나고야(名古屋)에 있는 임란 이전의 이른바 봉좌문고(蓬左文庫)의 표기로는 '이다'로 되어 있어 그렇게 보려는 것인 바, 그러면 해석이 어려워진다. 왜냐하면, 어느이 로는 볼 수 없기에 그렇다. 그럼 어느와 이다로 분리해야 하는데 서술격 조사 -이다는 어느 아래 통합될 수가 없다. 비문법적이다. 또한 의미상으로도 맥락이 닿지 않는다. 끝으로 어느+이+다의 분석이다. 문법으로 보면, 가장 무난한 경우라고 생각한다. 그렇지만 풀이는 구구하다. 어느 는 어느, 무슨, 어떤 의 뜻을 갖는 관형사이며 '이'는 의존명사이고 '다'는 부사다. 여기서 의존명사 '이'를 무엇으로 보느냐는 데에 달려 있다. 학자에 따라서는 행상(行商)을 하는 사람이기 때문에 흔히 물건으로 보는가 하면 그가 있는 장소로 보기도 하며 심지어는 남편의 불안스러운 일로도 본다. 또 음란한 가사라는 데에 초점을 두어 풍류의 거리로 보는 사람도 있다.

동초 선생은 정읍사에서 보였던 절박한 자기 학대의 감정이 이 결사에 와서는 방어기제로 변이했다고 보기 때문에 질투의 대상인 어느 미지의 여인을 포함해서 이 세상의 모든 것 '다'라고 풀이한다, 따라서 '이'는 중층적인 다면성으로 파악하였다. 이 점은 바로 뒤에 이어지는 낱말을 볼 때 분명해진다.

노코시라

이 말을 형태 분석하면, 기본형 놓다의 어간에 원망형 종결어미 -고시라의 결합으로 분석된다. 앞에서 '이'를 사물로 보는 이는 도적의 침해가 두렵다는 생각 때문에 '아무 데나 놓아 버리다'의 뜻으로 풀이한다. 음사로 보는 이는 어느 여인에다 정을 주고(또는 놓고) 있느냐고 풀이한다. 전자는 원망형으로 보며 후자는 의구형으로 본다. 풀이는 자못 구구하다. 후자의 풀이가 온당하다고 보지만 앞에서 나온 '비춰오시라'의 '오시라'와 한 형태요, 한 내용이라고 한다면 이것만 의구형이 될 까닭이 없어 결국 설득력이 떨어진다. 그러므로 동초 선생은 노코시라를 방하(放下. 놓다)의 뜻으로 보고 있다. 여인의 애타는 망부(望夫)의 감정은 짐짓 '모든 것(사랑이나 재물 들을 모두)을 다 버리십시오'라고 풀이할 수 있다.

내가논딕

이 말을 형태 분석하면, 내+가는+딕로 분석해야 옳다. 연구자에 따라서는 서경별곡의 '네가 시럼난딕 몰라서' 식으로 주격 -가를 인정, 내가 논+딕로 분석하는 사람도 있다(정열모). '내'는 '나'의 주격형 또는 소유격형으로서 노래를 부르는 사람인가 아니면 남편인가로 서로 엇갈린 해석을 보여주며 심지어는 천(川)이라고 하는 주장도 있다. 또 부사인 '내내'로 보기도 하는가 하면 고려조의 한림별곡(翰林別曲)에 '위 내 가 논딕 늄 굴세라'로 보아 당대에 유행하던 음사(淫辭) 곧 나의 가는 곳(남이 가서는 안 되는 곳) 말하자면 남편의 성을 가리킨다는 견해도 있다.

동초 선생은 '내가 가는 곳에'로 보아서 '나'는 남편이라고 생각한다. 어떤 분은

'가는'이라는 말 때문에 남편이라고 볼 수 없다고 주장한다. 만약 그가 남편이라면 아내가 있는 집 쪽으로 와야 하지, 간다고 하면 말이 되겠느냐는 것이다. 그러니까 남편이 있는 쪽을 향하여 한 발짝 두 발짝 걸어가는 것으로 보아야 옳다는 것인데 만약 이것이 합리적 해석이라고 한다면 뒤에 붙은 구절을 어떻게 보아야 하느냐는 문제에 부딪친다. 따라서 '내'는 당신 곧 남편으로 보는 게 옳다. 아내가 남편 앞에서 남편을 가리킬 때 '나'라고 부르는 경우가 지금도 시골의 노년층에서 발견된다. 남편이 본디 떠돌이 장사꾼이라서 며칠씩 또는 몇 달씩 집에 없기 때문에 지금쯤 어디에 쏘다니는지 쯤으로 보아 좋을 것이다.

서울의 다숙 김 선생이 내가는 곳을 아내의 관심과 관련한 풀이는 어떻겠느냐고 물었다.

"선생님 말씀 흥미로웠습니다. 혹시 나의 관심이 가는 곳으로 하면 어떨까요? 저도 나를 남편을 가리켜 하는 말을 들은 것 같긴 합니다. 바람둥이인갑제?"

"그런가. 김 선생이 말한 대로 그렇게 볼 수도 있기는 하겠네. 모든 게 관심의 문제니까. 내 생각이여."

다른 사람들도 알겠다는 듯이 더 이상 묻지 않았다.

점그롤셰라

기본형 '점글다'의 어간에 의심의 종결어미 −ㄹ세라의 결합이라고 형태 분석할 수 있다. 점글다는 저물다(日沒)와 잠그다(沈, 潛)의 두 가지 뜻을 가지고 있다. 앞의 해석은 불합리하나 뒤에 것의 해석으로라면 합리적이다, 달이 중천에 있는 것이 아니고 떠오르는 단계에 있다 하더라도 '저물다'라는 말은 쓸 수 없기 때문이다. 날이 저물다, 해가 저물다는 말은 쓰여도 밤이 저물다. 달이 저물다 라고는 하지 않는다. 따라서 후자 곧 '잠기다'로 보아 빠질까 두렵다는 뜻으로 풀이해야 마땅하다. 말하자면 남편이 싸다니는 곳에 여인이 있어 그 여인에게 빠질까 염려스럽다는 뜻이 되는 것이다. 이상으로 정읍가의 내용을 분석하여 보았거니와 그 구조를 간단히 들어 보이면 다음과 같다.

> 기사 – 달님이시여
> 서사 – (님이시여) 높이 돋으시어
> (님 계신 곳까지) 멀리멀리(임이 무엇을 하는지)환히 비추어 주사이다.
> 본사 – 달님이시여
> (혹시나 이 근처에서 제일 번화한)전주 시장에 가 계신지요(어느 여인
> 만나) 진곳(여자의 성)을 디딜까(성의 결합) 두렵습니다.
> 결사 – (달님이시여)
> (여인이라거나 재물이라거나) 어느 것이나 모두 (애착을 갖지 말고) 버
> 려 주사이다. (이 달 밝은 밤) 당신이 다니는 곳에 (어느 여인이 있어 그
> 여인에게) 빠질까 두렵습니다.

한마디로 줄여서 정읍사는 달에게 빌며 바라는, 남편을 그리는 정 곧 아낙의 질투에 찬 사랑의 노래라고 할 수 있다. 좀 더 풀이해 보면, 밝은 달이 뜨니까 남편에 대한 그리움이 한결 강해진다고 할 수 있다. 달은 여성의 성적 상징과 긴밀한 관계를 맺고 있기 때문이다.

장사하러 나가서 오랫동안 돌아오지 않는 남편이 문득 그리워지고 또 무엇을 하느라고 그렇게 소식이 없는지 원망스러워지기도 한다. 아내가 사립문 밖에 나가 달이 떠오르는 것을 바라봄은 종교적인 승화의 세계를, 횡적으로 멀리 멀리 비추는 것은 여인의 간절한 그리움을 표상한다. 노피곰과 머리곰이 -이곰을 공통 운소로 하여 조응하고 있는 것은 결코 우연한 일이 아니다.

그런데 이 달밤에 어디에서 무엇을 하고 계실까, 달님만은 내려다보고 계시겠지. 달님이시여, 행상이야 이곳저곳 두루 다니겠지만, 짐작컨대 이(정읍) 근처에서 제일 사람이 많이 모여 드는 전주 장에 가 있는 것은 아닐지 모른다, 아마 틀림없이 객주집 어디에서 노닥거리고 있을 것이다, 그 어느 미지의 여인과 노닥거리는 장면이 구체적으로 떠오른다. 전주 시장에 많이 널려 있을 논다니 거리에 가서 바람을 피우고

있을 것이 분명하다. 여기에서 우리는 여인의 착잡한 심사를 엿볼 수 있다. 틀림없이 그 짓거리를 한다고 믿지만 −ㄹ셰라 하여 추측의 미래시제에 의구심을 담고 있기 때문이다. 이것은 즌ᄃᆡ와 드듸욜셰라 의 상징 곧 구체적인 성의 간접적 표현이라는 자리바꿈과 함께 극한적인 경지로써 자기보호를 하게 되는 방어 기제라 할 수 있다. 극한적인 질투에서 절망의 절정에 이른 여인은 달님에게 다시 빈다. 여자고 뭐고 모두 다 내버려 달라고. 그러나 거센 감정은 쉽게 가라앉지 않는다. 그러기에 당신이 다니는 곳에 어느 여인이 있어 빠져들까를 염려한 나머지 이에 대한 방어 기제가 작용하게 된다.

이제 정읍사의 형식 문제에 대하여 살펴보도록 한다. 그리고 고려조에 와서 간추려 동아리를 한 음악의 형식과는 관계없이 다른 문학 장르와의 비교가 있어야 할 것이다. 정읍사와 관련하여 여러 학인들의 견해를 간추리면 다음과 같다.

(1) 민요의 고형이다(고정옥).
(2) 향가체에서 이루어졌다(지헌영, 조윤제).
(3) 향가체에서 별곡체로 넘어가는 과도기에 만들어졌다(이태극).
(4) 고려속요체의 원형이다(양주동).
(5) 시조의 형식이 정읍가에서 비롯되었다(이탁).

이 가운데 (5)에서 보인 이탁(李鐸, 국어학논고)의 견해는 국문학사적으로 매우 중요한 의의를 지니는 주장이다. 많은 학자들이 동의하는 바, 설득력이 있다. 말하자면, 시조(時調) 형식이 정읍사에서 비롯한 것으로 보려는 흐름이다. 그 동일성을 강조하고 정읍가가 보여준 3-3조와 시조가 보여주는 4-4조의 특성을 들었다. 그런데 정읍가에서 유의어 부분만을 골라 놓으면 즉시 시조의 형식과 비슷함을 알 수 있을 것이다.

둘하 노피곰 도ᄃᆞ샤/머리곰 비취오시라
숯져재 녀러 신고요/즌ᄃᆡ롤 드듸욜셰라
어느이다 노코시라/내가논대 점그롤셰라

여기서 민요 형태의 1구 3음보에 3-3이 주조를 이루고 있음을 찾아 볼 수 있으며 또한 3장 6구로서 평시조의 형식과 동일함을 알 수 있다. 따라서 이 정읍가의 형식은 백제 또는 그보다 훨씬 이전에 소박하게 전해 오다가 고려조에 와서 음악적 형식에 따라 정리되면서 시조 형식의 원형이 되었음을 알 수 있다. 이는 시조가 민요, 특히 노동요에서 비롯하였다는 견해와도 맥을 같이 한다(조동일).

이제 마무리 단계로 온 것 같다. 서울 복규 이 선생이 인사말을 한다.

"오늘 정읍사 내용은 잘 몰라도 선생님의 열정 어린 말씀을 듣노라니 너무 좋았습니다. 마무리 겸 다시 한 번 간추려 정리해 주시면 어떨까 합니다."

동초 선생님의 마무리로 간추려 주시는 사연은 대략 이러했다. 본인이 정읍가에 대해서 연구한 초점은, 학계의 다양한 의견을 종합하고 정읍가와 관련한 소전 문헌과 제작시기 및 작자와 내용, 그리고 형식적인 특징에 대하여 살펴보았다. 이러한 내용을 간추리면 다음과 같다.

가. 소전(所傳) 문헌에 관하여

정읍사와 관련하여 가장 대표적인 자료는 고려사(高麗史)이며 가사가 실린 문헌은 조선 성종조 성현(成俔)에 의하여 만들어진 악학궤범(樂學軌範)이다. 그밖에 여러 문헌들에도 정읍(井邑)이란 명칭이 보이는데, 서로 별개의 것이라는 견해가 있으나 이것은 믿기 어렵다. 동일한 노래로 파악해야지 정읍가 군(群)으로 보아서는 안 되기 때문이다. 그러나 현전하는 정읍의 노래가 장중하여 상호 어떠한 연관이 있는지 의문이 남게 된다.

나. 지은 때와 지은이

연구자에 따라서 고려조의 노래, 조선조의 노래, 신라 유리왕의 도솔가에서 파생되었다는 것으로 삼분할 수 있다. 그러나 이 노래는 백제의 가요로서 완전한 것이라고 할 수는 없으나 확실히 신라의 향가와 비교하여 볼 때, 달을 향한 토속 신앙과 남편을 그리는 여인의 감정이 깃든 민요적 표현 속에 숨어 있어 고형(古形)을 상당 부분지니고 있는 노래라고 할 수 있다.

이 노래를 지어 부른 여인의 남편이 행상을 직업으로 하고 있다 하였다. 기록에 따르자면, 벌써 삼한시대에 지게가 쓰였고 시장이 있었기 때문이다. 한편 작자를 행상인의 처라고 하지만 믿기 어렵다. 가부장적 권위사회에서 아내는 집에만 있어야 하고 남편만 밖에서 마음대로 활동할 수 있을 때인데 어느 여인이나 보편적으로 겪을 수 있는 경우이기 때문이다. 그리고 남편을 행상으로 보지만, 정착한 농본사회에서 일정한 공간을 마련하지 못하고 천민으로서 떠돌아다니던 유이민(流移民. diaspora)의 노래라고 생각할 수도 있다. 이것은 어느 개인의 노래가 아니라 탄압 받던 한 계층의 민요라는 근거가 된다.

다. 정읍가의 형식에 대하여

고대가요는 모두가 노래하는 문학이었다. 음악과의 관련을 무시할 수가 없다. 따라서 자수율에만 얽힌다면 무리가 따를 수 있다. 이 노래의 음악 형식은 거의 전강(前腔), 후강(後腔), 과편과 전강, 후강 대엽(大葉. 過篇. 金善調)으로 각각 삼분한다는 점에서 위의 두 종류는 사실상 같은 내용을 가진다. 다만 후강으로 끝났다는 후강全이냐 아니면 있어야 할 소엽(小葉)이 빠진 것이냐 하는 문제가 엇갈려 있을 것이다. 연구자는 전강과 후강으로 양분하고 전자에도 소엽이, 후자에 또한 과편과 김선조, 소엽이 붙어 있는 것이 아닐까 생각한다.

소박한 민요가 고려조에 와서 음악적으로 정리되었기 때문에 원형이 그대로 유지되어 있다고 판단할 수 없다. 백제 시대 가요 형식의 패턴을 찾으려 한다는 것은 무모한 일이다. 감탄사와 후렴구를 떼어 내고 유의어만 나열하는 형식인 1구 3음보를 취하고 있으며 3장6구의 평시조 형식과 동일한 모습을 보여준다.

라. 정읍가의 내용에 대하여

이 노래의 가장 중요한 모티브가 되고 있는 것은 달이다. 달은 여인의 성적 욕망과 깊은 관계를 맺고 있기 때문이다. 따라서 망부(望夫)라 함을 유교적인 부녀자의 미덕으로 볼 것이 아니라 여인의 본능적인 성적 충동에 초점을 맞추어 풀이할 수 있다.

이는 말하자면 여인이 갖는 투기의 극한적인 경지가 아닌가. 이러한 절박한 감정은 결사에 와서 어느 여자건 돈이건 모두 다 버리십시오. 혹시 당신이 가시는 곳에 어느 여인이 또 있어 그곳에 빠질까 염려스럽다는 기원과 의구심을 아울러 드러내 보인다. 외형뿐 아니라 의미에 있어서도 서로 묘한 대응을 이루고 있어 탄탄한 짜임새를 이루고 있다.

이상으로 정읍가(井邑歌)의 몇 가지 속살을 들여다보았다. 진솔한 표현과 외형률이 보여 주는 유포니, 그리고 형식 등등, 그 가치를 기릴 만한 노래하는 문학이다. 정읍가는 단연 백제가요의 얼굴이며 백제인의 정서를 잘 볼 수 있는 거울이 아닌가 한다. 다숙 김 선생이 인사 겸 제안을 했다. 그는 학교 다닐 때에도 날카로운 질문을 잘 했던 기억이 난다. 은수 선생과는 당내 숙질간이라는 기억도 ….

"선생님, 이렇게 소중하신 말씀을 들려주시니 너무 고맙습니다. 다시 옛날 학창시절로 돌아가 선생님께 열성으로 배우던 때가 떠오릅니다. 건안하시고 선생님의 문운을 빌겠습니다. 오늘 밤에 보름달이 환하게 떠오를 것도 같습니다. 저희들이랑 곰나루 솔밭 길을 함께 걸으신다면 어떨까요?"

동초 선생님은 그렇게 하자는 듯 말씀이 없으셨고 우리는 옛날에 다니던 청국장 두부를 잘하던 삼미식당으로 자리를 옮겼다. 식당은 제민천 냇가에 자리하여 50여 년 전의 바로 그 자리였다. 시정에 취한 최 시인의 얼굴이 떠오른다. 달은 점점 밝게 공산성 머리로 떠올랐다.

정읍 풍물에서 정읍사로

　정읍사(井邑詞)의 노래를 정읍 사람이 모른다면 누가 알겠는가. 천안 사람은 천안삼거리를, 밀양 사람은 밀양아리랑을 모르는 이가 거의 없다. 정읍 풍물의 연구가 옥선생의 담론을 따라서 정읍 풍물과 정읍사[壽齊天]와의 관계를 간추려 보도록 한다.

　그러나 정읍사 노래의 곡을 어렵지 않게 부르고 외울 수 있는 정읍 시민이 얼마나 될까. 일찍이 마한과 백제의 음악에 대한 기록이 중국 삼국지(三國志) 동이전에 올라있다. 통일신라 시기에도 헌덕왕 12년(820) 신라의 최고 음악가 옥보고(玉寶高)가 음악 활동을 하려고 남원으로 돌아왔고, 진성여왕 2년(888) 당나라 최고의 문장가 최치원(崔致遠)이 신라로 돌아왔다.

　최치원 선생은 신라의 음악을 보고 태산 태수(현 정읍시장)로 자원하여 삼대목(三代目)이란 음악책을 지어 각간 위홍(魏弘)을 통하여 진성여왕에게 올려서 이찬 벼슬에 오른다. 하지만 4년 뒤 견훤이 후백제를 세우고 이 삼대목은 후백제의 군악으로 전주 왕궁에서 후백제 궁중음악으로 옮겨갔다.

　정읍사의 노래는, 군악과 관현악을 합한 웅장한 행진곡이었다. 군인들의 사기를 고무시켜 후백제의 삼국통일을 눈앞에 두고 있었다. 그러나 신검(神劍) 왕자의 반란으

로 아버지 견훤을 금산사(金山寺)에 가두어 버렸다. 신검은 부왕을 달래고자 풍악을 올리려고 궁중음악의 악사를 금산사에 머물게 하였다.

당시 금산사는 태산 태수가 다스리는 소속현인 야서현(野西縣) 지역에 자리하였다. 견훤은 태산 태수 허사문(許士文)의 도움으로 경순왕 9년(935) 고려의 왕건에게 귀순하고 허사문은 그 공으로 왕건의 부마가 되었으며 그 악사들은 태산군 관아에 남아서 연주하게 되었다.

고려 때 정중부의 무신 통치 때 정읍 출신 허승(許昇)의 등용과 고종 43년(1256) 몽고가 침략 했을 때, 이에 맞서 싸워 입암산성에서 크게 이긴 송군비 장군이 있었다. 그는 태인 출신이었다. 아울러, 충렬왕 무렵 태인 출신 시무비가 왕의 여인이 되어 궁중음악을 주관함으로써 정읍사, 선운산, 방장산, 지리산 등 흥겹고 씩씩한 백제 노래를 궁중음악으로 고려 말까지 이어 가게 되었다. 고려 우왕 14년(1388) 최영 장군과벌인 최후의 개성 전투에서 정읍 사람 송안(宋安)이 조선 태조 이성계의 군악대장으로 전투 신호 나발을 불면서 군악을 연주했다. 이와 관련해서 송안의 군악소리가 들리면 성안의 백성들이 외치면서 성문을 열어 주었다고 했다(고려사 참조).

조선시대 세종, 중종 시대 유교 음악으로 시조처럼 아주 느리고 흥겹지 않은 명나라 의식 소리로 정읍사가 변주된다. 이것이 수제천(壽齊天)으로 이어져 오늘날의 국립국악원에서 연주되기도 한다. 언젠가 호주를 갈 때 비행기 안에서 수제천 음악을 들었던 기억이 난다. 요가나 정신 치유에 알맞은 수면제나 신경안정제 같은 음악이다. 드디어 세종대왕 이전의 삼국시대와 고려 2천 년 동안 본래의 힘차고 흥겨운 음악으로 되돌리기 위하여 고려시대의 가요 빗가락정읍[動動]과 수제천 정읍을 정읍지방 도둑잽이놀이, 민요와 정읍 풍물의 순서에 비교하여 이를 컴퓨터에 입력하고 소리를 확인한 결과를 찾아냈다. 모든 악기로 우리음악을 연주하는 풍토와 현재의 대부분의 민요가 이 가운데 있음을 알 수 있다.

구한말 조선 말엽 미국, 영국, 독일, 일본의 작곡가들이 다투어 정읍사와 동동을, 채보하고 편곡하였다. 그 대표적인 사람이 독일의 에케르트(Eckert)였다. 그리고 이때에 궁중 악사로 들어간 홍난파가 오선보에 옮겨서 편곡하여 만든 음악이 한국 현대 민요와 동요의 디딤돌이 된다. 정읍사와 정읍의 토속 민요, 정읍의 향토사를 전혀 모르는 사람들이 함부로 다루어서는 안 된다.

수제천은 정읍사를 연주하는 악곡명이다. 본래 이 노래는 흥겹고 씩씩한 정읍의 소리를 정략적으로 힘 빠진 명상곡 자장가, 군주의 통치 수단의 소리로 변조를 해서 조선 후기로 오면서 강압적으로 연주하여 왔다.

수제천은 공자(孔子)의 유교 음악이다. 먼저 공자의 음악 사상을 알면 이러한 수제천으로 변주되는 데 대한 이해가 될 수 있다. 공자는 춘추전국 시대 흥겨운 민속음악의 손발을 잘라버리게 한 사람이다. 진시황제의 시대는 흥겨운 군악(軍樂)으로, 공자의 시대는 유가(儒家)의 음악으로 변해갔다. 진나라 피난민이 뒤에 진한과 백제, 그리고 신라로 와서 화랑도 음악으로 삼국통일의 과감한 음악으로 살아남았다. 월산이 정읍 풍물의 전문가인 옥 선생에게 물었다. 그는 마침 정읍의 풍물 축제와 관련하여 현지에 잠시 내려와 있다고 했다.

"수제천을 군악의 대취타 군악으로 하면 전쟁에 도움을 줄 수 있을까요?"

"그럼요. 정읍사는 동적이고, 수제천은 정적이라고 보면 됩니다."

컴퓨터로 빗가락 정읍인 동동(動動)과 수제천 정읍사를 정읍 지방의 도둑잽이 민요와 서로 대응하는 중간 소리를 찾아 비교, 보완하고 편곡한 정읍 풍물 관현악의 일치된 순서를 찾아냄으로써 정읍사는 정읍지방에서 전래하던 유일한 도둑잽이굿(動動雜戲)이며 수제천은 정읍 풍물 판굿으로 받아들이면 좋다는 지론이었다. 수제천은 조선시대로 오면서 유교 정책으로 아주 느리게 변주되어 감흥이 사라지게 된다.

옥 선생의 정읍사 이야기

정읍 풍물이 흥(興)과 용기(勇氣)의 음악이라면, 정읍사(수제천)는 정숙(靜肅)과 질서, 선비풍의 음악이었다. 이제 정읍사와 정읍 풍물과의 관련성에 대하여 알아보도록 한다. 이야기의 주인공으로 초대된 분은 국악교육의 전문가인 옥 선생이다. 진행은 대구에서 온 갑내가 하기로 했다.

"옥 선생님, 어서 오십시오. 반갑습니다. 오늘 정읍사와 정읍 풍물에 대한 줄기찬 연구를 해 오신 선생님을 모시고 그 동안 우리들이 지나쳤거나 잘 모르는 이야기, 더 나아가 정읍사의 뿌리에 대하여 말씀 나누고자 합니다. 먼저 정읍사와 수제천(壽齊天) 음악에 대해서 말씀해 주시면 좋겠습니다."

"안녕하세요. 이렇게 불러주셔서 고맙습니다. 사실 우리 국악 교육계나 국문학 분야에서는 정읍사에 대한 현장 접근이 비교적 약했던 것으로 생각합니다."

차분하면서도 뭔가 아쉬운 듯한 느낌을 주는 목소리였다. 그가 하고자 하는 이야기의 줄거리는 다음과 같다.

"정읍에서 자연발생적으로 불리던 민요가 궁중음악으로 들어가면서, 고려조와 조선조로 넘어가면서 이데올로기적인 질서의 도구 곧 악치(樂治)의 개념으로 바뀌면서 정읍사의 흥과 씩씩함이 사라졌다고 보셨는데요. 무슨 근거로 그렇게 보십니까?"

"예, 말하자면 궁중에서 유교풍의 수제천 음악으로 변질되었다는 겁니다. 수제천 은 본래의 정읍사 음악이 지녔던 흥겨움이 느리고 점잖은 음악으로 바뀌었다고 봅니 다. 더욱이 일제강점기로 들어오면서 대규모로 수제천 음악을 나누어 조선민요로 생 산하게 됩니다. 오늘날 대부분의 민요가 이 정읍사 음악을 듣고 작곡하였으며 한국 민요의 얼굴이라 할 성주풀이, 천안삼거리, 염불가, 농부가, 제주도타령, 태평가, 양산도, 신고산타령, 강강술래, 사발가 곡 등 20여 곡의 접속곡이 생겨납니다. 이 가운데 정읍사로 가장 많이 불리는 망부석(望夫石)의 장사꾼 아내가 불렀을 것으로 보 이는 노래는 농부가(農夫歌)입니다. 삼국시대부터 지금까지 변치 않은 빠른 4박자로 각설이타령 같은 곡으로 4박자 두 마치 굿 박자로 사용되어 변함없이 남아 있지요. 고려 시대의 불교 노래로, 조선시대는 명나라에 국방을 의존하고 반란 쿠데타를 막 을 목적으로 빠르고 씩씩한 네 박자 정읍사 군악 음악을 아주 느리게 12박자로 다시 만들어 대취타(大吹打)처럼 맥 빠지는 부동자세와 순종적인 자세를 자아내도록 재구성 하였다고 봅니다."

"본디의 정읍사는 흥겹고 빠른 노래였습니다. 이런 노래는 천한 계층에서나 부르 는 것이고 궁중을 중심으로 양반층의 노래로 퍼지면서 모두가 흥을 잃어버리고 낮고 후줄근한 판소리로 바뀌었다고 보면 된다는 이야기군요."

옥 선생은 차를 한잔 하면서 숨을 돌리고 이야기를 이어갔다. 다소 맥이 빠진 듯이 말이다. 개연성이 있는 주장으로 들렸다.

"예, 마침내 각설이, 품바, 휘몰이 같이 빠른 노래는 걸인이나 장사꾼 등이 부르는 노래이고, 천천히 점잖게 부른 권삼득이나 신재효 등 양반 출신의 창자들이 생겨나 고 장악원으로 등용이 되기도 하자 이렇게 하는 것이 판소리의 거울이 되어 대중적인 인기도 사라져 버렸습니다."

삼대목(三代目)에 대한 궁금증으로 행여나 해서 물었다.

"옥 선생님, 쓰신 글에 보니까 삼대목이 나오던데 그건 신라의 향가를 적어놓은 요 목이라고 알고 있는데 어떤 내용을 말씀하시려고 한 겁니까?"

"예, 일반적으로 그렇게 알고 있습니다. 실은 삼대목이란 음악책은 처음 노래부터 끝까지 이어 부르는 무관 등용의 시험문제였습니다. 백제와 후백제가 멸망당한 이후로 생긴 정읍 풍물의 순서로 보시면 됩니다. 그 당시 무관(武官)인 화랑도는 당시의 남자로서 음악을 반주하는 무당(巫堂)이었습니다. 따라서 무관 등용 시험에 삼대목을 외워 부른 것이 무관이 되려는 평민들에게는 무관 등용의 길목이었기에 공자(孔子)의 요-순-우의 3대 음악 정치 시대를 표방하는 무성학당(武城學堂)을 최치원이 세웠다고 전합니다. 무성이라 함은 공자가 음악을 가르치던 음악학교가 자리했던 땅이름입니다. 나중에는 행정 지명까지 무성현(武城縣)으로 고치기도 하였습니다. 마찬가지입니다. 백제는 사라졌어도 그 음악이었던 정읍 노래는 힘찬 군가로 백제 부흥군이 불렀습니다. 고려와 조선이 망했을 때도 마지막으로 항전의 요새지가 정읍이었기 때문입니다. 백제 말엽에 가서 원효(元曉) 대사가 부안 개암사(주유성)에서 백제 풍물을 배워서 신라로 가져가서 소성거사(小姓居士) 중심의 불교 악대를 만들어 남자 무당인 화랑도의 군악으로 용기백배하여 삼국을 통일함에 큰 힘을 실어 주었다고 봅니다. 섬진강과 동진강의 교류 지점이며 노령산맥의 중심허리이자 교차 지점(정읍칠보)인 해양(海陽), 곡창인 호남평야가 이어지고 요새지 안에 산내 쌍치 평야가 있는 천혜의 구국 예술 명승지가 정읍입니다."

그러면 음악의 정치 사회적인 기능은 무엇일까. 때로는 사람의 정서를 가라앉게 하는 정화기능이 있고, 더러는 군악으로서 훈련이나 실전에서 용기를 주고 공동체를 리듬에 맞춰 일깨우는 북돋움의 기능을 갖고 있다. 점점 옥 선생의 이야기에 흥미는 점입가경이다.

"정읍사가 군악으로서 힘 있고 용기를 북돋우는 기능을 뒤로 하고 춘추전국시대에서와 같이 전쟁 분위기를 가라앉히기 위하여 보다 느린 음악에 따라서 느리게 걷고 행동하는, 그래서 사회 안정을 가져오게 하려는 정치사회적인 의미가 있다고 받아들이면 되겠습니까?"

"그렇지요. 화랑도 훈련 같은 민속행사도 통제함으로써 그로부터 촉발되는 반동의 정서와 세력을 사전에 억제, 완화시킴으로써 왕권을 강화하는 결과를 가져 온다고 본 겁니다. 이르자면, 알렉산더의 경우, 동방원정의 과정에서 무술과 군악 예술을 받아들였고, 진 나라의 시황제(始皇帝)가 춘추전국 시대를 평정함에 음악이 주효하였다고 본 겁니다."

"그럼 수제천같이 느리고 힘이 덜 들어가는 중국의 음악을 따라가다 조선왕조가 멸망하였다는 웃지 못할 이야기도 되겠네요. 거참."

구체적으로 정읍의 풍물과 수제천, 그리고 동동의 흐름이 어떤 점에서 같고 다른가를 살펴볼 필요가 있다는 생각이 들었다.

"옥 선생님, 그럼 조선조 궁중에서 연주되던 수제천 음악이나 동동과 정읍의 풍물 사이에 어떤 비슷한 점이 있는지를 말씀해 줄 수 있겠습니까?"

"알겠습니다. 흔히 정읍 풍물의 앞부분을 '도둑잽이'라고 합니다. 동시에 뒷부분은 매굿이라고 합니다. 경상도에서도 마찬가지로 매구라고 합니다. 이 말은 고려 공민왕 때의 시중 유탁(柳濯)이 지은 동동(動動)과 충렬왕 때의 시중 이혼(李混)이 지은 무고(舞鼓)의 사투리 말로 볼 때, 정읍사 관현악의 소리로서 도둑잽이와 매굿을 풀이할 수 있습니다. '매굿'을 영고(迎鼓), 또는 맞이굿이라 하였다고 합니다. 처음에는 그리 불렀으나 후대에 들어와 충렬왕 때에 송인(宋寅)의 호족 사병 교육과정에서 정읍사와 정읍 풍물이 대규모로 연주되어 조선 말기에 태평소 매굿 풍물로 소박하게 전승한 것을 알 수 있지요. 그리고 온양박물관(1980) 녹음 테이프를 자료로 순서대로 동동과 수제천을 정읍 풍물과 비교 검토하여 보니 정읍 풍물과 수제천이 음향과 순서가 거의 같음을 알 수 있었습니다. 정읍 풍물의 전반부를 도둑잽이라고 하는 바, 이는 동동잡희(動動雜戱)의 사투리였고, 후반부는 매굿이라고 하는 바, 경상도에서도 역시 매구라 함을 알 수 있었습니다. 순서로도 아주 비슷하게 진행되어진다는 점입니다. 조선 후기로 올수록 음악이 낮고 느릴수록 높은 지위를 상징하게 됩니다. 수백 년 동안 수제천 음악이 이어지고 감흥이 없어서 대중으로부터 외면당할 수밖에 없었습니다. 일제강점기 축음기 산업이 들어오면서 미국과 일본의 음반 회사들이 동동과 수제천을 주로 빠르게 백제, 고려 음악을 되살려 만든 것이 오늘날의 한국 민요라는 생각입니다."

"그럼 구체적으로 예를 들 수 있습니까?"

"예, 심청가와 방아타령은 농부가와 같은 수제천의 일부 음향입니다. 이 음악을 일본 엔까(演歌)의 시조 고가마사오(古賀政男)가 기타 소리로 방아 찧는 소리를 흉내 내어 '술은 눈물이냐' 곡으로 시중에 내놓아 당시 아시아에서 가장 인기가 높은 노래로 팔리게 됩니다. 이 노래가 우리 가요에서는 이미자가 부른 낙화유수(落花流水), 대지의 항구, 목포의 눈물 등과 비슷한 음악으로 널리 퍼지게 된 겁니다."

정읍사와 도둑잽이

생각하건대, 도둑잽이는 동동잡희-동동잽희-동동잽이-도둑잽이로 소리가 변하여 굳어진 것으로 보인다. 이제부터 굿과 관련한 정읍사와의 관계를 살펴보도록 할 것이다. 굿판을 벌인다 에서처럼 굿이란 굿을 하는 무당이 노래와 춤을 추면서 사람의 행운을 비는 원시적인 신앙 행위를 이른다. 이른바 샤먼(薩滿, shaman)인데 우리나라에서는 스승(師)에 해당하는 말이다. 스승이란 말은 사이를 뜻하는 슷(間, 훈몽자회)에 접미사 -응이 붙어 슷응-스승으로 굳어진 형이다. 여기 사이라면 무슨 사이일까. 신-인간, 인간-신, 인간-인

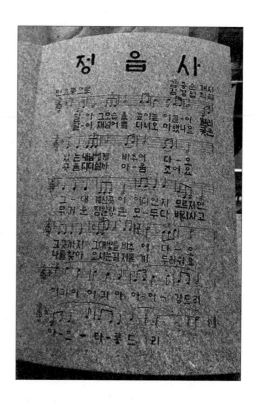

간의 사이를 뜻하는 것으로 나눌 수 있다. 그러니까 신정정치(神政政治, theocracy) 시대에 신과 인간의 사이에서 중재자의 구실을 맡았던 제사장을 뜻한다. 이르자면 중세 서양에서 교황의 역할을 담당하였던 것으로 보면 된다. 굿의 목적은 대개 병을 고치거나 복을 부름(招福), 혼을 부름(招魂), 영혼을 가라앉힘(鎭魂), 귀신을 쫓음(逐鬼)을 위한 종교 행위였다. 이와 함께 풍물굿이 있다. 어떤 분들은 중국의 기록에 따라서 매굿이라는 표현을 쓰자는 분들도 있지만, 그것 역시 중국의 표현이라 생각된다. 풍물굿은 한민족 고유의 신명나는 놀이문화이기에 풍물굿이란 표현이 맞다고 생각한다. 호남 지방에서 음력 섣달 그믐날 밤 풍물을 치며 드리는 마을굿을 올린다. 잡귀를 몰아내고 복을 불러들이기 위한 벽사 축원 굿의 하나인데, 메굿·뫼굿·매귀(埋鬼) 등으로 불린다. 이 굿은 민간에서뿐만 아니라 궁중에서도 행했는데, 궁중에서는 어린아이 수십 명을 모아 진자(侲子, 초라니)를 삼는다. 뒤에 풍물이라 함은 일제에 의하여 만들어진 신조어이다. 이제부터 옥 선생님과 도둑잽이와 정읍사에 대한 말씀을 나누어 보도록 하겠다.

"반갑습니다. 오늘은 정읍사와 관련하여 도둑잽이와 매굿에 대한 이야기를 나누도록 하겠습니다. 먼저 도둑잽이에 대해서 간단한 종류와 그 내용에 대해서 풀이해 주셨으면 좋겠습니다."

"관심을 가져 주시니 고맙습니다. 먼저 도둑잽이에 드는 갈래로는 청영굿과 수제천이 있습니다. 굿의 시작은 탈해왕의 탄생을 알리는 닭소리와 혁거세 왕을 알리는 말소리가 들립니다. 호호굿이라 하여 군사의 점호를 이르는 것입니다. 그리고 일일이 신분을 묻는 문굿이며 에라 만수를 이르는 과정을 지나면 마치는 인사 굿이 있습니다. 이와 같은 과정은 수제천도 마찬가지로 오늘날의 정읍 풍물에서도 장단 메도지로 마감을 하는 것은 같은 맥락으로 볼 수 있습니다."

"여기 에라 만수라 하는데 '에라'에 대한 무슨 뜻이 있습니까?"

"글쎄요. 그냥 감탄사 정도로 보면 좋을 듯합니다만, 무슨 다른 뜻이 있을까요?"

"어원으로 보면 어라하(於羅瑕)-에라로 보는데요, 여기 어라하는 임금을 뜻하는 것으로 보입니다. 그러니까 임금님 만세토록 무강하심을 빈다는 내용으로 보면 될 듯합니다."

두 사람은 시원한 녹차를 마시면서 이런 저런 정읍지역의 문화적인 축제에 관한 이야기를 나누었다. 4월 초순 벚꽃이 필 무렵이면 정읍에서는 정읍사 공원을 중심으로 하여 정읍 일원에서 축제를 벌인다. 이때 마지막 날 전야에는 국악당에서 나와 수제천 음악으로 정읍사를 연주하고 사람들과 정읍이 정읍사의 고향임을 자랑스럽게 여기며 흥겨운 축제를 마감하기에 이른다.

"옥 선생님, '정읍 사람들'이라는 카페에서 보았습니다. 정읍 풍물을 연구하고 가르치시면서 학교에 오랫동안 봉직을 하셨던데요. 혹시 지명과 관련하여 정읍사의 정(井)과 관련한 마을이 어느 곳에 있는 줄 아십니까?"

"있기는 있어요, 정해(井海) 마을이라고 있습니다. 삼성산도 있고요. 증산교의 일종파라고 하는 보화교(普化敎) 신도들이 가장 많이 살고 있습니다."

"그럼 정해마을의 우물 전설도 아시겠네요."

"그렇습니다. 본디는 정촌 곧 큰 샘골이라고도 했으나 뒤로 오면서 고을이 차츰 커지면서 정읍(井邑)이 된 거지요."

"정읍사 음악을 포함하는 여러 분야의 교육을 하던 곳이 무성서원(武城書院)의 무성과는 무슨 관련이 없을까요."

잘 알지 못한다고 한다. 내 보기로는 정읍의 정(井)이 원의미를 갖고 있다고 본다. 이는 아마도 거북신앙과 관련이 있을 것으로 상정해 보았다.

"갑내 선생님은 정해(井海) 마을과 무성서원의 무성(武城)의 연결고리가 무엇이라고 생각하시는지요?"

"예. 정해의 정(井)은 자원으로 보아 감(甘)과 같은 뜻을 갖고 있습니다. 정읍에 감곡(甘谷) 마을이 있잖습니까? 여기 감곡의 감은 거북 구(龜)와 같은 의미소를 갖고 있다고 봅니다. 부산의 낙동강 변에 구포(龜浦)를 달리 감동포(甘同浦)로 적습니다(대동지지 참조). 말하자면 여기 정읍이야말로 오랜 세월의 강을 건너면서 많은 싸움과 갈등의 골이 깊었던 곳으로 봅니다. 또한 감(甘)은 '검'(神. 신자전)과 같습니다. 감-검이 신이라면 정해의 정은 물신 곧 수신이 되는 겁니다. 그러니까 정해마을의 전설에 바다의 용왕이 나오고 물을 다스리는 권능을 가진 바다를 이르는 겁니다. 무성(武城)의 무(武)가 현무니까 거북신이 됩니다. 현무는 북쪽이며 북쪽이 방위로 보면 물[水]을 가리킵니다. 지금도 칠포에는 무성리가 있잖습니까?"

　잠시 물도 마시고 쉬기로 하였다. 이어서 수제천에 대하여 이야기를 나누기로 하였다. 경험과 이론을 갖춘 예인이라는 생각이 들었다. 이 글에서 옥 선생님은 정읍 농악에 대하여 오랫동안 이론과 실제를 갈고 닦아온 국악 연구자 권희덕 선생을 이른다.

수제천과 정읍사

　수제천이란 백제의 노래인 정읍사를 반주하는 기악곡의 이름이다. 정읍(井邑) 또는
수제천(壽齊天)은 이제까지 전해 오는 아악 가운데 가장 전통적인 악곡이다. 오늘날에
는 독립적인 기악곡으로 수제천이 연주된다. 언제 누가 작곡했는지는 정확하게 알
수가 없다. 다만 주로 궁중의 연례악(宴禮樂)으로 쓰였다. 대표적인 행사가 종묘제례
악으로 쓰인 것이다. 처용무(處容舞)의 반주악으로도 연주된다. 수제천의 뜻은 하늘처
럼 영원한 목숨이 깃들기를 기원하는, 특히 군왕의 만수무강을 비는 의미로 쓰였다.
프랑스의 민속음악 경연대회에서 그랑프리를 차지한 바가 있다.

　수제천 음악으로는 탑불가와 농부가, 조선애국가와 태평가로 연주된다. 좀 더 자
세한 것은 옥 선생님과의 대화를 통하여 알아보도록 한다.

　"수제천 음악이 정읍사를 연주한다면, 탑불가[靈山會相]는 불교의 노래인데 불교가
들어오기 이전부터 불리던 노래가 정읍사이니 이런 것은 어떻게 보면 좋을까요?"

　"제가 보기로는 불교가 들어온 뒤에 수제천 음악으로 들어와서 불교 의식에 사용
되었던 것이라고 생각합니다. 가장 오래된 민요 형태가 농부가(農夫歌)라고 보면 좋을
겁니다. 말씀하신 탑불가는 지금도 정읍 백암리의 상여소리에 관세음보살을 세 번

외치면서 연행합니다. 농부가(오채질 굿)는 본디 망부석의 주제가이기도 합니다. 고려의 궁중음악으로 들어가면서 변조된 것입니다. 농부가 정읍 풍물의 가장 오래된 노래 가운데 하나지요."

"그렇습니까. 이어서 태평가에는 정읍만기라는 악기가 있다고 들었는데 어떤 사연인지 들려주시겠습니까?"

"정읍 풍물의 풍류굿인데요. 이에 얽힌 사연이 있습니다. 고려 충렬왕 때 사람 김원상이 지은 것으로 이 시대는 정읍 사람 송씨의 딸이 원나라 황제 유모의 며느리요, 또한 충렬왕의 애첩이 정읍 출신 시무비라고 합니다. 동해의 영덕 고을로 유배를 간 시중 이혼(李混)이 무고(舞鼓)와 정읍만기(井邑慢機)라는 반주용 악기를 만들어 바치고 귀양에서 풀려났다는 겁니다."

그러면 정읍 풍물의 중모리에 해당하는 양산도에 대하여 그 내력을 물었다. 옥 선생님은 기꺼이 응하였다.

"정읍에서는 천자문 읽기의 노래로 짧았으나 적선래(謫仙來)가 여기에 추구(推句. 천자문 다음에 배우는 책, 당시 7언시 구절 외우는 소리)를 더해 구성된 음악입니다. 삼국 가운데 가장 약했던 신라가 김유신의 아우인 김흠운(金欽運)이 양산(陽山. 영동) 싸움에서 전사한 것을 추모하기 위하여 임금의 명으로 노래를 지어 부른 곡이 양산도(陽山道)라고 이릅니다. 풍물은 군악이 일종의 군대악이었기에 수천 년 이어진 것으로 봅니다. 특히 세마치장단은 경기민요의 박자입니다. 경기도의 풍물에는 없는 노래로서 오직 정읍 풍물에서만 양산도가 연주되고 있는 바, 이는 고려 때 개성으로 흘러 들어가서 경기도 지방에 정착한 것으로 보입니다."

이어 삼채굿과 강강술래에 대하여 알아보기로 하였다. 삼채는 싸움채, 즉 전투 시에 힘을 분발하는 장단으로 삼채이거나 아니면 삼진작의 비슷한 발음에서 나온 건지 알 수 없다. 다른 지역에서 자진 몰이 덩더쿵으로 불린다. 이 노래는 김수로왕을 모셔오는 구간들이 큰소리를 치며 용감히 뛰는 전투 자세로 불렀던 것이라는 주장이다.

"갑내 선생님, 정읍은 이순신이 정읍 현감으로 왔던 곳입니다. 이 노래를 포함한 정읍 군악을 들어보고 임진왜란을 대비하여 8계급 승진하여 전라좌수사가 되어 연승

하였습니다. 이 때 강강술래와 삼채굿을 부르지 않았을까 합니다. 정읍 우도 풍물에서 삼채굿이 마당에 들어서면, 원으로 감아 돌다가 두 줄로 나누어 전진후퇴하고 콧등 치기, 수박치기 같은 전투형의 자세가 됩니다. 조선시대 유교 지향의 정치로 다른 지역에서는 농사놀이로 바뀌었으나 임진왜란에서 승리한 호남, 경남의 풍물은 군사들의 전투 자세가 확실하게 남아 있습니다. 말하자면 정읍사는 일종의 선비의 글 같은 문사(文詞)를 뜻한다고 봅니다."

정년 이후 전주에서 풍물을 배워서 봉사활동을 하며 모악산 기슭으로 들어가 시를 쓰는 송사가 대화의 장을 이어 간다.

"옥 선생님, 반갑습니다. 저는 고창 해리 사람입니다. 지금은 전주에서 살지만. 더러 틈이 날 때 풍물을 배워 취미 삼아 활동을 가끔씩 합니다. 옥 선생님 글에 보니까 오랫동안 정읍 풍물에 대한 깊은 애정 어린 연구와 교육을 해오셨더라고요. 선생님은 정읍 풍물이 군대악이고 따라서 정읍사도 군사와 관련한 노래라고 보시는 거지요?"

"예, 그렇습니다."

"일본 가요와 우리나라 민요와 가곡 등에 끼친 영향 관계에 대해서 어떻게 생각하시는지요?"

"동동이나 수제천, 그리고 삼진작 같은 우리나라 전래의 음악들이 왜색이 짙다는 평가를 하시는 분들이 있습니다. 저는 그렇게 생각하지 않습니다. 서구의 영향을 받아 변모해 간 일본 음악의 기본적인 성격을 알기 위해서는 먼저 가장 큰 영향을 미친 독일의 음악가 에케르트(Franz von Eckert)를 알 필요가 있습니다. 에케르트가 일본에서 20년여 간 가르친 일본의 문하생들이 새로운 신곡을 작곡함에 있어 조선의 수제천, 동동 등의 음악이 자료로 많이 원용되어 농부가 형태의 일본 가요가 단조로 등장합니다. 이른바 기미가요(ぎみがよ)에 수제천 같은 조선의 음악이 많은 영향을 주게 됩니다. 이러한 사실을 모르는 이들은 이를 왜색이라고 단정해 버렸습니다. 이르자면 다음과 같은 노래들을 들 수 있습니다.

궁중음악 ··· 수제천 동동, 애국가 ··· 고종황제 대한제국애국가(에케르트 작곡), 군가

… 만주 독립군학교 교가 조선행진곡, 판소리 … 심청가, 방아타령, 춘향전, 농부가, 시조 … 태산가, 사룡, 한림별곡, 상춘곡, 민요 … 자장가, 성주풀이, 천안삼거리, 제주도타령, 태평가, 양산도, 밀양아리랑, 사발가, 강강술래, 신고산타령, 각설이타령, 가곡 … 홍난파 … 금강에 살으리랏다, 낮에 나온 반달, 기러기 외 10곡, 이흥열 … 바우고개, 트로트 대중가요 … 대지의 항구, 목포의 눈물, 동요 …, 달맞이, 해방가, 새야새야 파랑새야, 일본가요 … 고가마사오(古賀政南)의 술은 눈물이냐, 탄식이냐, 히로시마의 어머니 등이 에케르트의 영향을 받았거나 직접 만든 바, 같은 흐름의 노래들입니다.”

“그럼 무성서원에 대한 것도 살펴보셨겠네요.”

“무성서원(武城書院) 현가루(絃歌樓)는 지금도 정읍시 칠보면 무성리 원촌 마을에 가면 그러한 흔적들을 찾아볼 수 있습니다. 안동의 도산서원처럼 유네스코 인류문화유산으로 등재를 준비 중에 있는 걸로 알고 있습니다. 중국 춘추전국 시대 공자의 음악을 배운 수제자 자유(子遊)가 무성현(武城縣)에서 사람들에게 아악을 가르친 지명으로 최고의 비엔나 같은 음악마을을 이룹니다. 건물 현판이 현가루 즉 거문고 타고 노래하는 집이란 이름입니다. 삼국지 촉나라 제갈량의 병법에 사용되는 군악 교육을 의미하는 글이 아닌가 합니다. 우리의 경우, 최치원이 태산 태수(정읍군수)로 와서 고을 이름을 무성현(武城縣)으로 바꾸고 군악, 전술 교육을 실시하여 그 문하생들이 4년 뒤 견훤(甄萱)의 군사로 쓰였다 합니다. 그래서 정읍사는 후백제 궁중악의 일부로 볼 수 있습니다.”

이제 정읍사 관련 기록과 정읍 풍물에 대한 질문이 있을 법한데 말이 없다 싶었다. 아니나 다를까 송사가 이윽고 질문을 던졌다.

“정읍시 북면 승부리 점촌에 가면, 망부석 정읍사 마을이 자리하고 있습니다. 동국여지승람의 정읍현조에 망부석(望夫石)으로 소개된 북쪽 10리의 지점으로 망부석이라는 바위가 비슷한 소리 ‘민들바위’라는 이름으로 망부(望夫) 바우(돌)가 아직도 남아 있고 승부(承婦, 烈婦)리라는 마을 이름이 있잖아요. 장사꾼 아내를 열녀(烈女)로, 이러한 전통을 이어간다는 뜻으로 승부리이며 장사꾼의 객점이라는 뜻의 점촌(店村), 더러 장사꾼의 마을 이름으로 알고 있습니다. 여기에 대하여 관련한 이야기를 알고 싶네요.”

“역시 고향이 가까운 분이라 그런지 상당한 내용을 알고 계시네요. 저랑 연배가 비슷하신 듯 … 고향 친구를 만난 것 같습니다. 지명으로는 그뿐이 아니고 산 이름으로 월붕산(月朋山)이 있습니다. 아마도 이는 정읍사를 고려한 이름으로 달보고 노래한다는 여인의 이야기를 상징적으로 드러낸 것으로 볼 수 있습니다. 계집 알공산이라고도 부릅니다. 조선 성종 24년(1493)에 나온 악학궤범(樂學軌範)을 성현(成俔)과 유자광(柳子光), 그리고 장악원정을 지낸 이항(李恒) 등이 이웃마을에 살았던 점을 고려, 그리고 국도 1호선을 통하여 광주–개성, 고부–남원의 교차 지역으로 오가는 길손이며 한다하는 가객들이 찾던 노래의 고향으로 널리 알려졌을 것으로 봅니다. 뿐만 아니라 시무비(柴無比)의 마을(옹동면 칠석리 능향)의 전설에 따르면, 고려 충렬왕 때 노래와 춤을 잘해서 충렬왕의 사랑받는 애첩이 되었다고 합니다. 정읍사 첫머리 ‘달하 노피곰이’ 널리 퍼지게 되었다고 합니다. 시무비와 충렬왕이 함께 머물던 개성의 사냥터(경의선 도라산역)를 ‘도라’산이라 하는데 이것도 ‘달하’에서 비롯한 것이 아닌가 합니다만 ….”

이 밖에도 고려의 노래 쌍화점(雙花店)과도 정읍이 깊은 관련이 있어 보인다. 쌍치면 삼장, 산내면 매죽리 접경 송인의 연회 터가 그것이다. 고려 충렬왕 때 송인(宋寅)이 집권할 때, 정읍 출신으로 고려사(高麗史)에 기록된 송인이 지은 두 편의 시는 이곳 출신의 악공들 노래로 궁중에서 뿌리를 내리게 되었다는 것이다. 구렁이가 용의 꼬리를 물고 태산을 넘어가네 라는 것과 관련한 구렁 바위가 있고 태산은 태산현(泰山縣)을 말한다. 국사봉 아래 삼장사(三臟寺)의 폐사지가 있는 것으로 보아 쌍화점과 깊은 관련을 의심하게 하는 대목이다.

한편, 정읍의 삼산동 음성(音聲), 자로(自老)에는 가객들이 모여 살았다고 보이는 음성부곡이 있다. 백제시대의 국립국악원인 음성부곡으로 보인다. 백제의 부흥군을 따라와서 정읍에 머물러 살다 견훤의 후백제에서 중용되기도 하였다. 고려의 이의방 무신정권 때부터 정읍 송씨의 권세에 힘입어 고려의 궁중음악의 중심이 되었고 강화도로 천도한 뒤에 요새지에서 기로회(耆老會) 유자량, 현덕수 문인들이 가무를 즐기며 전국을 유람하다가 노래가 뛰어난 이곳에 삼신산과 못을 만들고 가무를 즐기는 풍속이 살아 숨 쉬는 지역으로 남아 있다. 음성부곡에서 한림별곡으로, 기로회의 가무향연의 터인데 여기 기로가 자로로 소리가 변하여 지금은 자로마을로도 부르게 되었다.

정읍의 옹동면 비봉리 수약에 가면 수제천의 처용도(處容圖)를 볼 수 있다. 고려청자 도요지가 있는 정읍의 호족이던 김회련이 개국공신으로서 송인의 아들 송안(宋安)과 함께 임금에게 처용무(處容舞)를 추며 수제천을 연주하는 악공을 시켜 바치는 행적도인데 마모되어 정조 때에 다시 본을 떠서 만들었다고 한다. 우리가 잘 아는 상춘곡(賞春曲)을 지은 정극인(丁克仁)도 정읍에서 만년을 보낸 문인 가객이었다.

"옥 선생님, 국악교육을 위한 앞으로의 꿈은 무엇입니까?"

"사운드 오브 뮤직 같은 세계적인 정읍 풍물을 살려가는 일입니다. 물론 정읍사 문화를 바탕으로 한 것이지요. 정읍 풍물은 수제천과 정읍사의 접속이기에 그렇습니다."

"바쁘신데 정읍 풍물과 수제천, 그리고 우리 민악에 대한 여러 가지 뜻깊은 말씀 고맙습니다. 우리 국악, 정읍 풍물에 대한 발전을 성원 드립니다. 이렇게 해서 정읍사와 수제천에 대한 이야기를 나누고 일단 정읍사에 대화를 위한 초대석은 여기까지로 하겠습니다. 함께 해주신 옥 선생님과 곰나루 여러 친구들 고맙습니다."

샘 바다 마을을 찾아보고

둟하 노피곰 도두샤
어긔야 머리곰 비취오시라

　1987년 6.29 선언이 있기 전, 민주항쟁으로 온 나라가 화염병 연기로 시달릴 때 나는 수업시간에도 하루면 몇 번씩 정읍고등학교 정면에서 남쪽으로 300여m 떨어진 아양산(해발 298m)을 바라보며 나라 걱정을 하곤 했었다.[2]

　그러던 어느 봄날 정읍사를 가르치다 아양산 산자락 여기저기에 피어 있는 진달래꽃을 바라보고 있노라니 정읍사 공원이 제대로 터도 닦이지 않은 상태에서 망부석부터 세워지는 것을 목격했다. 수업이 끝나고 교무실에서 정읍이 고향인 선생님들과 이야기하기를 설화에 나오는 망부석 당사자의 고향이 어디냐고 물었다. 어느 선생님은 정읍군 영원면이라는 선생님도 있었고, 어떤 선생님은 입암면, 또 어떤 선생님은

2　필자 매촌(梅村) 박동록은 현재 대건신협 이사이며, 한때 정읍고등학교에 국어교사로 봉직하였다.

북면이란 분도 있었다.

그 뒤 2009년 정년퇴임을 할 때까지 수백 번 정읍사를 가르치면서도 정읍사 화자의 고향에 대해선 별로 개의치 않으며 훈고학적 풀이나 배경 설화, 문학사적 의의, 작품 감상 등에 치중하며 교수-학습을 하였다.

문학이란 과목이 국어 과목에서 분리되어 교육과정에 단독 과목으로 채택된 후, 대학 입시에 치중하여 교수-학습을 해야 하는 교육 현장에서는 어쩔 수 없이 8종의 검정교과서를 다 섭렵해야 했다. 그 때 망부석이 등점산에 있다는 고려사의 기록도 알게 되었다.

30년이 지난 2017년 봄, 정읍천에 벚꽃이 만발할 때 공주사범대학 국어교육과 동창생이었던 정호완 교수와 구중회 교수, 임윤수 선생과 이남규 선생이 정읍사 발상지를 탐방하자는 제의가 있어 흔쾌히 승낙하고 '샘바다(점촌 또는 정해동)' 마을을 방문하였다. 샘바다 마을은 정읍의 근원지인데, 그 곳을 찾아가려면 아양산 고개를 넘어야만 한다. 아양산 고개를 오르는 순간 나는 그만 어안이 벙벙할 수밖에 없었다.

30년 전, 잡초 우거진, 시골길 같은, 무너진 언덕길 너머에 이렇게도 넓은 분지가 있으리라고는 상상도 못했다. 6년(1986~1992) 동안 정읍 출신 선생님들과 근무하면서도 이런 상황을 한 번도 들은 일이 없었다면, 정읍 출신 선생님들도 모르고 있었지 않았을까? 하는 생각이 들었다. 등하불명이라지만 너무했다는 생각이 들었다.

단 한번만이라도 500m 쯤 떨어진 아양산 고개를 올라가 보았다면 샘바다 마을에 펼쳐진 배 모양의 넓은 분지와 그 분지에서 살고 있는 사람들의 삶의 모습을 볼 수 있었을 텐데 그렇게 하지 못한 내 삶의 모습이 부끄러웠다. 그리고 모르는 사람한테 전화로 '정(井)'자가 들어간 지명을 물어, 그 지명 하나로 정읍사에 얽힌 모든 비밀을 캐낸 것 같은 정 선생한테 고개 숙이지 않을 수 없었다.

정읍은 지명으로 여론이 많은 지역이다. 1981년 정읍(井邑)이 시로 승격되면서 '시(市)'자 앞에 '읍(邑)'자를 넣을 수 없지 않느냐며 정읍시로 하지 않고 정주시로 명명했다가 다시 정읍시로 개칭했다. 여론에 의해 보통명사인 '읍(邑)'자가 고유명사의 한 음절이 된 셈이다. 샘바다(정해) 마을 또한 이해되지 않는 부분이 있다. 산골 마을에 샘(井)이란 지명은 있을 수 있지만 바다(海)란 말을 보태어 샘바다란 합성어의 지명을 만든 것이 그렇다.

'샘' 자를 쓴 것은 그 지역이 풍수지리상 배 모양이어서 우물을 파면 배 바닥에 구멍을 뚫는 격이 되어 고을이 망할 형국이라 우물을 파서는 안 되지만 사람 사는 곳에 생수 나올 곳은 있어야 하니까 어쩔 수 없이 우물을 파야겠기에 100여 호가 살아도 한 샘만 파서 사용하였다 한다. 그 샘이 지금도 있는데 큰 직사각형[井]의 샘물이 깊고 맑고 깨끗하여 망부석의 순애와 같았다. 우물 옆에는 300년 된 버드나무와 팽나무가 연리지(부부나무)로 살아가고 있어 망부석 부부의 금슬 좋은 모습을 보는 듯했다.

그러면 '바다'란 말은 왜 썼을까? 동네 주민들의 말을 빌리면 옛날엔 여기가 바다였고 지금도 산자락에 선착지라 불리는 곳이 있으며, 그 곳에 배를 맨 흔적이 있다고 하지만 바다와는 거리가 먼 산속의 분지라 논리성이 없다. 또 다른 전설도 있다.

원래 이곳은 정읍현의 옛 이름이었던 정촌현의 고을 터로 알려온 곳이다. 노령산맥의 새재 아래에 위치하고 있는 이 마을은 입암 산성으로 통하는 길이고 새재는 남북으로 통하는 교통의 요지이다.

정유재란 때 왜장 소조천륭경(小早川隆景)이 수만 대군을 이끌고 새재를 넘어 가려고 이 곳 샘바다에 이르렀을 때 피난민들이 입암산성으로 모여들자 어떤 술사가 그의 술법으로 왜군을 방어하겠다고 나섰다. 그리고 술법으로 별안간 새파란 바다를 만들어 창파가 물결치고 있는 것이었다. 피난민들은 모두 신기하게 여겨 안심하게 되었다.

왜군이 이곳에 다다라 뜻밖의 바다에 놀라지 않을 수 없었다. 너무나도 괴이한 일이라고 생각한 왜군은 지도를 펴놓고 살펴보니 바다가 아닌 육지였다. 왜군은 이것이 필시 어떤 사술의 조화라고 깨닫고 그대로 행군했다. 안심하고 이곳에 머물던 피난민들은 뜻밖에 밀어닥치는 왜군에 많은 화를 입었다. 이로부터 정촌이란 지명은 정해 곧 샘바다로 된 것이라고 한다(다음 블로그. 들길).

이 전설 역시 도술로 육지를 바다로 만들었다는 것은 현실성이 없어 전설일 뿐이다. 아마 배수가 안 되는 곳에 비가 많이 내리니 홍수로 바다처럼 보였을 것이다. 하여 우리 일행은 서로의 상상력을 모아 보았다. 이곳은 팔방이 산으로 둘러싸인 상당히 넓은 분지다. 그런데 비가 오면 물이 흘러갈 하천이 없다(지금은 있지만). 비가 많이 내리면 분지 전체가 물로 가득 찰 수밖에 없다. 그것이 바다가 아닌가?

빠져 나갈 수로는 아양산 고개뿐이다. 아양산 고개는 분지 밖으로 나가는 샘바다 사람들의 길목이면서 홍수 때 물이 넘쳐흐르는 고개라는 생각이 들었다. 또한 길목이니까 망부석이 된 화자가 행상 간 남편을 기다린 곳도, 산 아래(현 정읍 시가지 쪽)를 먼 시야로 내려다 볼 수 있는 여기가 아닌가 하는 생각이 들었다. 농본사회 무렵 먹고 살기 위해 농사지을 땅을 찾아 정해마을에 사람들이 몰려들었고, 홍수 피해가 있을 때마다 고개 너머 하천이 있는 안전한 마을(현 정읍 시가지)로 이주하여 살아야만 했고, 인구가 늘어 현이 군으로, 군이 시가 되어 오늘에 이른 것이 정읍시다.

後腔全져재 녀러신고요.

대학 때 은사님이셨던 강귀수 교수님 논문에 악절의 하나인 후강과 져재 사이에 쓰여진 '全'자를 져재에 붙여 풀이한다면 전주 시장이 된다는 강의 내용이 생각난다. 지금도 많은 사람들이 정읍은 전주의 속현이라고 하면서 져재가 전주 시장이라고 생각하고 있다. 그렇게 생각하기에는 무리라는 생각이 든다. 그 당시 전주 저자거리는 현 남부시장이다. 남부시장에서 샘바다까지의 거리는 현재 차도로 57km다. 그리고 남편이 소금 행상을 했다고 하는데 전주에서나 샘바다에서 가장 가까운 소금 생산지는 부안 변산면에 있는 곰소다. 현재도 곰소에는 염전이 많이 있다. 샘바다에서 곰소까지의 거리는 중간쯤 고부군(20km)을 거쳐 가면 40km이고 곰소에서 전주까지의 거리는 70km이다. 무거운 소금을 나귀에 싣고 다니며 장사했다 할지라도 너무 먼 거리라는 생각이 든다. 그렇다면 어떤 시장일까? 정읍은 통일 신라 때는 태산현(泰山縣, 정읍 태인면)에 속했고, 고려 때는 고부군에 속했다. 따라서 5일장처럼 장이 서는 시골 장을 찾아다니며 장사했다면 고부나 태인이 아닐까? 하는 생각이 든다.

즌디를 드디욜셰라

한편 '즌디'라는 단어와 기다리다 망부석이 되었다는 설화와 문맥을 이으면 전주 시장이라는 설도 맞을 수 있다. 샘바다에서 출발하여 곰소에서 소금을 사서 나귀에 싣고 전주까지 가려면 110km로 왕복 220km다. 그 먼 거리를 짚신을 신고 여기 저기 돌아다니며 돈을 번다는 것은 쉬운 일이 아닐 것이다. 비가 내리면 소금이 젖을까 움직일 수도 없고, 가다가 해가 저물면 숙소를 구하기도 쉽지 않았을 것이다. 그래서 오랫동안 귀가하지 못했을까? 신라와 전쟁 중에 장사하다 징집되어 전사하였다는 설도 있지만 돈 벌어 귀가 도중 쑥고개에서나 솔튼재에서 산적을 만나 죽을 수도 있다. 또 전주 시장 홍등가에서 딴 살림을 차릴 수도 있다. 하여튼 달님에게 무사 귀환을 호소하고 기원하며 기다리다 지쳐 망부석이 되었지만 님은 오지 않았다. 왔다면 망부석 설화도 없었을 것이다.

귀가 도중 정읍사 공원에서 화자를 모시는 사당에 들어가니 마당 여기저기에 민들레꽃이 피었다. 남규 선생이 화자의 일편단심이라 하여 모두가 웃었다. 그럴싸했다. 시적인 은유다. 전져재에서 점심으로 순대국을 먹고 지금도 여전한 홍등가를 걸으며 백제시대로 타임머신 해 보았다.

2. 산유화가(山有花歌)

어화어화 상사디요, 산유화야

　백제가요는 지금까지 알려진 백제가요는 선운산가, 서동요, 정읍사, 완산요, 지리산가, 방등산가, 무등산가, 산유화가가 있다. 그 중에서 가사가 기록으로 전해 오는 것은 정읍사뿐이고, 오로지 산유화가만 유일하게 가사와 곡이 함께 전승되어 오고 있어 그 가치가 매우 크다.[3]

　1600여 년 전 백제시대 부여군 세도면을 중심으로 전승되어 온, 1982년 충남 무형문화재 제4호로 지정된 산유화가는 백제의 멸망을 슬퍼했던 백제 유민들의 아픔과 조국에 대한 그리움을 담고 있어 구슬픈 느낌을 준다.

　산유화가는 모심기소리, 김매는소리, 벼 바심(알곡 떨기)소리, 벼 부치는(검불 날리기)소리, 벼 담는(곳간에 쌓기)소리 등 다섯 마당으로 구성되어 있다.

　　<모심기 소리>
　　(후렴) 에 헤헤/ 아아아 헤 헤이/ 에 헤이에, 여루/ 상사디요.

3　필자는 임윤수 선생, 호는 월산(月山). 곰나루21의 대표로 이번 백제가요 문학기행의 총괄을 맡았다.

산유화야 산유화야 궁야평 너른 들에 논도 많고 밭도 많다
씨 뿌리고 모 옮기여 충실하니 가꾸어서 성실하게 맺어보세
(후렴)

산유화야 산유화야 입포의 남당산은 어찌그리 유정턴고
매년 팔월 십육일은 왼 아낙네 다모인다 무슨 모의가 있다던고
(후렴)

산유화야 산유화야 이런 말이 웬말이냐 용머리를 생각하면
구룡포에 버렸으니 슬프구나 어화벗님 구, 국, 충, 성 못다했네
(후렴)

산유화야 산유화야 사비강 맑은 물에 고기낚는 어옹들아
왼갖고기 다낚아도 경치일랑 낚지 마소 강, 산, 풍, 경 좋을시고
(후렴)

산유화야 산유화야 왕당의 벅궁새는 어이그리 지저귀냐
겉잎은 자자지고 속잎나라고 지저귄다
(후렴)

산유화야 산유화야 한줌 두줌 심는 모는 왼갖정성 다들이고
한발 두발 옮긴 발길 천리마를 비할소냐 용천마도 못당하네
(후렴)

<벼 부침 소리>
(후렴) 에- /에헤이/ 여라 솔 오올/ 비이야
나비야 나비야 청산을 가자
가다가다 저물거던 꽃속에서 자고 가자
꽃속에서 괄세를 하면 잎에서라도 자고 가세
불어온다 불어온다 강바람이 불어온다
말을 타고 달린 바람 어느 누구의 회오리인가
장하구나 그바람이 우리들의 영광이라네
제갈공명 높은 도술 동남풍을 불어왔네
우리농부 손바람은 년년 풍년바람이라

이미 우리나라도 아열대 기후에 들어와 있다. 계속되는 가뭄으로 전국의 대지가 타들어가고 있다. 4개월째 가뭄으로 마실 물도 부족한 마을이 속출하고 있다. 전국에서 담수 면적이 가장 큰 충남 예산의 예당 저수지의 저수율이 8.8%, 물 위에 떠 있어야 할 낚시용 좌대가 바닥에 주저앉아 있고, 강원도에서는 군 부대와 경찰의 물차와 살수차가 주민들의 급수 지원에 나서고 있는 실정이다. 오죽하면 '대프리카(대구+아프리카) 달걀 프라이', '광프리카(광주+아프리카) 바나나'라는 신조어가 나왔을까.

오늘은 모처럼 곰나루21 본부가 자리한 공주 지식곳간채에 고마들 4명이 모였다. 우리 모임의 회장을 맡고 있는 갑내 형, 기꺼이 사무실을 빌려준 몽골리안 형(이후 만권당), 그리고 말레이시아 이포에서 머물다 최근 귀국한 박 교수, 그리고 필자. 이렇게

넷이 자리를 같이 했다. 특히 박 교수와의 상봉은 오래간만이어서 우리들의 마음을 그 옛날, 어려웠지만 꿈과 희망이 있었던 대학 재학 시절의 추억 속으로 돌아가게 하였다.

우리는 우리 모임의 본부인 지식곳간채에서 원형으로 둘러서서 보고 싶었던 마음을 큰절로 대신하고, 주로 박 교수의 흥미 있는 말레이시아 이야기로 즐거움을 나누었다.

이어서 갑내 형 제의로 그 옛날, 전 카페지기이었던 최 시인이 재학 시절 그토록 많이 드나들었다는 삼미식당으로 자리를 옮겼다. 재학 중에 만권당과 최 시인은 두 가지 공통점이 있었단다. 첫째는 수요문학회에 같은 동인으로 활동을 하였으며, 둘째는 두 사람 모두 인쇄소 필경사의 경력이 있다는 점이다. 최 시인이 재학 시절 수요 품평회가 끝나면 신관동 전막 주점에서 한 잔하고, 이어 산성동 터미널 집에서 또 한 잔 마시고, 이어 중동 진미집에서 취하고, 마지막으로 중동 단골집에서 고주망태가 되었는데 이 중동 단골집이 바로 여기 삼미식당이고 신기하게도 지금까지 변하지 않은 그 상호로 50여 년을 이어오고 있는 집이다. 식당 바로 앞은 그 이름도 잊혀지지 않은 반죽교, 다리를 건너면 공주우체국이다. 혹시나 해서 내가 우리 또래의 여 주인에게 이러한 사연을 물어보았지만 아쉽게도 모르겠다는 대답만 돌아왔다. 우리는 막걸리로 건배하면서 이번에는 공주를 주제로 이야기를 이어갔다.

"갑내 형은 공주를 방문할 때마다 석장리에 대한 이야기를 여러 번 했는데, 특별한 이유라도 있습니까?"

"이곳 공주 석장리 강 가 공터가 파른 선생에 의해 1964년 1차 발굴 조사를 거쳤고, 1970년 4월 남한 최초로 구석기시대 집자리와 긁개, 밀개, 새기개 등이 처음 모습을 드러냈어요. 당시 '한

• 50년만에 찾아온 호운 최병두 단골집이었던 삼미식당

반도에는 구석기시대가 없다'는 일본 학자들의 식민사관에 의한 역사 왜곡을 잠재운 곳이 바로 여기 석장리지요."

"파른 손보기 선생의 업적은 어떤 것이 있을까요?"

"파른 손보기 선생은 안타깝게도 2010년 이미 고인이 되었지만, 민족의식이 강한 역사학자입니다. 석장리1호 집자리에서 발견된 오리나무 재질인 숯 조각에 대한 방사성 탄소 연대 측정을 국내 고고학계에서 처음으로 실시하였으며, 일본식 학술 용어가 아닌 뗀석기 용어들을 한글화한 것도 그의 커다란 업적이에요."

"만권당은 요즈음 백제문화제 행사를 기획하는 데 큰 역할을 하고 있는데요. 2011년 공산성 '성안마을' 저수지에서 백제 유물이 발견되었다지요?"

"'정관 19년 4월 21일'이라는 당나라 연호가 적힌 백제 옻칠 갑옷, 그리고 쇠갑옷, 대도, 장식칼, 마갑 등이 공북루 안쪽의 '성안마을' 즉 1990년대 후반까지 민가 70여 채가 옹기종기 모여 살던 곳에 한 세트로 묻혀 있었어요. 백제시대 공산성의 위상을 한눈에 보여주는 1급 유물들입니다. 저수지에만 '성안마을' 주민들이 우물 5개를 팠는데, 이 중 하나가 옻칠갑옷과 불과 20cm 떨어진 곳에 설치되었어요. 조금만 옆쪽으로 뚫고 지나갔더라면 갑옷은 살아남지 못했을 겁니다. 당시 나당 연합군에 포위된 긴급 상황에서 옻칠갑옷 등을 왜 저수지 한가운데 놓았는지는 학자들끼리도 지금까지 미스터리로 여러 해석이 분분해요. 당나라와 최후 결전을 앞두고 갑옷을 저수지 아래 묻으면서 승전을 기원한 의례를 올린 것으로 보는 이가 많아요."

"이번에는 공주 수촌리 고분 발굴에 관한 이야기를 해보기로 하죠. 언제 어떠한 것들이 출토되었나요?"

"수촌리 야트막한 구릉에 봉분 6기가 원형을 이루고 있고, 그 아래 고분 10여 기가 늘어서 있어요. 2003년 발굴 결과 지금까지 발견된 백제 금동관들 가운데 가장 오래된 금동관과 금동신발, 환두대도, 금귀고리 등이 출토되었는데 특히 금빛 봉황이 날아오를 듯한 금동관은 신라 금관과는 또 다른 아취와 우아함을 담고 있습니다. 금동신발과 금귀고리도 정교하기 이를 데가 없고요."

"4~5세기 한성 백제시대 수촌리는 백제 영토였지만 중앙과 멀리 떨어진 지방이었는데, 백제 1급 유물들이 왜 한성이 아닌 지방 수촌리에 묻혀 있었을까요?"

"수촌리 고분은 4세기 말에서 5세기 중엽까지 약 60년에 걸쳐 4세대가 묻힌 지방 지배층의 가족묘로 보이며, 백제 왕실에서는 지방 유력자들을 통해 간접 지배를 했었는데, 이 과정에서 충성을 확보하기 위하여 이들에게 금동관 등 1급 유물들을 내려준 것으로 보고 있어요. 4호분과 5호분에서 나온 대롱옥 2점을 우연히 맞춰봤는데 거짓말처럼 아귀가 딱 맞았어요. 원래 하나였던 대롱옥을 두 개로 부러뜨린 뒤 남편과 아내 무덤에 각각 부장한 것으로 생전에 금실 좋던 부부가 내세에 가서도 다시 만나자는 의미로 쪼갠 것이지요. 역사의 내러티브는 때로는 소설보다도 더 아름다울 수 있습니다."

"만권당은 지난 2011년 '풍속문화로 만난 무령 임금 무덤의 12가지 비밀'을 간행한 바 있습니다. 이 책을 보면 왕과 임금, 무덤과 능은 개념이 다르다고 했는데 간략하게 설명해 줄 수 있습니까?"

"백제 시대의 왕과 중국의 왕을 동일한 제도로 이해해서는 안 돼요. 우리나라 고대 역사상의 임금과 춘추전국시대 중국의 왕과는 다른 문화권입니다. 임금은 우리나라 고유한 색깔을 지니는 것으로 중국의 제후급인 왕과는 구별되어야 합니다. 무덤도

• 조촐하지만 막걸리로 정담을 나누며(삼미식당)

같은 논리인데요. 무덤은 분묘와 능원묘로 나뉘는데 분묘는 고고학에서 사용하는 용어이고, 능원묘에서 능은 황제나 왕급이고, 원은 그 아래 등급, 묘가 일반 서민들의 등급이에요. 조선시대의 원이 왕세자급이라면, 중국의 그것은 급수가 아니라 무덤의 영역을 의미하기 때문이에요."

"공주시에 들어서면 대교를 비롯해서 곳곳에 '고맛나루'라고 쓴 것이 보이는데, 만권당이 우리가 일반적으로 사용하는 '곰나루'라는 용어를 '고맛나루'로 바꾸는데 가장 큰 역할을 했다고 들었습니다. 오늘 이 '고맛나루'에 담겨있는 애틋한 사랑이야기를 들어볼 수 있을까요?"

"옛날 한 남자에게 반한 암콤이 자식까지 낳았으나 남편이 변심하자 자식과 함께 금강에 몸을 던졌다는 이야기입니다. 지금도 고맛나루 웅신당 웅신단 비에 새겨져 있는 사연입니다."

삼미식당에서 우리는 이밖에도 여러 이야기를 나누었고, 본부로 돌아와서도 늦게까지 정담을 나누었고 우리 모두의 밤은 이렇게 깊어만 갔다.

이른 아침 우리는 터미널 앞에 자리한 콩나물 해장국 식당을 들렀더니 자리가 없을 정도로 손님이 많았다. 어제 우리처럼 약주를 많이 해서 해장하기 위해 이곳을 찾아온 사람들인지, 아니면 언제부터인지 우리도 중국이나 태국처럼 아침을 밖에서 해결하게 되었는지를 생각해 보면서 해장국의 묘미인 날계란을 풀어 해장을 한 후에 내 차에 올랐다. 백제가요 중 산유화가의 현장 부여군 세도면을 가기 위해서다. 그러나 만권당과 박 교수는 개인 사정으로 합류하지 못하고 갑내 형과 둘이서만 산유화가 답사를 하기로 했다. 우선 먼저 부여문화원에 들러 산유화가에 대한 자료와 이야기를 들어보기로 하고 본부 사무실을 출발했다.

백제 큰 다리를 건너 정지산 터널, 웅비탑 3거리, 고맛나루 솔밭을 지날 때였다. 지금은 흔적조차 희미하지만 고맛나루 웅신당이 자리한 남쪽 들녘은 당나라 소정방이 웅진(공주)을 공격하기 위해 주둔했던 곳이다. 우리 곰나루21 모임 때 여러 번 여기를 참배했었던 기억이 있었다. 그 때 우리 고마들은 출렁이는 강물을 따라 솔밭 길을 거닐면서, 서로 옛날의 추억과 두터운 우정을 다짐했었다.

"갑내 형이 스물여섯에 대학에 입학했을 때, 우리 고마들이 30명이었는데 이제 그 중 여섯 명이 이미 건너지 말아야 할 강을 건넜어요."

"그래요, 그 동안 세월의 강이 50년이나 흘렀는데 무엇인들 변하지 않은 것이 있을까요. 그렇지만 멀지 않아서 우리 모두 함께 만나게 될 거예요. 이 세상은 너도 왔고 나도 왔고, 너도 가고 나도 가는 곳이니까. 다시 만날 때까지 항상 고마운 마음으로 남아 있는 삶을 살아가야 한다고 생각해요."

"갑내 형이 겪은 6 · 25전쟁, 역시 한국전쟁은 형에게도 혹독한 시련이었지요?"

"눈보라가 휘날리며 너무나도 추웠던 강원도 횡성(아홉 살 때), 1 · 4후퇴로 중공군을 공격하기 위해 쏟아 부었던 아군기의 폭격으로 우리 집안은 그야말로 산산조각이 나버렸지요. 아버지와 동생, 외할머니까지 돌아가셨으니까. 아니 이때의 폭격으로 어머니도 1973년 57세로 돌아가실 때까지 정신이 온전하지 못한 삶을 사셨어요."

차는 백제큰길 651번 도로, 오른쪽으로 금강을 끼고 어느새 바우성 네거리를 지나고 있었다. 재학할 때 가끔 다녀 보았던 이 강변도로의 푸르른 경치는 더욱 우리에게 그 옛날 추억의 누리로 젖어들게 하였다.

"춘천 우두산 기슭에 자리한 강원도 농도원에서 재건국민운동 지도자 교육을 받을 때는 조국근대화의 꿈과 열정으로 가득 차 있었지요?"

"그럼요. 심훈의 상록수에 공감을 하고, 새농촌 건설을 위해 유축 농업, 젖 짜는 양도 길렀고, 양봉도 했었지만 그 중에도 보람이 있었던 것은 다수확 신품종(옥수수)을 재배하여 군 증산왕으로 뽑혔던 일, 그리고 농지세를 제일 먼저 납부하여 모범 납세자로 선정, 부상으로 놋그릇을 받았을 때였어요. 지금도 길거리의 옥수수를 볼 때면 나도 모르게 마음 속으로 그 때의 감흥이 일어나지요."

"군대 생활은 어디에서 어떻게 보냈나요?"

"1964년 봄 논산훈련소 입대 후 조교 생활을 거쳐 1966년 10월에 제대를 했어요. 그 후의 일이지만 강풍으로 얼크러져 서리 내린 밀짚 지붕을 고치다가 미끄러져 떨어졌는데, 병원비가 없어 안방에서 4개월 동안 꼼짝을 못했었지요. 다리가 휘청거리고 농사지을 힘이 없어서 부농의 길을 접었어요. 그 이후 육민관고등학교 8개월 과정을 거쳐 공주사범대학 국어과에 겨우겨우 턱걸이 입학을 했습니다."

"어찌 생각해 보면 그 때의 낙상으로 지금의 우리 곰나루와 연결되었군요. 묘한 인연입니다. 입학 후에는 그 당시 휴강이 많아서 학교생활이 무척 실망스러웠다구요?"

"인생 삼 학년을 바라보는 고개 마루에서 배움에 목말라 입학했는데, 비가 와도 휴강, 눈이 와도 휴강, 바람만 심하게 불어도 휴강이니 이를 교수에게 따질 수도 없고, 이 때 칸트와 헤겔, 하이데거와 사르트르 철학을 탐독하기 시작했어요. 생활은 무척 어려워서 동초 선생님의 보증으로 국어대사전과 청구영언 책을 마련하였고, 그 책값을 갚기 위해 학생들이 오기 전에 학교 청소를 하고 강의가 끝나면 아이들을 모아 알바로 과외를 했던 기억이 있지요."

도로는 백제큰길에서 백제문화로로 바뀌면서, 수문 4개밖에 없는 백제보가 보이는 저석 교차로에서 우회전, 드디어 부여에 도착했다. 부여에 들어서자마자 정감이 어린 단어가 눈에 들어왔다. 금강 5경으로 알려져 있는 왕진 교차로를 지나니 나무 데크 난간에 '굿뜨래'가 보인다. '굿뜨래'란 부여의 농산물 브랜드 이름인데, Good+뜰의 합성어로 좋은 뜰에서 나는 농산물이라는 뜻이다.

'부여 능산리 고분군'에서 백제 왕릉급 고분이 추가로 발견되었는데, 고분에는 석

• Good+뜰 조각공원

실과 호석이 있고, 무령왕릉에서 볼 수 있는 금송 목관과 금동 못 등 유물도 발견되었다고 한다. 발굴이 안 된 고분 5기에 대해서도 앞으로 추가 발굴 작업을 진행할 계획이라고 한다.

부여에 대한 기억의 편린을 더듬어 보자. 대학 재학 중이었으니까 몇 십 년이 지났구나. 그 때 동기이었던 H양이 친상을 당해 여러 명이 떼를 지어 조문을 갔었다. 그게 나에게 있어 부여의 첫 방문이었다.

부여는 한 나라의 찬란한 문화유적이 살아 숨 쉬는 땅이라는 점에서, 잃어버린 왕국, 패망의 아픔을 간직한 백제의 도읍지라는 점에서 공주와 그 맥을 같이 한다. 백마강에 잠긴 달, 정림사지에서 바라보는 저녁 노을, 낙화암의 소쩍새 울음소리, 고란사 풍경 소리 속에는 무언가 슬픈 정서가 담겨 있다. 그 옛날 서동과 선화공주가 사랑을 나누었을 장소가 어디일까. 혹 이곳 궁남지(宮南池)가 아닐까.

우리나라에서 가장 오래된 인공 연못 궁남지. 드넓은 연못 한가운데 바람에 흔들리는 버들가지를 쳐다보며 정담을 나누지 않았을까. 부여는 경치는 아름답지만 가슴은 처연해지는 슬픔의 미학이다. 또 한 가지 우리나라에서 가장 오래된 사리장엄구가 2007년 부여 왕흥사 터에서 출토된 지도 벌써 10돌을 맞는다. 이로써 청동사리합 명문은 왕흥사 창건 연대가 삼국사기에 기록된 600년보다 23년이나 앞선다는 새로운 사실이 밝혀졌고, 신라와의 관산성 전투에서 아버지 성왕을 여읜 위덕왕, 그보다 먼저 세상을 떠난 왕자가 존재했다는 사실과 1500여 년 전 이 죽은 아들을 기리기 위해 사찰을 세운 아버지의 슬픔이 사리기에 고스란히 묻어나고 있다.

차는 신정 교차로를 거쳐, 용정 교차로(건너편에 백제문화단지가 있다)를 지났는데, 문화원 정문 위치를 잘 알지 못하여 정림사지 박물관을 한 바퀴 돌고나서야 우리는 부여문화원에 도착할 수가 있었다. 미리 만권당에게서 연락을 받은 문화원 사무국장이 우리를 친절하게 반겨주었다.

"안녕하세요? 백제가요 답사를 다니고 있습니다. 부여군 세도면을 중심으로 전승되어 오고 있는 산유화가에 대한 자료를 얻을 수 있을까요?"

"부여문화원 사무국장 김인권입니다. 공주대 교수님으로부터 연락을 받았습니다.

우리 문화원에서는 산유화가를 보다 체계적으로 알리고 보존하고자 이의 발굴과 문화재 지정 과정 그리고 역사와 음악적 특성 등을 담은 책자를 2010년에 발간했습니다. 이제 산유화가는 농사 현장이 아닌 무대에서 공연하고 있습니다. 이러한 전승 환경의 변화를 맞이하여 산유화가를 보다 학술적인 측면에서 살펴 보고 산유화가를 구성하는 여러 요소들을 살펴보는 것은 큰 의미가 있다고 생각합니다. 우리 문화원에서는 앞으로도 노래로서의 본질적 모습, 그리고 그 변화 양상을 살펴서 보다 적극적인 보전 환경을 만들어 나가도록 노력하겠습니다. 이것이 지금까지 나온 산유화가 자료입니다. 집필에 도움이 되었으면 합니다. 그리고 더 자세한 설명을 원하신다면 세도면 청송리에 있는 산유화가전수관에 연락을 해 놓겠습니다."

"좋은 말씀 고맙습니다."

"갑내 형, 우리 이왕 여기까지 온 김에 신동엽 문학관에 들르는 것은 어때요?"

"좋은 생각입니다."

우리는 문화원에서 멀지 않은 충남 부여군 부여읍 신동엽길12, 신동엽 문학관으로 직행했다. 문학관 전면 현수막에는 시인의 모습과 함께 '그는 추모되는 기억이 아니라 격돌하는 현재이다'라고 씌어 있었다. 우리말의 아름다움을 마음껏 구사한 언어의 마술사, 서사시 '금강', '누가 하늘을 보았다 하는가' 민족적 순수와 반외세의 시인, 분단과 부패한 권력에 항거했던 부여의 민족시인 신동엽. 1989년 중학교 3학년 국어교과서에 실렸던 그의 시 '산에 언덕에'. 1985년 부인 인병선 시인이 되사서 복원한 신동엽 생가는 문학관 바로 옆에 자리하고 있으나 그 날이 휴관일인지 모두 잠겨 있어 들어가 보지는 못하였다.

• 신동엽 시인의 생가

신동엽 시인은 서른아홉의 나이로 타계했으니까 천수의 복을 누린 사람은 아니었다.

그러나 그렇다고 오랫동안 시를 쓴 시인도 아니었다. 등단하고 나서 꼭 10년 시를 썼다. 인간 신동엽은 39년을 살았지만, 그가 쓴 시는 그로부터 60년을 살고 있다. 아니 아직도 현재진행형이다.

지금도 나는 기억하고 있다. 몇 년 전 공주대 본관 앞에서 열렸던 '교명변경 반대' 집회에서 연단에 올라 '껍데기는 가라'를 개사한 시를 힘 있게 낭독하던 동초 선생님을. 동초 선생님은 1991년 〈금강〉과 신동엽의 문학을 발표하고, 현재 신동엽기념사업회 고문이시다.

우리는 산유화가 전수관이 있는 세도면 청송리를 가기 위해 부여군민회관에서 우회전, 계백로인 경찰서 앞 로터리를 지나 부여읍에서 규암면으로 들어가는 백제교 위를 달리고 있었다.

"갑내 형, 동초 선생님은 '백제가요 연구'라는 제목으로 쓴 논문이 1971년에 백제문화연구소에서, 그리고 1998년에는 고려대 박사학위 논문으로 나왔고, 산유화가 연구(1975), 정읍가고 1, 2(1976. 1977), 지리산가 소고(1978), 무등산가 소고(1979), 선운산가 소고(1980), 방등산가 연구(1992), 산유화가의 전통성(1996)을 논문으로 발표하였습니다.

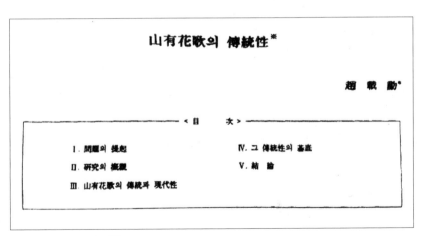

• 산유화가의 논문(조재훈)

선생님의 백제가요 논문에서 언급이 안 된 가요는 '완산요'와 '서동요'가 있습니다."

"완산요는 삼국유사에 실려 있는 2구로 되어있는 참요로서, 후백제 멸망에 대한 예언적인 성격이 있는 원시 가요이고, 서동요는 신라의 향가로 보았으며, 1968년부터 지금까지 익산에서 '서동축제'를 하고 있습니다."

"선생님이 '산유화가의 전통성' 논문을 발표하였는데, 이때의 전통이란 어떤 개념일까요?"

"첫째는 시간의 연속성, 둘째는 현재에의 구속성, 셋째는 가치의 문제로 보았어요."

"산유화가의 전통은 어떠한 양상으로 나타나 있나요?"

"백제 산유화가는 남녀상열지사, 숙종 때 향랑의 고사, 현재 부여에서 불리어지는 산유화가로 나타나 있어요."

"산유화가가 끈질긴 전통성을 가지는 것은 무엇 때문일까요?"

• 이정표(부여세도두레풍장, 산유화가)

"하나는 백제의 패망과 관련된 충격의 지속성이고, 다른 하나는 하루아침에 잿더미가 된 참화 속에서 살아남은 백성들의 깊은 한과 무상감 때문일 겁니다."

"산유화가가 부여군 세도면에서 명맥을 이어온 이유는 무엇이라고 보나요?"

"백마강과 유왕산이 자리한 이곳에서 당나라로 잡혀간 왕과 관리들을 전별하였고, 또 다른 하나는 농업은 천하지대본인데, 바로 이 농요에 힘입어 전해왔기 때문이라고 봅니다."

어느 새 차는 수북로 수북정삼거리

에서 좌회전, 오른 쪽으로 백마강변을 끼고 백마강 유람선 선착장을 지나 충절로 돌말 교차로, 규암 교차로, 의자로 석동 삼거리에서 유턴, 부여군 위생처리장을 거쳐 폐교된 남산초교를 지나 청송리 세도두레풍장, 산유화가전수관(옛 백암초등학교) 운동장에 다다랐다.

미리 부여문화원사무국장의 연락을 받은 다소곳하며 점잖은, 중씰한 아주머니 한 분이 나와 우리를 반겨준다.

"안녕하세요. 연락을 받았습니다. 충남 산유화가보존회 유형문화재 정 선생이라고 합니다. 옛 초등학교를 전수관으로 사용하고 있고, 남편과 함께 학교 관사에서 생활하면서 관리 운영하고 있습니다."

우리는 정 선생의 안내로 전수관의 여러 자료들, 책자와 사진, 전수관의 깃발 등을 돌아보고 난 후 차를 마시면서 이야기를 나누었다.

"먼저 산유화가보존회란 어떤 모임입니까?"

"산유화가보존회는 충청남도 지정 무형문화재 제4호인 「산유화가」를 보존·발전시키고 보유자 및 후계자와 모든 회원들의 활동을 지원하는 데 목적을 두고 결성되었고요. 이 보존회는 세도면과 부여읍을 중심으로 활동하던 보유자와 전수 학습에 참여하는 사람들로 구성되어 있어요."

"산유화가라고 불리는 여러 노래들의 갈래에 대한 말씀을 듣고 싶습니다."

"첫째 백제의 노래로 전해지는 산유화가가 있고요, 둘째 경북 선산의 향랑고사와 관련한 노래, 셋째 부여 세도면 농사 현장에 전승되는 노래, 넷째 농요 가운데 '산유화야산유화야'로 시작하는 노래, 다섯째 부여군 세도면 장산리에서 발굴된 산유화가로 충남 무형문화재 제4호로 지정된 노래가 있습니다."

"그렇군요. 그럼 산유화가의 명칭과 어원은 어떻습니까?"

"명칭은 내용에 따라 6가지로 나누어 보는데요.

첫째 산유화가는 메나리로서, 메나리는 '메놀꽃'에서 나왔고, '메놀꽃'은 한자 '遊(유)'가 '有(유)'로 되었다는 견해,

둘째 '메나리꽃아 메나리꽃아'라고 꽃이름을 부르기 위해 메나리라 부르게 되었

고, 이것의 한역으로 보는 견해,

　　셋째는 '새내지로구나'를 '사뇌(詞腦)'와 동일한 것으로 파악한 양주동의 견해,

　　넷째는 메나리를 이두식 표기로 보는 견해,

　　다섯째는 남도 잡가의 창조 이름으로, 평조보다 곱절 높은 음정의 우조라는 견해,

　　여섯째는 메나리를 산에 피어있는 각종 꽃을 두루 이르는 것으로 뫼꽃의 한역 '산화(山花)'의 중간에 발음을 고려하여 '유(有)'자를 끼워 넣은 것으로 보는 견해도 있습니다."

　"정 선생님께서는 산유화가에 백제의 역사가 담겨 있다고 보시는지요?"

　"그럼요, 당연합니다. 백제 멸망의 역사가 가사 전편에 녹아 흐르고 있습니다. '산유화야 산유화야 입포의 남당산은 어찌 그리 유정턴고, 매년 팔월 십육일은 왼 아낙네 다 모인다 무슨 모의가 있다던고'라는 구절을 통해서 의자왕과 백성들이 당나라로 끌려가는 모습을 보기 위하여 금강 언덕에 모였던 것이 계기가 되어 매년 8월 17일 부여 유왕산에서 모였던 부녀자들의 나들이 풍습에 백제의 역사가 담겨 있고요.

　'산유화야 산유화야 이런 말이 웬말이냐 용머리를 생각하면,

　구룡포에 버렸으니 슬프구나. 어화벗님 구, 국, 충, 성 못 다했네.'

라는 구절에도 백제 멸망을 슬퍼하는 유민들의 아픔이 있어서 산유화가에는 백제의 역사가 담겨있다고 생각합니다."

　"서민의 삶과 애환을 담은 노동요, 산유화가의 예능 보유자와 전수자, 전승 계보는 어떻습니까?"

　"산유화가의 존재를 알리게 된 계기가 되었던 가장 중요한 인물은 세도면 장산리 홍준기이고, 홍준기는 임윤필과 김학수로부터 학습한 것으로 알려져 있습니다. 산유화가가 농사일 모내기에 불리던 노래이었기 때문에 이들은 모두 농사 현장에서 소리를 주도하던 못방구, 즉 숨겨진 소리꾼입니다. 예능 보유자는 홍준기로부터 산유화가를 전수받은 박홍남, 이병호를 거쳐 현재는 조택구, 김영구, 송관섭으로 그 맥을 잇고 있습니다."

　"어떻게 해서 산유화가가 사람들의 주목을 받게 되었습니까?"

　무형문화재 정 선생은 전수관의 오른쪽 벽면 책장에서 여기저기를 찾아보더니, 조

선일보(1975. 10. 19)에 김세영 기자가 쓴 산유화 관련 기사를 꺼내 보였다. 기사의 내용은 아래와 같다.

(신문 글) 백제 민요 「산유화가」를 찾아

1천5백여 년 전의 백제 사람들이 즐겨 부르던 민요 산유화가가 제21회 백제문화제 행사에 첫선을 보여 학계의 관심과 일반의 흥미를 끌었다. 백제 민요 산유화가는 부여 공주 지방과 경북 상주 지방에 그런 노래가 있었다는 구절이 전해내려왔을 뿐 가사와 곡은 전해진 것이 없었다가 이번 문화제 때 처음 선을 보인 것이다. 찬란한 문화가 있었으나 나제 연합군의 병화에 짓밟혀 백제 것이라면 모조리 없어진 이 마당에 산유화가의 발굴은 상당한 연구 가치가 있는 무형문화재로 받아들여지고 있다. 산유화가는 부여에 사는 70노인 장봉태씨에 의해 6절까지 고스란히 재현됐다. 국악협회 충남지부장 유병기씨가 장 옹의 창을 6절까지 녹음 채취했다가 지난 15일, 16일 대전 신도극장에서 국악원생 조공례씨(43, 여) 등 10명의 목소리를 빌어 재현한 것이다.

산유화야산유화야
저 꽃 피어 농사일 시작하니
저 꽃 지도록 농사일 필역하세
(후렴) 어럴러럴 상사디야 어여디여 상사디 : 1절
산유화야산유화야
저 꽃 피어 번화함을 자랑마라
구십소광 잠깐 간다 : 2절
취영봉에 달뜨고 사비강에 달이 진다
저달떠서 들에 나와 저달떠서 집에 간다 : 3절
농사짓는 일이 바트건만
부모처자 구제하다 뉘 손을 기다릴꼬 : 4절
부소산이 높아있고 구룡포 평원되니
세상일 누가 알꺼 : 5절
에에 산유화야 육지평지가 뚝뛰고 자쳐도
만날 봉자가 희로구나 : 6절

병상에 누워있는 장 옹은 일제 초기 총독부의 초청을 받아, 이미 죽고 없는 분과 함께 총독부에 불려가 산유화가를 불렀다고 한다. 그때 일인 학자가 가사는 맞는 것 같으나 곡은 알 수가 없다고 하던 말을 유 씨에게 전해줬다. 문화재전문위원 홍사준씨도 산유화가가 백제의 민요임이 틀림없으나 가사가 맞는 것인지는 더 연구가 필요하다고 말했다. 산유화가를 찾아낸 유 씨는 지난 봄 예산과 청양지방에 산유화가가 전해온다는 말을 듣고 그 지방을 헤매고 다녔으나 허탕을 치고 지난 여름 경북 상주지방에서 신라 통일 이후 백제의 유민들이 부르는 노래가 있다는 말을 듣고 그곳에 갔다가 또 허탕을 쳤다.

<유병기(국악협회 충남지부장) 글 참조>

　"산유화가는 1970년대 중반에 발굴하였으며, 1976년 10월에 진주에서 열린 제17회 전국민속예술경연대회에 참가하여 문화공보부 장관상을 수상, 1982년 충청남도 무형문화재로 등록되었습니다."

• 백제문화제에서 시연하는 산유화가

"산유화가에 나타나 있는 음악적 특징은 어떠합니까?"

"충남 부여지방의 논농사 소리에서 발전한 산유화가는 논농사의 전 과정에 걸쳐 고루 남아 있어요. 가창 방식을 보면 모두 메기고 받는 선후창의 형태를 가지나, 메기는 사람을 둘로 나누어 한 번씩 교창하는 형태를 취하고 있고, 마감소리는 모든 사람이 함께 제창합니다."

"산유화가는 서민의 노래이면서 농민의 노래로 백성들에 의해 많이 불리고 사랑을 받으면서 구전을 통해서만 전승되어 왔는데요, 현재의 산유화가 전승 보존 실태는 어떠합니까?"

"부여지역의 경우, 산유화가의 전수 교육은 부여국악원 여성들을 중심으로 민요 강습회와 더불어 이루어지고 있어요. 그 이유는 산유화가 자체가 경쾌감이 적고 일노래이기 때문에 박자가 느린 노래의 속성 때문입니다. 산유화가가 논에서 일하며 부르던 노래로서, 산유화가의 강습만으로는 지루한 느낌이 있기 때문에 민요강습과 더불어 하고 있습니다. 민요를 배우는 이들은 리듬이 빠르고 속도감이 있는 노래들을 좋아하는데, 산유화가의 강습회에 경쾌한 민요를 같이 해야지만 사람들이 와서 배우는 데 더 효과적입니다. 그리고 찾아가는 문화 활동으로서는 20여 명의 단원을 데리고 농사와 산유화가에 대한 설명과 시연을 중심으로 2006년 계룡초, 백제중, 임천중을 비롯한 부여군 4개 학교, 청양군 4개 학교, 공주시 4개 학교 등에서 별도의 교재를 제작, 소개하였습니다. 세도면의 경우, 임천고에 이어 세도중학교가 민속 시범학교로 지정되어 학생들은 전수 학습을 거친 후 2007년까지 백제문화제에 참가하여 시연, 2008년부터는 '산유화가세도본회'가 발족되면서 보존 회원을 중심으로 활동하였으나, 세도중학교 학생 수가 줄어들고 교과 학습 문제와 겹쳐 산유화가의 전수 교육에 부담을 느낀 학생들의 참여가 줄면서 현재는 전수 교육의 맥이 중단되어 있는 실정입니다."

"세도중학교의 산유화가 전승 교육은 백제문화제의 참가를 통해 절정을 이루었군요. 백제문화제는 언제 어떻게 해서 시작이 되었습니까?"

"백제문화제는 1955년 부여에서 지역 유지들의 발기로 구성된 백제대제집행위원회(위원장 이석태)가 거행한 '백제대제'로부터 시작이 되었습니다. 주민들의 자발적 성금으로 '삼충제(성충. 흥수. 계백)'를 통해 3충신에게 제향을 올렸고, '삼천궁녀제[수륙재]'를 통해 도성 함락 때 백마강에 몸을 던진 삼천궁녀의 넋을 위로하였습니다. 백제문화제는 망국의 혼을 위로하는 '백제대제'로부터 시작되었으며, 행사 기간 동안 많은 사람들이 참여하였고, 1975년 제21회 백제문화제 때는 대전에서도 부여, 공주와 같은 기간에 행사가 개최되었습니다."

"백제 유민들의 한이 담겨져 있는 아름다운 농요, 산유화가의 체계적인 전승과 활성화 방안에는 어떠한 것이 있을까요?"

"이제 농사의 현장과 생업의 변화가 크게 진행되었기 때문에 산유화가의 원형을 발굴 당시의 문화적 맥락에서 복원하는 것은 어렵겠지만 세대 간 전승을 통한 안정적인 전승 교육을 확보해야 합니다. 그렇게 하기 위해서는 전승과 보급이 기존의 공교육적 시스템에 반영되도록 하는 방향을 적극 검토해야 할 것이고, 지역 문화의 이해에 대한 공식적인 통로가 확보되어야만 합니다. 우수한 능력을 가진 전수자를 확보하여 전승 교육을 하는 것도 장기적으로 전승 전망을 밝게 하는 방안이라고 생각합니다."

"불쑥 방문하였는데도 이렇게 좋은 말씀을 해 주셔서 진심으로 고맙습니다. 책이 나오면 '산유화가보존회' 유형문화재이신 정 선생님 앞으로 한 권 보내드리도록 하겠습니다."

우리가 차를 타고 정문을 나설 때까지 배웅해 주는 정 선생님의 인정이 봄의 햇볕처럼 따스하게 느껴졌다. '산유화가세도본회'가 발족하면서 세도면과 부여읍을 중심으로 활동하는 보유자, 그리고 전수학습에 참여하는 사람들로 구성되어 있는 '산유화가보존회'가 앞으로도 백제문화제 및 전국민속행사에서 더욱 왕성한 활동이 있기를 기대하면서 우리는 옛 백암초등학교를 빠져나왔다.

"갑내 형, 우리 이번에 돌아갈 때는 오늘 아까 이곳으로 온 길이 아닌 강경, 논산방향으로 가볼까요?"

"좋습니다. 새로운 길로 가봅시다."

차는 계백로 청포3거리를 거쳐 황산대교를 지나고 있었다.

"갑내 형, 중국 길림대학에는 언제 가셨지요?"

"2003년 대학 연구년 때였지요. 학생들을 가르쳤는데 학술 발표, 백두산 답사 등을 하였고, 특히 기억에 남는 일은 한글을 모르는 사람들을 초청하여 조선족 식당에서 비빔밥을 나누어 먹으며 한글날 노래를 가르쳤었어요. 그 때 한창 그 창궐했던 사스가 유행하여 곤욕을 치렀을 때였지요. 당시 곰나루21의 운영자였던 최병두 시인 주도로 내가 머물고 있던 장춘에서 함께 했던 백두산 여행이 기억에 많이 남네요. 길림과 장춘, 용정과 훈춘, 그리고 윤동주 생가 및 백두산 등을 여행했던 일은 지금도 두고두고 잊혀지지 않아요."

"그래요, 특히 우리 모두가 윤동주 생가를 찾아갔던 일은 지금도 생생한데요. 길림성 화룡현 명동마을 큰 기와집 윤동주 생가가 최근 집 앞에 대리석을 깔고 여기저기 시비를 세워놓아 우리가 갔을 때의 고즈넉한 분위기는 사라졌어요. 더욱 안타까운 일은 생가 입구에 세워놓은 생가 안내비에 '중국 조선족 애국시인 윤동주 생가'라는 표석이 자리하고 있어요. 이 문구에서 애국의 대상은 조선이 아니라 중국이란 뜻이지요. 중국 국적으로 산 일이 없고, 중국어로 작품을 남기지 않았던 윤동주 시인으로서는 황당한 일이라고 생각합니다. 윤동주, 그는 암울한 시대에 우리가 어떻게 살아가야 할지를 밝혀주는 커다란 별입니다."

놀뫼대교 3거리에서 공주방면으로 좌회전한 차는 논산신대교를 건너 논산, 천동, 왕전, 하도, 신충교차로를 지나 상월휴게소, 월오, 상성교차로를 거쳐 이제 막 동화교를 건너고 있었다.

"삼국유사와는 어떻게 인연을 맺었어요?"

"국보 306호 삼국유사를 지으신 일연과 원효, 그리고 설총이 태어난 고장에서 국어 선생을 하고, 게다가 우리 민족의 유산인 국어학을 공부한다는 것이 나에게는 내 평생의 소중한 복이고 낙임을 깨달았지요. '삼국유사의 종합적 연구'라는 국가 연구 과제를 3년 동안 수행하면서 잘 몰랐던 점도 알게 되고 좀 더 공부해보고 싶다는 생각을 하게 되었어요. 더욱 결정적인 것은 2008년 정년 하던 해 가을에 '삼국유사 문화랜드'라는 과제로 국가 문화관광 아이디어 공모에 최우수 작품으로 선정, 이어 3

년 동안 삼국유사 사업추진위원회 대표직을 하면서 자리값을 해야겠다는 다짐을 하게 되었지요."

"현재 가장 중점을 두고 하는 일은 무엇입니까."

"'삼국유사대학' 카페를 운영하고 있어요. 카페지기지요. 요즈음 중점 사업은 '삼국유사 사전'을 만들어내는 일입니다. 기본적으로 언어가 문화 기호라는 관점에서 삼국유사의 수록된 낱말에 겨레의 역사문화가 숨 쉬고 있다고 생각해요. 특히 청나라 시대의 황명으로 엮은 만주원류고(滿洲源流考)의 상당 부분이 우리의 상고사와 깊은 관련이 있어요. 중원 역사문화의 초점이라 할 요하문명(遼河文明)의 현장인 산동성과 동북 지방을 답사하면서 약 1,400여 표제어로 만들었어요. 더러는 범어와 만주어 등을 고려하여 문화론적인 풀이를 했고, 새김 속에는 식민사학을 넘어 민족사학을 함께 되돌아보았지요. 그리고 말도 안 되는 동북공정, 아니 중화문명탐원공정을 일삼는 저네들을 나무라기에 앞서 우리 스스로의 정체성에 대한 다짐을 한다는 목적도 있어요. 2017년 올해 개천절 즈음해서 출판할 예정입니다."

차는 오른쪽으로 금강을 끼고 유평, 교차로를 지나 봉명교를 건너, 돌반교차로, 월송교차로에서 우회전하며 금벽로인 강북교차로에 들어서고 있었다.

"올해 하고자 하는 일은 무엇인가요?"

"우리 곰나루21에서 '스토리텔링 백제가요' 책자를 간행해 보는 일이지요. 여러 해 동안 내가 곰곰이 생각해 본 일인데, 우리 곰나루21 고마들의 영원한 스승이신 동초 선생님과의 인연을 이야기로 엮어내는 겁니다. 선생님이 발표하신 백제가요를 스토리텔링이라는 연결고리로 만들어보자는 거지요. 오늘 답사한 '산유화가'도 그 일환입니다."

"이제 갑내 형도 43년생이니까 일흔 다섯이네요. 몇 년 전부터 통풍으로 고생을 많이 했는데, 지금 건강은 어떠한가요?"

"벌써 세월의 강이 많이 흘렀네요. 글쎄, 종종 하루 두 끼 식사를 하는 때가 많아요. 고기보다는 황태나 콩나물, 시래기 된장국을 좋아하고, 그리고 될 수 있으면 승강기보다 계단으로 다니고, 집에서 대학 연구실까지도 자전거 아니면 그냥 걸어서 다니고 있어요."

갑내 형을 대하면 또 항상 생각나는 고사성어와 속담이 있다. 이제 일흔 다섯의 나이인데도 불구하고 지금까지 하루도 쉬지 않고, 이렇게 더운 대프리카 가마솥 더위에도 매일 연구실에 나가서 공부하는 모습이 바로 고사성어로 수적천석(水滴穿石), 속담으로는 '낙숫물이 댓돌 뚫는다'를 느끼곤 한다.

"월산, 하루해는 노을 녘이 가장 아름답고 과일은 익어갈 때가 가장 먹음직스러워요. 우리 앞으로 어느 곳에 가서라도 아주 작은 일이라도 봉사하면서 살아갑시다. 그리고 오늘 일부러 이렇게 시간을 내서 부여, '산유화가' 답사를 함께 동행해 주어서 너무 고맙고 …"

"고맙기는요, 이 일은 우리 모두의 일인데요."

차는 전막 삼거리를 지나고 있고, 천년의 공산성과 금강변의 공북루가 보이고 있다. 지금은 공산성의 정문이 금서루이지만, 물류가 활발했던 그 옛날에는 이 공북루가 공산성의 정문 역할을 했었단다.

어느 새 붉은 노을이 기다림과 그리움에 지쳐 금강물에 몸을 씻고 있었다.

• 동초 조재훈 선생님과 함께

백마강은 산유화 소리로 피고

　이름 없이 전쟁에 산화한 원혼들은 산과 들에 꽃으로 피는가. 봄이면 산에 들에 피는 진달래처럼 소리 없이 피었다 져서는 바람에 날려 다시 저네들의 본향으로 돌아갔다. 지난 밤 깊어가는 봄밤에 잠을 이루지 못했다. 금강 건너 공산성의 두견이 울음소리만 맴돌고. 나그네는 새벽녘에 풋잠이 들었다. 잠시 의자왕을 만났다.

　"대왕님, 이렇게 혼자만 웅진으로 피해 오시면 다른 백성들은 어떻게 하라고요?"

　"둘째 왕자 태(泰)와 내 아우들이 성을 잘 지켜줄 거라 믿기에 우선 이리 와서 후일을 도모하려 함이요."

　"흥수와 성충 같은 충직한 신하들의 말을 들었더라면 여기까지 안 와도 됐을 겁니다."

　"그러게 말이요. 내가 잠시 눈과 귀가 어두워 나라의 정사를 그르친 결과에 대하여 누구를 탓하고 원망하겠소? 다 내 잘못이오."

　"대왕을 의자(義慈)라 하여 의롭고 자애로운 분으로 생각했거든요."

　"…."

　잠에서 깨어 일어나 금강 물 굽이도는 곰나루 솔밭 길을 멀리 바라보았다. 그날의 함성, 그날의 슬픔, 참으로 아린 역사의 상처들이다. 진달래꽃은 피더라만….

의자왕 20년(660) 신라 김유신(金庾信)의 5만군은 육로로, 당나라 소정방(蘇定方)의 10여만 군사는 바다를 통하여 금강으로 각각 백제를 파죽지세로 쳐들어 왔다. 나당연합군이 백제의 수도 사비성(泗沘城, 현 부여)으로 쳐들어오자마자, 백제의 의자왕(義慈王, 재위 641~660)은 태자 부여효(扶餘孝)와 함께 웅진성(熊津城, 현 공주)으로 피신하였고, 둘째 왕자 부여태(扶餘泰)가 남아서 사비성을 지키려 했으나 죄 없는 군인과 백성 1만여 명이 죽고 마침내 부여 백제시대를 마감하고 말았다. 나당연합군은 이어 웅진성을 공격, 함락시킨 뒤 당군은 왕과 왕자를 비롯해 정부 고관 90여 인, 군인 약 2만여 명을 포로로 삼아 백마강에 배를 띄워 잡아 갔다. 이 때 백성들은 나와서 피눈물을 흘리며 붙잡혀 가는 의자왕 일행을 바라보면서 슬퍼하며 통곡했다고. 아직도 부여의 세도에서 불리는 산유화가에는 얼마간 사연이 나온다.

저 달 따서 대장(大將)이 되고
견우직녀는 호군이 되고
태성(台星)을 불러 행군 취태(吹打) 하라.
저 건너 백만 진군으로 승부결단 하리라.
어서 오소 어서 모이소
뽕 따러가세 뽕 따러가세
뽕도 따고 임도 만나보세
깽매풍깽 어헐널널 상사디야

달을 대장 삼고 별을 장군을 삼아서 임금(台星)을 모시고 행군 취타 나팔을 불며 태평세월을 찾고 싶다네. 백만 대군으로 승부 결단을 내려 침략군을 물리치고 싶다. 어서 모입시다. 어서 모입시다. 나라와 겨레를 위하여. 구구절절 망한 백제를 지키고 싶다는 염원이 노랫말 속에 배어 있다.

임금은 도성을 버리고 도망을 치는데 백성들은 죽음을 무릅쓰고 나라를 지키겠다고 목숨을 내놓았다. 어려운 때 나라를 지키는 사람이 주인이라면, 분명 백성들이 나라의 주인이 아닌가. 소정방은 바다를 건너 돌아갔고, 신라 태종무열왕(太宗武烈王)도 이 해 10월에 서라벌로 돌아갔다. 백제 영토 안에는 당군 1만인과 신라군 7천인이 남아서 지켰으며, 당나라는 백제 영토 내에 웅진도독부(熊津都督府)를 두어 군정(軍政)을 실시하였다. 나당연합군의 침략을 받고 마침내 7백여 년 역사의 막을 내렸다.

중국의 역사서인 사고전서(四庫全書)를 보면, 백제의 강역은 산동성 일부까지 모두 합하여 37개 군 200성이었다(만주원류고). 그러나 나당연합군이 백제의 강역을 점령한 것은 백제의 23개 군 78현에 걸친 영토에 지나지 않았다. 중심세력이 무너지니까 중국 산동 쪽에 있던 백제는 자취 없이 역사의 전면에서 사라지고 만 셈이다. 멸망한 백제의 부흥을 위하여 그 왕족, 군인 등이 중심이 되어 독립운동을 일으켰다. 말하자면 복신(福信)이나 도침(道琛), 흑치상지(黑齒常之) 같은 장군과 지도자를 중심으로 부여 풍을 임금으로 옹립하면서 똘똘 뭉쳤던 것이다. 그러나 헛일, 그네들은 자중지란이 일어났고 뿔뿔이 흩어졌다. 바람 부는 언덕의 불길같이 일어났던 백제 부흥에 대한 열망은 한갓 지나가는 소나기처럼 사라져 버렸다.

백제 부흥의 열망은 사라지고

갈대는 바람에 시달려도, 뿌리는 살아남는다. 백제는 멸망한 이후에도 부흥운동의 싹이 돋기 시작했다. 복신(福信)과 흑치상지(黑齒常之), 그리고 도침(道琛)을 중심으로 한 인물들은 661년 1월 일본에 가 있던 의자왕의 아들 부여풍(扶餘豊)을 임금으로 내세워 백제 부흥의 기운이 요원의 불길처럼 번졌다.

도성인 사비성이 적군의 손에 들어가자, 달솔(達率. 장관) 흑치상지는 부장 10여 명과 함께 임존성(任存城. 예산 대흥)을 본거지로 삼아 10일 만에 3만의 병력을 모으고 소정방이 급파한 당나라 군대를 격파하면서 2백여 성을 되찾았다.

아울러 의자왕과 종형제간이 되는 부여 복신(福信)은 승려 도침과 함께 주류성(周留城. 현 홍성 인근)에 주둔하면서 구원병을 불러 모았다. 백강(白江)과 사비성 중간 지점에 있는 주류성은 소정방이 바로 사비성을 공격한 까닭에 백제 병력이 흐트러짐이 없이 남아 있었다. 이른바 백제 부흥군은 사비성으로 쳐들어가서 사비성 남쪽으로 진격해 목책을 설치하고 나당연합군을 침략하자, 도성에 남아 있던 백제군이 이와 합세해 20여 성이 복신군에 합세하였다. 이렇게 사비성이 외부와 연락이 끊기고 고립 상태에 빠지자, 신라 태종 무열왕은 직접 사비성으로 군사를 이끌고 향하였다. 그리고 당나라 고종(高宗)으로부터 웅진도독에 임명된 왕문도(王文度)는 백제 부흥군 토벌의 사명을 띠고 보은에 있는 삼년산성(三年山城)에서 나당연합군과 합류하였다.

그러나 왕문도가 급작스레 죽었다. 태종 무열왕이 직접 군사를 거느리고 이례성(尒禮城, 논산 노성)을 공격해 탈환하자, 백제 부흥군으로 넘어갔던 20여 성이 모두 신라군에게 떨어지고 말았다. 백제 부흥군이 밀리자 복신은 다시금 임존성으로 물러났다. 복신은 흑치상지와 합류해 사비성 공격을 다시 시도하였다. 복신은 661년 4월에 일본에 사신을 보내 왕자 풍의 귀국을 재촉하였다.

그러나 앞서 3월에 왕문도의 후임으로 유인궤(劉仁軌)가 백제에 급파되어 온다는 불리한 소식이 전해졌다. 복신은 먼저 유인궤의 군대와 사비성의 유인원 군사가 서로 합세하는 것을 막기 위해 임존성으로부터 남하해 주류성으로 진출하고 백강 하류 연안에 목책을 세우는 한편, 사비성 공격을 다시 시작하였다. 이 때 유인궤는 신라군과 합세해 사비성을 거점으로 삼아서 주류성에 대한 과감한 공격을 퍼부었다. 그러나 백제 부흥군은 잘 싸워 나당연합군을 크게 쳐부수자, 신라군은 본국으로 물러갔고 유인궤는 주류성 공격을 중지하고 사비성으로 돌아갔다. 복신은 부흥군의 본부가 있는 임존성으로 돌아와 기회를 엿보고 있었다. 이 해 6월 태종 무열왕이 죽고 문무왕(文武王, 661~681)이 즉위했다는 소식을 알게 되었다. 또한 나당연합군이 고구려 정벌에 나서자 좋은 기회로 판단, 금강 동쪽의 여러 성을 점령하고 사비성과 웅진성 방면의 당군이 신라와 연결하는 것을 막았다.

이에 당나라 군은 신라에 대해 웅진도의 개통을 요구했고, 고구려로 향하던 신라군은 방향을 백제 쪽으로 돌려 옹산성(甕山城)을 공격하였다. 이때 지금의 대전 부근에 있는 옹산성을 비롯해 사정성(沙井城)과 정현성(貞峴城) 등 대부분의 성들이 백제 부흥군의 손에 들어감으로써 웅진성과 사비성에 있는 나당연합군의 보급로가 끊기게 되었다. 보급로가 끊김으로써 굶어죽게 된 나당연합군은 옹산성을 먼저 탈환할 수밖에 없었다. 선택이 없었다.

백제 부흥군 역시 일본으로부터의 지원군이 도착하지 않아 고전에 고전을 하고 있었다. 이듬해인 662년 5월이 되어서야 왕자 풍과 함께 170척의 병력과 무기와 군량

등을 실은 일본 지원군이 도착하였다. 이에 용기를 얻은 복신은 다시 금강 동쪽에 대한 공격을 시작하면서 기세를 크게 떨쳤다. 662년 섣달에 복신과 왕자 풍은 주류성에서 피성(避城)으로 본영을 옮겼다가 663년 2월 주류성으로 되돌아왔다.

그러나 자중지란이 문제였다. 이 무렵 복신은, 도침과 의견이 서로 엇갈려 도침을 죽였다. 두 사람은 백제 부흥 운동의 초창기부터 힘을 합쳐온 동지들로서 도침은 영차장군(領車將軍), 복신은 상잠장군(霜岑將軍)으로 일컬으면서 뜻과 지혜를 합하여 군영을 지켜왔다. 도침이 죽게 됨으로써 부흥 운동에 큰 손실을 입게 되었다. 당나라는 손인사(孫仁師)에게 7천의 병력을 주어 백제 부흥군을 치게 했고, 신라 역시 출병하였다. 이런 와중에 복신과 왕자 풍 사이에 다시 불화의 불씨가 일어났다. 마침내 왕자 풍은 복신을 죽였다. 백제 부흥 운동의 주역인 복신이 죽고 나당연합군이 부흥 운동의 본거지인 주류성을 공격하자, 왕자 풍은 고구려로 도망가고 일본 구원군은 백강에서 크게 패했다. 이로써 백제가 멸망한 660년부터 663년 9월에 걸쳐 일어났던 백제 부흥운동의 불길은 물거품이 되고 말았다. 금강은 아픈 역사를 아는지 모르는지 달빛을 싣고서 그지없이 흘러간다.

산유화가(山有花歌)를 말하다

꽃은 피어서는 진다. 사람도 마찬가지. 그가 만들어 내는 문화도 변화에 변화를 더한다. 문화현상으로서의 민요는 자연발생적인 민중의 생활 체험과 정서가 극명하게 반영되는 노래다. 지금부터 1,300여 년 전에 불렸던 노래로 전하는 산유화가도 역시 마찬가지다. 그것이 피지배계층인 농민들에 의하여 전승된 구비문학이란 점에서 하나의 고정된 틀로 파악할 수 없다는 사실은 너무 자명하다. 그러나 민요라 하여 산만하게 자연발생적으로 생명을 거듭하는 것은 아니다. 특히 산유화가처럼 끈질긴 생명력을 가진 것은 더 말할 나위가 없다. 월산 회장이 답사 진행에 대해서 안내를 했다.

"오늘 사랑방에 모신 분은 산유화가(山有花歌)뿐만 아니라 백제의 가요를 연구하신 바 있는 동초 조재훈 선생님이십니다. 선생님은 문학 연구뿐이 아니고 민족문학작가회의 원로 시인으로서 활동을 해오셨습니다. 진행은 갑내 형이 할 것입니다."

갑내가 먼저 인사를 드리고 모임을 이끌었다.

"선생님, 안녕하십니까. 저희 사랑방에 모시게 됨을 매우 기쁘게 생각합니다. 요즘 어떤 시를 쓰시는지요. 건강은 괜찮으신지요."

"내가 오히려 고맙네. 불러 주어서. 건강은 그런 대로 지내요. 독감 주사를 맞았는데도 나이 때문인가 한번 걸려서는 잘 나가지를 않는구먼. 창작은 잘 못하고 가끔 산성공원에 산책 다니고 그렇지 뭐."

"오늘은 말씀 드린 대로 산유화가에 대한 이야기를 진행해 볼까 합니다. 먼저 결론을 간추려 발제랄까 말씀해 주시면 자리를 함께 한 친구들이 궁금한 점을 여쭐 것입니다. 양해하여 주십시오."

"그렇게 할까. 먼저 산유화가와 같은 민요의 전통성에 대한 이야기를 하겠어요. 산유화가(山有花歌)가 전승되고 또 오늘날까지 변형되었다고 봐요. 사실 민요의 생명력이란 변화의 생동감에서 온다고 할 수 있지요. 일반적으로 민요의 출발은 노동에서 말미암는다고 할 수 있어요. 노동은 삶의 뿌리이기 때문에 민요는 실용적인 기능의 면에서 일과 관련하여 부르게 되어 있어요.

노동요(勞動謠)는 공동체의 생산과 맞물려 있어요. 그래서 여럿이서 함께 부르는 게 보편적인 현상이지. 그러나 상황에 따라서 선소리를 메기는 사람에 따라서 달라지게 마련이고 사람들은 뒷소리로 후렴을 따라서 부르게 돼요. 소리를 메기는 선소리꾼은 나중에 차츰 전문적인 소리꾼이 되어 소리로 생업을 삼기도 하지. 예를 들자면, 아리랑의 경우, 소리꾼들은 무형문화재로 지정되어 그 재능을 보존하고 후학을 가르치지. 선소리 하는 이는 그때그때 현실의 상황에 맞는 사연을 재치 있게 가사로 만들어 기존 가사의 내용에 재미와 생동감을 더해 확대 재생산한다고 봅니다. 산유화가 다른 민요보다 끈질긴 생명력을 가진 것은 크게 두 가지로 그 바탕을 간추릴 수가 있지.

하나는 백제의 멸망에 대한 충격과 연민의 투영성에 있지. 찬란하였던 백제의 문화가 하루아침에 잿더미가 되는 참담한 전화 앞에서 살아남은 소부리의 사람들은 뿌리 깊은 한(恨)과 무상감(無常感)을 갖게 되었을 것이기 때문이야. 이러한 한과 무상감으로 점철된 가슴앓이를 노래로써 씻어야만 했다 이거지. 그것이 바로 산유화가의 씻음 곧 정화(淨化, katharsis) 작용이었다고 보아요. 이를 뒷받침하는 역사적인 사건은, 3년 여에 걸쳐 예산의 대흥(大興)을 중심으로 끈질긴 백제부흥 운동을 들 수 있지요. 그 기간 동안에 얼마나 많은 사람이 죽었으며 얼마나 많은 고난의 세월을 겪어야 했을까. 현재까지 전해오는 산유화가가 부여군 세도면에 전승되는 것도 우연한 현상은 아니라고 봐요. 임금과 수많은 사람들이 당나라 군사에 이끌려 금강을 떠나가고 산산이 부서져 내린 백제인의 마지막을 어느 만큼 노래 속에 갈무리 했다 이렇게 보는 거지. 가까이에 백마강(白馬江)이 있고 또한 유왕산(留王山)이 자리해 있어요.

부여에서는 봄과 가을로 이 지방 부녀자들이 모여 그곳에서 놀이를 하는 풍습이 해방 전까지 전해왔어요. 당나라로 잡혀간 왕과 신하들을 강 가에서 보내야 했던 아픔을 겪은 것이니까. 망한 나라의 백성으로 그곳에서 잡혀 간 이들을 추모하는 제의(祭儀)와 놀이를 하였다고 보는 거지. 이러한 풍습이 차츰 변하여 시집간 여자들이 친정어머니를 비롯한 가족들과 만나 서로 간 소식을 나누면서 울고 웃고 놀이를 하는 축제로 바뀌어 갔지. 그 때 부녀자들의 모임은 마치 울긋불긋한 꽃밭과 같았다고 촌로들은 말해요. 이 때 불렸던 노래가 바로 산유화가였을 것으로 추정하게 되었지요."

"선생님 말씀을 들으면서 생각이 났습니다. 문학은 기원적으로 노래하는 형태였다고 생각합니다. 뒤로 오면서 차츰 분화되어 가사 중심의 문학으로, 노래 중심의 민요로 형태로 갈라졌다고 봅니다. 근원적으로 왜 노래를 부르고 글을 쓰며 예술을 즐기는가. 여러 가지 측면이 있기는 하겠지만 응어리진 한(恨)을 씻어 내리는 구실이 크다고 생각합니다. 어떤 형태로든 가슴앓이 없는 삶이란 거의 없다고 봅니다. 그것이 개인이든 집단이든 간에요.

특히 산유화가의 실용적인 측면을 생각해보면, 농부가처럼 빠르고 힘차게 부르던 노래들은 노동요는 물론이고 유사시에는 군가로서 불렀다고 봅니다. 밀양아리랑이 독립군가로 불렸던 것처럼 산유화가도 그렇다고 봅니다. 그러니까 노래를 부른 사람들은 향토예비군 같은 그런 기능을 했다고 봅니다. 백제 부흥군이 한창일 때 바로 그런, 농사철에는 농요로, 유사시에는 군가로 불리면서 집단의 힘을 한 군데로 모으기도 하는 구실 말입니다."

동초 선생님은 좋은 생각이라며 북돋아 주셨다. 그러면서 산유화가를 농요로서뿐이 아니고 종교적인 측면으로 풀이를 할 수 있다면서

"좋은 생각 같네. 내가 앞으로 글을 쓸 기회가 있으면 그런 면을 고려해야겠네
…."

옛날로 올라갈수록 가장 큰 산업은 농사였다. 대부분의 사람들이 농업에 종사했다. 농사철에 맞추어 산유화가는 농요로서 이어왔고 공동체를 묶는 고리처럼 불려졌을 것이다. 농사는 정치적인 중립성과 계층 간의 갈등으로부터 비교적 그 영향을 많이 받지 않은 것으로 보인다. 당시 농민들은 관원들의 지배를 받는 사람들이었다. 여기에 하나 덧붙일 수 있는 것은 정치권력과 삶의 무상감이라는 인류의 보편적인 원형성이 내재하고 있다.

겨레와 나라를 넘어, 시공을 넘어서 모두가 공유하는 정서가 이러한 삶에서 오는 무상감이다. 종교의 출발도 이러한 무상감과 깊은 관계가 있다. 산유화가의 오랜 전승도 사람의 생로병사에 따른 무상감에서 멀리 있지 않다고 본다. 고난의 역사를 겪어온 겨레의 한 어린 정서와 접맥이 됨을 주목해야 한다. 말 그대로 민중의 노래로서 산유화가를 뿌리내린 것으로 보인다. 평소 동초 선생님은 농촌의 어려움에 대하여 말씀을 자주 하신다. 지금도 그러하시리라 의심하지 않는다.

선운산가(禪雲山歌)와 마찬가지. 두 번씩이나 도읍을 옮기고 도읍을 옮길 때마다 많은 사람들이 농사일을 하다 말고 산성이나 궁성을 쌓고 강제 노역을 나가야만 했기에 그렇다. 한성 도읍기에서 웅진 도읍기로, 다시 사비 도읍기로 이렇게 두 번의 도읍을 옮겨야만 했던 역사적인 사실들이 뒷받침을 해준다. 밀고 밀리는 전쟁의 극한상황 속에서 인생의 무상함은 바야흐로 저들에게 삶의 본질에 대하여 존재론적인 물음을 갖게 했을 것이다. 이 또한 산유화가의 문학사회적인 배경으로 설정할 수 있을 것이다.

"저희들이 얼마 전 부여 세도면의 산유화가 전승 현장을 가봤습니다. 길목에서 신동엽 시인의 문학관에도 들렀는데 마침 그때는 개관 시간이 아니라서 동엽 시인의 산유화가 관련의 시를 보지 못했습니다. 또한 경북 선산에도 향랑고사와 관련한 산유화가를 말씀하신 것 같은데요. 어디 보니까 소월 시인의 산유화도 관련성을 말씀하셨는데 …. 선생님의 말씀을 직접 듣고 싶습니다."

"그래요. 산유화가의 분포는 부여뿐만 아니고 경북 선산(善山)에도 전승되고 있지. 세도면의 경우는 부여에 주둔하였던 신라군들에 의해, 서쪽은 논농사의 북상에 따라 서해안을 통해 각각 전파된 것으로 보여요. 공간적으로는 광범위한 영역에 걸치

고 있지 못하나, 시간적으로는 원래의 민요로 불리던 노래가 백제 멸망 이후 지난날
에 대한 회상과 모든 것이 무상하다는 덧없음으로 전이되고 또 애정의 노래로 전이됨
으로써 끈질긴 노래의 생명력을 이어갔다고 봐요. 산유화는 소월(素月)의 다음과 같은
시로 이어져 드러나기도 하고 연극 활동의 단체 이름으로도 이어져요. 그 밖에 정비
석의 소설 이름으로 나타나기도 했지."

　　여기서 소월과 동엽 시인의 글을 살펴봄도 좋을 것이다. 더러는 그리움 같은, 더러
는 아려오는 절절함으로, 구천을 맴도는 뭇 넋을 위한 진혼곡으로 그렇게 가슴으로
다가오는 글들이다.

　　　　山有花
　　山에는 꽃 피네
　　꽃이 피네
　　갈 봄 여름 없이
　　꽃이 피네
　　山에
　　山에
　　피는 꽃은
　　저만치 혼자서
　　피어 있네.
　　山에서 우는 작은 새여
　　꽃이 좋아
　　山에서
　　사노라네.
　　山에는 꽃이 지네
　　꽃이 지네
　　가을 여름 없이
　　꽃이 지네
　　　　　-산유화, 김소월(1939)

동초 선생은 부여 출신의 민족시인 신동엽의 서정시에서도 그런 성격을 발견하였으며, 특히 그의 시비에 새겨 있는 대표작 '산에 언덕에'라는 시는 신산유화가(新山有花歌)라고 생각하고 있다고 했다. 4.19 학생 의거에 다 피어보지도 못하고 피로 물든 조국의 산과 언덕에 진달래 피듯 그렇게 살다 산화한 것으로 형상화했다고 볼 수 있다는 … . 동엽 시인의 아린 시들을 생각하면 지금도 가슴이 먹먹해 옴을 느끼곤 한다는 … 말씀.

　　　　산에 언덕에

　　그리운 그의 얼굴 다시 찾을 수 없어도
　　화사한 그의 꽃
　　산에 언덕에 피어날지어이.
　　그리운 그의 노래 다시 들을 수 없어도
　　맑은 그 숨결
　　들에 숲 속에 살아갈지어이.
　　쓸쓸한 마음으로 들길 더듬는 행인아.
　　눈길 비었거든 바람 담을지네.
　　바람 비었거든 인정 담을지네.
　　그리운 그의 모습 다시 찾을 수 없어도
　　울고 간 그의 영혼
　　들에 언덕에 피어날지어이.
　　　　　　　　　　- 신동엽(1963, 아사녀)

　수원의 종수 박 선생이 동초 선생님께 시경의 내용 가운데 산유화가와 비슷한 점을 들어 그 관련성을 물었다.

　"선생님, 앞서 말씀하실 때 백제가 멸망하는 과정에서 생긴 설화가 있는 걸로 듣고 있습니다. 관련해서 그러한 전설이나 민속 행사에 대한 것이 궁금합니다."

　"박 선생, 반갑네, 언제 돌아왔어? 어디 외국에 나가 있다는 소문을 들었어요. 우리와 비교해 볼 때 그 쪽 기후는 어떻고? 궁금하다는 거 내가 아는 대로 말을 할 수는 있으나 확실한 기억은 아니라서. 아마도 이런 내용이 아닐까 해요. 의자왕 20년(660) 음력 8월 17일 임금과 태자, 세 왕자, 대신 88명, 백제 백성 12,807명이 당나라에 포로로 끌려갔다. 당시 살아남은 사람들이 유왕산(留王山) 마루턱에 올라 눈물을 흘리며 끌려간 사람들과 다시 만나기를 기약했다는 역사의 사실을 바탕으로 설화로 남아 지금까지 이어온다고. 오늘날 부여의 양화면에 유왕산이 있는 줄 알아요. 백제가 역사의 전면에서 사라지자, 백제를 부흥하려는 세력을 일찍이 제압하기 위해 당나라 측에서는 의자왕과 대신, 백성들을 포로로 잡아갔어요. 그 때 잠시 머문 곳이 바로 충청남도 부여군 양화면 암수리었지. 백제의 백성들은 잡혀가는 사람들을 보기 위해 유왕산 마루턱에 올라 다시 만나 평화로운 나라 백제를 다시 세울 것을 마음속으로 다짐하였다고. 매년 음력 8월 17일만 되면, 유왕산에 모여 당나라로 끌려간 백제 사람들을 추모하고 그들의 명복을 비는 것이 놀이로 바뀌어 유왕산 놀이 축제가 되었지.

지명 관련을 보면, 먼저 유왕산(留王山)이란 의자왕이 당나라의 포로로 끌려가기 전에 머물렀다 떠난 산이라 하여 붙여진 이름이여. 다른 이름으로 왕이 즐겁게 놀던 산(遊王山)이라고도 하지. 이러한 말미는 소정방이 포로로 잡혀가는 백제왕과 유민들이 이별의 회포를 풀 수 있도록 일주일간 머물게 했다는 구전에서 기인한다고 봐요. 뒤로 오면서 복신 장군을 중심으로 하는 백제 부흥군이 당나라 군대를 향해 활을 쏘아 물리쳤다고 하여 사당산(射唐山)이라 이르지.”

그칠 줄을 모르는 선생님의 말씀이 이어졌다. 청산유수였다.

“이 때 불렀던 노래가 산유화가의 몸통이지. 그 사연은 이렇지. 유왕산에는 사방 백리에 흩어져 사는 부녀자들이 한 자리에 모여 만나고 헤어질 때 이별 별자 네 서러 마소 만날 봉자 또 다시 있네.”

기약 없이 강물에 떠나가는 사람을 보며 그리워했을 사람들, 그들의 정한을 담은 노랫말이며 리듬이 산유화가에 얼마만큼이라도 자리를 할 만하지 않은가.

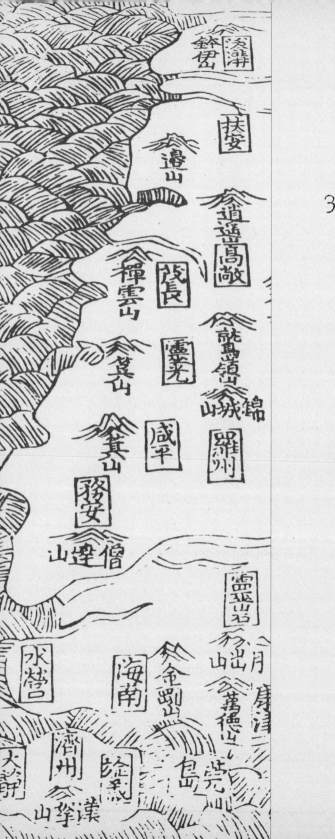

3. 선운산가(禪雲山歌)

선운산을 찾아서

선승이 구름 같이 모여드는 산인가. 구름 같이 떠도는 인생을 부운(浮雲)과 같다 하였거늘. 곰나루 일행의 산행지는 선운사가 있는 고창의 선운산(禪雲山)이었다. 신증동국여지승람에는 이 산을 달리 도솔산(兜率山)이라 하였으나 백제 때 세운 선운사(禪雲寺)가 널리 알려지면서 산의 이름이 선운산으로 바뀌었다.

지도에는 아직도 이 산의 주봉을 도솔산(일명 수리봉)으로 올려놓았다. 선운산(335m)은 얼핏 보아도 그리 높지는 않다. 호남의 내금강으로 불릴 만큼 골짜기가 숲이 울창하고 동백나무 숲이 있어 그 생태적 가치를 높이 사서 도립공원으로 되어 많은 사람들의 사랑을 받는 곳이 되었다. 산으로 들어가는 어구에는 꽃무릇이 곱게 피었다. 잎은 보이지 않고 꽃들의 향연이 벌어지고 있다. 누가 뭐라고 한 것도 아니건만 신발을 벗고 맨발의 청춘으로 차디찬 얼음 섞인 길바닥을 걸었다. 하나 둘씩 맨발의 행진을 한다. 사람들이 별나다는 듯 힐끗힐끗 쳐다본다. 우리 가운데 함께 맨발의 청춘을 했던 최 시인은 그 뒤 저승길로 서둘러 떠났다. 한 편으로는 미당(未堂)의 '선운사 동구'라는 시비가 나그네의 눈길을 끈다. 당시 두 줄 시를 창안한 최 시인이 미당의 선운사 동구라는 시를 읽으며 육자배기 노래로 흥얼거리던 모습이 떠오른다. 물소리며 새소

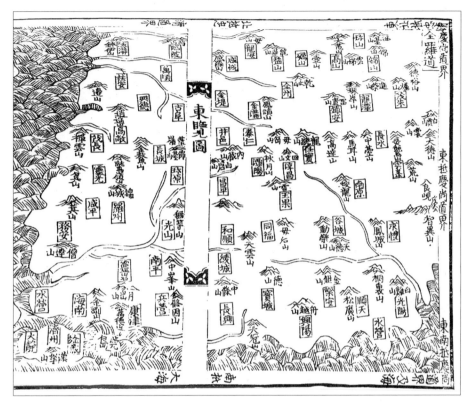

• 선운산(대동여지도)

리가 시인의 컬컬한 목소리로 떠오른다.

산은 높지 않아서 누구나 쉽게 오를 수 있다. 일행은 학교 친구들이라 오랜 만에 밀린 이야기도 나누면서 능선 길을 올랐다. 몇몇 친구들은 선운사 경내를 지나 흐르는 냇가에서 쉬겠다고 한다. 인생 칠십 고개를 넘어서인가 나도 그 줄에 서고 싶었다. 그래도 같이 가자는 친구들 틈에 서서 앞서거니 뒤서거니 하면서 올랐다.

여행 지도를 보았다. 선운사에서 마이재를 지나 선운산을 오르는 길과, 선운사 일주문에서 도솔암을 지나 천상봉을 지나서 도솔산으로 오르는 길이 있었다. 오늘은 해리면 국도 옆에 있는 수락(水洛) 마을을 지나 청룡산에 올라 능선을 타고 배맨바위,

낙조대, 천상봉, 소리재를 지나 도솔산 정상을 찍고 마이재, 석상암을 거쳐 선운사로 내려오는 모두 십여 킬로의 먼 길을 타는 등정이라고 한 등반대원이 정감 어린 안내를 해준다. 고마웠다.

일행은 은율 송씨의 집성촌인 수락마을을 뒤로 하고 앞으로 보이는 청룡산을 바라보며 오르기로 했다. 등산로가 잘 마련되어 있지 않았다. 오를 때 조금 시간이 걸리기는 했으나 그래도 한번 가보자고. 그런데 처음부터 계속 오르막이다. 오르막만 있는 산길이 있나. 이거 뭐가 이래. 아주 쉽게 본 게 잘못이 아닌가. 사람들이 많이 오가지 않아서인가 가시덤불에 찔리기도 하고 엉겅퀴 같은 들풀 길을 만들어 올라가는 그런 어려운 길이다. 그만둘까 보다. 어차피 오른 길인데 …. 청룡산을 올라가는 8부 능선쯤엔 아예 가파른 암벽을 기어가다시피 하며 올라가야 했다. 이런 암벽 길을 20분 이상 오르니 정오 무렵 청룡산 꼭대기에 오른 것이다.

여기서부터는 능선 길이다. 멀리 이어진 등산로와 봉우리들의 모습을 보니 오늘 산행에서 선운산이 왜 선운산인가를 알게 되었다. 아니 도솔산인가를. 잠시 쉬면서 이런저런 이야기며, 송사의 하모니카 소리를 들으며 …. 땀을 식히고 일행은 다시금 반 시간 가량 걸어가니 배맨바위란다.

아주 먼 옛날에 이 바위까지 바닷물이 들어와서 이 바위에 배를 매어둔 모양과 같다고 하여 붙여진 이름이라고. 그러고 보니 주위의 바위들이 모두 퇴적암으로 이루어진 것을 보니 그럴싸하다.

일행은 능선 길을 시나브로 걸어서 조그만 바위에서 점심으로 김밥을 먹었다. 꿀맛이다. 물 한 모금이 활명수 같은 …. 송사의 고향이 바로 산 넘어 해리였다. 시인다운 분위기로 해리에 대한 이야기며, 미당 서정주 선생에 대한, 자신의 고향에서 나온 인물에 대해서 흙냄새 나는 사설을 푼다.

"어이 송사, 그런 거 말고, 자네 거시기 있잖아, 염문 같은 거 있잖아 …."

"염문이라 … 있긴 있는데, 여기서는 선적인 이야기가 어울리는 듯해서 …. 다른 곳에 가면 좋을 듯 …."

송사(본명 이남규) 친구는 송사청담(松沙淸談)이란 문집을 냈다. 글 가운데 자신의 애정

행각을 드러낸 이야기를 친구들은 오래 쉽게 떠올리곤 한다. 특히 우리 모임의 월산(임윤수)이 뛰어난 기억을 갖고 있기에 종종 비슷한 이야기로 송사를 놀려 먹기도 했다.

인공으로 놓은 철제 계단이 보였다. 계단은 상당히 가팔랐다. 일부러 병풍바위와 낙조대를 지나면서 긴장감을 갖게 한다. 내려오면서 오른쪽을 보니 병풍바위의 아스라한 절벽이 들어오고, 앞으로 보이는 낙조대와 그 옆으로 펼쳐 있는 천마봉은 정선(鄭敾)의 진경산수화가 따로 없었다. 봉우리 위로 서 있는 소나무와 아름다운 바위들은 구름을 탄 신선의 모습이 아닌가. 아, 나 혼자만의 느낌인가. 모두가 신선이 된 듯.

재빠른 걸음으로 철제 계단을 지난 곰나루 친구들은 낙조대로 다시 천마봉으로 가니 이번엔 왼쪽 아래로 큰 바위산 위에 흙이 오랜 세월 비바람에 깎여 내려가 갈라진 바위 봉우리를 빚어냈다. 저 바위 암벽 아래로 소박한 도솔암이 선정에 든 앉음새로 속인들로 하여금 잠시 해탈에 이르게 하는 그런 도량이었다.

길도 모르면서 나그네는 취선이 된 듯 길을 잘 못 들어 도솔암 쪽으로 내려가고 있음을 알고 다시 반 시간여를 더 걸어올라 낙조대로 다시와 소리재 쪽으로 갔다. 아차, 오늘 선운산 정상을 못 볼 뻔했다. 그래도 다행이었다.

조금 빠른 걸음으로 일행은 개이빨산으로 향했다. 왜 개이빨산이라 했는지 궁금도 하여 부지런히 소리재 삼거리까지 왔으나 갈림길 이정표에는 이 산의 정상인 도솔산 방향뿐 아니라 가려고 하는 개이빨산 표지도 안 보인다. 자세히 본즉 오른 쪽으로 견치산(犬齒山)이라고 써놓은 게 아닌가. 그냥 개이빨이라 쓰면 될 걸 …. 견치산으로 올라는 갔으나 개이빨은커녕 강아지이빨도 볼 수 없었다. 일행은 다시 도솔산 방향으로 한 시간 가량 갔을까 마지막 깔딱 고개란다. 이 고개를 지나면 도솔산의 정수리라고 ….

나그네는 뒤 따라 오는 친구들이 걱정이 되었지만 누구누구 할 것 없이 모두가 산사람이었다. 숲 해설가 석주 윤 선생이 지나오면서 나무와 풀에 대한 풀이가 숲 해설 교실에 들어와 오늘은 현장 체험을 하는 듯 했다. 그이는 전문 등반가 수준이다. 한 해에 한 번씩 히말라야 등반길에 오르는 산악인이었다. 실은 그이를 믿고 사람들이 산행을 하자고 했던 것이다.

그는 기독 신앙이 깊은지라 매사에 걱정이 없어 보였다. 얼마 전 그가 너무도 아픈 상배를 했을 때에도 참으로 평안해 보이는 분위기였다. 믿는 데가 있으니까. 믿고 바라는 것들의 실상이 신앙이라면 그이는 나와는 다른 정신세계를 지니고 있었다. 선적인 영계랄까 뭐 그런 거 ….

오늘의 이 산행이 비록 고통스럽고 힘들었지만 우리네 사는 삶의 길과 다르지 않다. 오르고 내리는 굽이마다 애환의 숲길이다. 깔딱 고개 앞에서는 항상 힘이 들지만 그 고개를 바로 보지 말고 앞으로 보이는 계단 하나하나씩 차분히 오르다 보면 금세 그 고갯마루에 오를 것이다.

고지가 바로 저긴데 …. 동록 박 선생은 정말 튼실한 다리로 선도적인 걸음이다. 월남전에 참전한 용사라 그런가. 매양 자전거로 종종 6~70킬로씩 탄단다. 부인과 함께 말야. 산을 오름에는 석주 선생이 단연 석권이다. 식식거리며 오르다 보니 마침내 선운산 정상인 도솔산에 올랐다. 여기가 도솔산 정상이라는 안내판이 홀로 서 있는 이정표 같다. 우리나라에는 수리가 붙는 산 이름이 상당하다. 한자로 쓰면 응봉(鷹峰)과 같은 보기들이다. 더러는 수리 취(鷲)를 쓰기도 한다. 삼국유사에 나오는 영취산(靈鷲山)이 그런 경우다. 말하자면 독수리로 대표되는 새 신앙으로 보인다. 가장 높은 곳으로 날아오르는 해를 숭배하는 태양신 숭배라고 보면 될 듯 …. 마이재까지 오기를 잘 했다고 입을 모은다. 우리 평생에 언제 다시 여기 오겠느냐는 것.

한 삼십 분가량 내려오니 석상암이 보였다. 선운사에 딸린 암자였다. 암자라기에는 규모가 상당하다. 암자 옆으로 동백나무들이 있으나 꽃은 볼 수 없었다. 조금 더 내려오니 다시 선운사가 보였다. 동백꽃은 볼 수 없었으나 우리의 기억 속에 핀 듯하다.

선운사(禪雲寺)는 백제 위덕왕 24년(577)에 검단선사(黔丹禪師)가 다시 세웠다고 한다. 전라북도에 자리한 절 가운데 조계종의 2대 본사로 세울 당시 3천 명의 선승들이 정진하는 큰 도량이었으나 지금은 도솔암, 참당암, 동문암, 석상암 등이 남아 있다고. 절의 일주문을 지나니 시간은 이미 네 시가 가깝다. 출발하기 전에 일행은 이 지역의 향토주로 알려진 복분자 막걸리 몇 잔. 안개 노을 속으로 잠겨가는 산을 가슴에 담고 숙소로 향했다.

선운산(禪雲山)의 길벗

　인생 육십 고개를 넘어 초로의 오십년 지기들이 모였다. 이번 산행에 모두 아홉 명이 자리를 함께 했다. 하루 전날 공주에서 모여든 사람들은 이제 갓 스무 살의 젊은 새내기처럼 마냥 즐거워만 보였다. 이번 백제의 노래에 관련한 작품의 고향을 찾아가기로 한 첫 번 산행이다. 무슨 일만 있으면 연락을 하고 친구들에게 사발통문을 하는 대표 월산이 만권당에서 차 한 잔씩 하자면서 화두를 꺼내놓았다. 먼저 대표가 만권당(萬卷堂)이 곰나루의 본부라는 점을 상기시키면서 만권당 주인 중회 선생을 소개한다. 만권당을 열게 된 과정을 이야기해 줄 수 있는가를 물었다. 예의 그 카랑카랑한 목소리로 말을 이어간다.

　"이렇게 만권당에서 뵙게 되니 너무나 반갑고 고맙습니다. 자료는 모아 놓느라고 했으나 그렇다고 어디 내놓을 정도는 되지 못합니다. 직장을 나오면서 이제 마음먹었던 공부를 하면서 다른 시름일랑 놓고 오직 공부에 전념할 수 없을까를 생각하던 끝에 용기를 내어 조촐하나마 이런 공간을 마련하게 되었답니다. 무엇보다도 우리 동기들의 모임의 본부로 삼아주신 여러 친구들과 특히 모임에서 이런 기회를 주셔서 고맙다는 말씀을 올립니다. 우선 쓴 차라도 한 잔씩 하시면서 말씀을 나눕시다."

모임의 대표인 월산이 산행 안내 겸 일정에 대해서 말을 이어간다.

"이번 백제가요의 산행에 함께 해주신 곰나루 친구들 고맙습니다. 이렇게 건강한 몸으로 만났으니 이 어찌 반갑지 않겠습니까. 아시는 바와 같이 지난 번 공주 휴양림에서 있었던 모임 이후 동초 선생님의 '백제가요 연구'라는 박사 논문을 누구나 쉽게 사진도 넣고 알기 쉽고 재밌는 이야기를 만들어 보자는 것이었습니다. 이를 계기로 하여 백제가요에 대한 인연의 산과 들을 같이 답사 기행을 하면서 자신들이 지은 글을 모아서 지난 번 '곰나루21'에 이어 글모음을 만들어 보면 좋겠다는 제안도 있었고 이에 동조하는 몇 친구들이 있어 마침내 이런 모임을 갖게 되었습니다. 한 3주 전인가 예비모임의 성격으로 여기 만권당에서 어떤 성격으로 누가 어떤 부분에 대해서 글을 쓰면 좋을까. 무슨 역할을 맡을까하는 의논의 자리였어요. 그 때 태국에서 돌아온 종수 선생도, 같은 동문인 소설가 동길 선생도 있었지요. 회장과 만권당 주인과 저하고 이렇게 다섯 명이 이야기꽃을 피운 바 있었어요. 밤의 세상을 흐르는 금강, 만권당에서는 숲속의 새들이 우는 소리가 들립니다. 먼저 선운산가의 인연처인 고창의 선운산으로 가보자는 이야기를 …. 오랜만에 함께 하는 테마 여행. 동초 선생님도 모시고 가기로 했습니다."

선생님께서 전화로 말씀을 들으시고는 기꺼이 같이 가시겠다고 했기에. 밤은 깊어가고 새소리도 간간히 들리는 금강 가의 하루가 흘러가고 있었다. 남자들은 만권당 서편 방에, 여자들은 만권당 동편 방에서 쉬기로 했다. 그렇게 해서 공산성이 바라다 보이는 만권당에서의 하룻밤이 아쉽게도 짧게 지나갔다.

동백나무 숲의 전설

선운사에서

꽃이
피는 건 힘들어도
지는 건 잠깐이더군.
골고루 쳐다볼 틈 없이
님 한번 생각할 틈 없이

아주 잠깐이더군.
그대가 처음
내 속에 피어날 때처럼
잊은 것 또한 그렇게
순간이면 좋겠네.

멀리서 웃는 그대여
산 넘어가는 그대여
꽃이

지는 건 쉬워도
잊는 건 한참이더군
영영 한참이더군
　　　　　　-최영미

우리 일행은 선운사 입구
로 들어가는 주차장에서 내
려 미당 시인의 선운산 동구
비 앞에서 돌비에 새긴 시를
읽었다. 송사의 고향이 바로
여기 고창이고 산 넘어 해리
가 아니던가. 어떤 친구가 송
사 선생에게 한 번 읽어보라고 제안을 한다.

"송사, 한번 시를 낭송해 주시게나. 고향에도 왔으니 ….."

"그럴까. 나보다는 서울 김 선생이 더 잘 읽을 듯한데 …. 그래 기왕 제안을 받았으
니."

학교 다닐 때도 그랬지만 송사는 현대문학 같은 잡지가 나오면 구해서 보곤 했던
기억이 난다. 헌책방에 들러서 문학 잡지류 같은 걸 사서 모았던 기억들 …. 장순하
시인의 제자다운 데가 있다고. 저 친구가 정년하고 시인으로 등단했다는 소식을 들
었다. 잘 어울리는 모습이었다.

선운사 골째기로 선운사 동백꽃을 보려갔더니
동백꽃은 아직 일러 피지 안했고
막걸릿집 여자의 육자배기 가락에
작년 것만 상기도 남었습디다.
그것도 목이 쉬어 남었습디다.

고창하면 선운사, 선운사 하면 동백꽃이 떠오를 거라는 이야기를 하면서 우리는 시심에 젖어들었다. 누군가 우리가 이럭저럭 하는 사이에 옆에서 보고 있다가,

"한 말씀 드려도 되겠습니까. 저는 여기 선운사 일원에서 문화해설을 하는 리동백 이라는 사람입니다. 어르신들 말씀을 듣다 보니 제가 선운산에 대해서 안내 말씀을 드리면 어떨까 하는 생각이 났습니다. 어떠세요. 잉?"

누가 뭐라고 한 것도 아닌데 몇 사람이 박수를 쳤다. 좋다는 이야기다. 동초 선생 님도 웃으시면서 다른 말씀을 안 하셨다. 대표가 그럼 안내 겸 해설을 부탁한다고. 리 선생의 사설은 이러했다.

"여기 선운사의 동백 숲은 천연기념물이고 고창의 꽃이자 선운사 경관의 백미입니 다. 선운사의 동백꽃은 해마다 날씨에 따라서 이르거나 늦을 수도 있지만 보통은 3 월 말에서 4월 15일까지가 활짝 피는 모습을 볼 수 있답니다. 들어 보셨겠습니다만, 선운사의 동백꽃에 얽힌 사연에는 애달픈 이야기가 전해 내려오고 있습니다.

옛날 그 옛날에 선운사 어름 한 마을에는 부자 형과 가난한 아우가 살고 있었습니 다. 그런데 부자 형님에게는 재산을 물려 줄 아이가 없었습니다. 하지만 형은 아우의 아들에게 재산을 물려주기 싫은 나머지 조카를 죽이려고 했습니다. 아우는 이런 형 의 낌새를 눈치 챘다고 합니다. 어느 날 부자 형이 아우의 아들을 죽이려고 휘두르는 형의 칼에, 아들을 감싸 안은 아우가 아들 대신 맞고 죽었습니다. 바로 그 순간에 아 들은 작은 새가 되어 날아가 겨우 목숨을 건질 수 있었답니다.

아버지가 죽은 자리에 나무가 자라났습니다. 그 나무가 동백나무였지요. 그 나무 에선 아버지의 검붉은 피 같은 동백꽃이 피었습니다. 새가 되어 날아간 아들은 동백 꽃만 피면 아버지를 생각하며 슬피 울며 날아옵니다. 그 새가 바로 동박새라는 겁니 다. 아버지의 사랑을 못 잊어 동백꽃에 부리를 박고 슬피 울면, 요절하듯 동백꽃은 송이째 뿌리로 떨어집니다. 동백꽃 떨어진 자리가 바로 선운사 동백 숲입니다. 한두 그루씩 나무는 새끼를 쳐서 숲을 이루게 된 겁니다. 이렇게 말씀 드리는 저의 아버지 는 제가 여섯 살 때 돌아갔습니다. 일사후퇴 무렵 같은 방에 아버지와 함께 누웠던 제 자리에 아버지가 계셨더라면 안 돌아가시고 지금도 살아 계실지도 모르는 상황을

…. 더 따스한 쪽으로 저를 자게 하려고 …. 갑자기 쏟아져 내린 기관총 사격에 제가 맞았을 총탄을 맞고 돌아가신 것입니다. 아버지의 얼굴도 잘 떠올리지 못하는 자식을 위하여 ….

바람에 떨어지는 동백꽃은 능소화 꽃과 비슷합니다. 능소화는 하늘 높은 줄 모르고 올라만 가다가 나팔꽃 모양의 주황색 꽃을 피우고, 아름다움이 절정에 달하면 송이째 뚝뚝 떨어지고 맙니다. 사랑에 빠진 정인이 무슨 미련을 하나 둘씩 다 버리듯이 말입니다. 그래서 능소화라 하는 모양입니다. 업신여길 능(凌), 밤 소(霄) 또는 하늘 소, 밤에 피는 꽃, 하늘을 능멸하는 꽃이라는 뜻이죠. 동백꽃도 능소화나 마찬가지로 한창 필 때, 그 붉은 꽃송이 통째로 뚝 떨어지고 맙니다. 꽃송이가 떨어지고 나면 나무 밑이 벌겋습니다. 전설을 생각하면 가슴이 아려옵니다.

누군가 동백꽃은 미인의 흉내를 낸다고 하는가 봐요. 미인은 더러 눈물을 잘 흘리지 않는다고. 한 방울의 눈물이라도 얼굴에 흐르면 고운 얼굴이 망가지니까요. 이런 연고로 동백과 대나무는 절 뒤에는 심지 않는답니다. 동백은 미인에 비유되고, 대나무는 양기가 성하다는데, 그러한 나무들을 절 뒤에 심어 스님들이 미인을 탐하거나 양기가 성한 정기를 받는다면 어떻게 되겠습니까. 파계승이 되어 절을 떠나야 하겠지요. 그럼에도 불구하고 전설적인 이야기와는 아랑곳없이 선운사의 동백은 어쩔 수 없이 심었다고 합니다. 거기에는 두 가지 의미가 있다고 합니다.

첫째는 비용 마련입니다. 고려 때는 불교를 숭상하다가 조선조로 들어오면, 억불(抑佛) 숭유책으로 정책이 바뀌었습니다. 불교를 억압하려니 절의 논과 밭을 나라에서 몰수해 갔다는 거지요. 스님들은 시주만으로 먹고 살아야 했습니다. 시주가 뭡니까? 일종의 동냥 아닙니까. 시주만으로는 도저히 먹고 살 수 없어, 스님들은 살아남을 방법으로, 조선조 9대 임금인 성종 3년(1472)에 일부러 동백나무를 심은 것입니다. 나무를 심을 때 부처님의 교화가 미치는 삼천대천세계(三千大天世界)를 상징하는 3천 그루의 동백나무를 심은 것이 지금까지 그대로 전해 내려왔다는 것입니다. 얼른 생각해도 선운사의 동백나무들은 거의 6백년이 다 된 나무들이죠.

그러면 동백나무에서 어떻게 모자라는 절의 살림을 마련하였을까요. 답은 이렇습니다. 동백 씨에서 기름을 짜서 이를 약용과 식용, 등잔불 기름으로 쓰게 되니 이로 해서 재원을 마련했다는 겁니다. 옛날에는 동백 기름이 머릿기름으로는 고급이었습니다. 먼지를 타지 않으니까요. 아주까리 기름은 먼지를 많이 타서 바르고 나면 금세 머리에 먼지가 부옇게 앉는답니다. 그래서 동백 기름은 사대부나 부잣집 여자들이 사용하고, 아주까리 기름은 서민들이 사용하였던 머릿기름입니다. 재원 마련은 지금까지도 계속되고 있습니다. 왜냐고요? 여러분은 선운사에 들어올 때 그냥 들어왔습니까? 돈을 내고 들어왔을 것입니다. 요즘같이 동백꽃이 만발할 때면 선운사의 그 넓은 주차장에 차 댈 곳 없이 관광객이 많이 옵니다. 지금은 더 큰 돈을 벌어주고 있는 셈이죠. 동백 기름이 석유 기름으로 바뀐 겁니다. 동백꽃 보러 오면서 석유 기름을 쓰고 더러는 여기 선운사 주유소에서 기름을 넣고 차를 타고 오가니까 이중 삼중으로 돈이 되는 셈입니다그려. 허허 …. (숨을 몰아쉬며 물을 마시고 나더니 다시 또 구수하고 열정어린 목소리로 그의 해설은 이어졌다)

둘째는 산불 예방입니다. 동백나무는 네 계절 푸르고, 습기를 많이 머금고 있어 불에 잘 타지 않습니다. 낙산사 화재 때, 주변에 선운사와 같은 동백 숲이 있었더라면 법당까지 타버리는 그렇게까지 큰불은 나지 않았을 것이란 생각도 해봅니다. 꽃이 활짝 피면 동박새가 날아옵니다. 제자리 날개 짓으로 동백꽃에서 꿀을 따는 동박새는 꽃의 사랑을 대신 전해 줍니다. 그래서 동백은 새가 수정을 시켜주는 나무입니다. 새가 수정을 시켜준다 해서, 새 조(鳥)자를 써서 동백나무를 달리 조매화(鳥媒花)라고도 합니다. 동백이라 부를 때는 새 이름이 동박새이지만, 동백을 조매화라 부를 때는 새 이름도 매조새로 바뀝니다. 여러분 고스톱 좋아하시나요. 고도리 할 때 필요한 2월 매조, 그 새가 바로 매조새고, 동박새입니다. 2월에 피는 꽃이라 그럴까요. 2월 하순에서 피기 시작한 꽃은 3월 하순경이면 절정을 이룹니다.

여러분, 강수연 주연의 '아제아제 바라 아제'란 영화 아시죠? 범어로 '아제'는 '가시는 이여'란 말이고, '바라'는 '피안(彼岸)'을 이릅니다. 불교에서는 피안을, 이승의 번뇌를 해탈한 열반의 경지라고 합니다. 열반이 따로 있다고 생각합니까? 작은 일에 감사하고 건강하면 그런 곳이 피안이고 열반으로 가는 길목이 아닐까요?

'아제아제 바라 아제'는 '가시는 이여, 가시는 이여, 피안으로 가시는 이여'란 뜻이라고 합니다. 이는 선운사 동백꽃이 이승의 번뇌를 벗어나 깨달음의 경지로 가는 피안의 세계에 핀 꽃이란 뜻은 아닐까요. 생명의 속성은 사랑입니다.

자신을 불사르니까요. 꽃이 핀다고 할 때 '피다'는 바로 불사름을 의미한다고 생각합니다. 고창(高敞)은 선사시대부터 근현대에 이르기까지 역사와 문화가 살아 숨 쉬는 곳입니다. 고창의 수많은 문화재와 천연기념물인 동백 숲은 바로 피안의 세계에 존재하는 것입니다. 그러니 깨달음을 얻으시려거든 고창으로 오십시오. 즐겁고 행복한 산행 되십시오 ….”

물 흐르듯 한 해설사의 이야기는 이어갈 듯 끝이 났다.

우리 모두는 이야기 속으로 빠져 들고 있었다. 무슨 판소리 춘향가 사설이라도 듣는 양. 산그늘이 길어지면서 어느새 노을에 물들어 가는 선운산. 우리들은 벌써 인생의 노을이 물든 초가을 벌판을 걸어가고 있다. 인생 칠십 고개를 넘으며 아름다운 삶의 마무리를 어떻게 해야 하는가 …. 뭔가를 좋아하며 조금씩이라도 봉사하면서 고마워하는 그런 마음으로 산다면 …. 송사 시인이 한마디 던진다. 차례도 없이 자신의 속내를 털어 놓는다.

“도솔산의 저 아름다운 노을 같은 마음으로 산다면 …. 어이 은수, 두 줄 시 한 수 읊어보면 어떨지 ….”

누가 나설 것도 없이 은수 선생이 먼저 운을 뗀다.

“노을이 아름다운 가을 하늘에,

　시드는 단풍은 ….”

“병두 시인이 옆에 있었더라면 박수라도 치겠는 걸. 그가 제창한 두 줄 시이니까.”

“그럼 월산 대표도 두 줄 시 한 수 해봐.”

“복분자 딸기 같은 노을에 취해,

　열반으로 드는 ….”

다시 준곤 이 선생 보고 한 수 하란다.

“구수한 육자배기 목청이 쉬어,

그런대로 좋은 ….”

이어 서울의 정헌 김 선생 보고 한 수 읊어 보라고 한다. 평소 말이 없으나 지행합일을 신조로 하는 그가 한 수 읊었다. 동기 가운데 가장 오래 학교에서 교장으로 봉직하는 친구였다.

“동백꽃 아름다운 선운사라네,

그대가 꽃인걸.”

그가 다시 다른 친구에게로 차례를 돌린다. 서울 성 사장에 한번 해보라고 권을 한다. 열혈 청년인 늘봄이다.

“보기도 좋으려니 전설이 아린,

기름 짜 팔려고, 선승도 별 수가 ….”

늘봄은 서울서 온 홍 선생보고 한 수 하란다. 정말 말수가 적은 친구인데 ….

“물소리 새소리도 동백꽃까지,

우정은 꽃내음 ….”

홍 선생이 다숙 김선생보고 한 수 하란다.

“오십년 인생굽이 함께 넘어서,

축복의 하루를 … 늘 강건하심을.”

청주의 명숙 윤 선생보고 한 수 하란다.

“동백꽃 좋거니와 풍천장어는,

미당은 어인 일 ….”

다시 춘자 김 선생보고 한 수 하란다.

“시인은 간 데 없고 두 줄 시 읊네,

임의 발자취를 … 두 줄 시인이여.”

다시 석주 윤 선생보고 한 수 하란다.

“숲향에 젖어들면 선경이라네,

온 시름 다 잊고 ….”

다시 동록 박 선생보고 한 수 하란다. 졸업은 동기이나 입학은 선배인데 모임 때만

되면 담근 술을 가져오곤 하는 …

"인생이 짧다하나 우정은 길어,
  동백주는 어디에 …."

다시 만권당 주인보고 한 수 하란다. 지식풍속학을 꿈꾸는 청춘인 듯,

"금강물 출렁이듯 우리 우정도,
  선운의 향내를 …."

다시 서울의 복규 이 선생보고 한 수 하란다.

"청춘을 불사르고 수덕사 길을,
  황혼을 즐겁게 …."

대표가 선생님께 한 수를 부탁 드렸다. 쾌히 응하신다.

"선운사 구름 위로 낮달이 뜨는,
  다 그런거라고 …."

모두는 시정에 젖어 앞서 가 선운이 된 최 시인을 생각하며 감회에 젖었다. 송사가 동무생각을 하모니카로 들려주고 우리는 함께 노래를 했다. 박수를 치는 해맑은 친구들의 얼굴엔 동백꽃이 피었다. 미당 시비 앞에서 선운산가 가비 앞에서 모두는 행복한 길손들이었다.

더 어두워지기 전에 빨리 내려가야 했다. 바위 암벽 아래로 내려다보니 도솔암이 명상에 들고 있다. 도솔암이 잘 가라고 바람에 지는 솔잎으로 손을 흔든다. 오르고 내리는 사이에 우리는 산에 물들어 있었다. 숲 해설가 석주 선생이 내려오면서 나무와 풀에 대한 이야기를 아주 신선하게 들려준다. 그에게 산과 숲은 삶의 중요한 화두였다. 적어도 그에게는. 그는 참 산악인이었다. 해를 거르지 않고 히말라야 등정에 올랐다는 산악인. 그가 있어 우리의 이 산행은 한층 더 맛을 더 했다. 송사 시인은 고창의 해리가 태를 묻은 고향이란다. 그의 시 '선운사 도솔암'이 떠오른다. 시인은 일행 가운데 가장 젊은 벗님이다. 나그네는 가장 나이가 많고 …. 그래서 양극이 잘 어울리기도 ….

초등학교 4학년 원족 때
처음 가본 선운사 도솔암
학교 뒤 저수지를 지나
고십재를 넘어 낙조대에 올라
동호 앞 서해 바다를 바라보며
이마의 땀방울을 씻고
천년 묵은 쌍룡이 천장을 뚫고
승천했다는 용문암을 거쳐
하늘이 좁은 개천처럼 보이는 협곡을 지나니
자비로운 미소로 우리를 맞이하는 마애불!
시오리길 법당 앞 감로수에 목을 축이니
여기가 바로 극락일세!
양심 없는 자는 범접할 수 없는 곳
어머니의 품속 내 영혼의 안식처

　따사로운 미소로 지친 넋을 감싸주는 바위에 새겼을 마애불, 지나가는 자신도 저런 사람이 된다면 좋겠다는 마음을 갖게 된다. 양심을 지키며 살고픈 때 묻지 않은 영혼, 그런 사람들이 모여 산다면 그곳이 극락일 터. 삶에 지치고 목이 마른 팍팍한 삶을 살 수밖에 없는 이들에게 누가 있어 영혼의 구제를 …. 양심이 거울일진대, 양심의 명을 따라서 살 수 있다면 세상은 아름답고 선운산에 어리는 노을처럼 세상은 평화를 노래하리니 …. 산허리에서 석상암이 보인다. 선운사에 딸린 암자, 웬만한 절만하다. 거기서 한 십여 분 내려왔을까. 산을 오를 때 보았던 선운사가 눈에 들어온다. 선혈 같은 동백꽃은 볼 수 없었지만 이 길을 찾는 이들의 마음 속에 피어있는 듯한. 시간은 이미 오후 4시가 넘었다. 돌아가기 전에 일행은 복분자 한 잔씩 거우르고 노을 속에 꿈을 꾸는 선운산을 가슴에 안고.

선운사 풍경 소리

일행은 선운사 경내로 들어가기로 했다. 대장금을 촬영했다던 녹차 밭을 가볍게 지나 천왕문으로 들어섰다. 천왕문(天王門)이란 글씨는 조선조 3대 서예가 원교 이광사 선생의 서품이라 한다. 참 귀한 것을 보았다. 글씨의 본질은 그림이요, 공동의 약속이 아닌가. 글-근-긋이 하나의 낱말 가족이다. 여기서 주목할 것은 긋-긋다로 보인다. 나무나 혹은 돌에 혹은 철판에 뾰족한 물건으로 그어서 약속을 남기기 위하여 긋는 것으로부터 비롯한 것이다.

천왕 곧 하느님으로 보아야 하나. 하늘이 우리 사람들에게 준 약속이 있다면 서로가 자비심을 갖고 살아가라는 것 아닐까. 살다가 덧없이 사라져 가는 삶, 너무나 욕정에 사로잡혀 스스로를 채찍질하고 다른 이들에게 미움과 시기와 질투의 화살을 쏴대야 하니 말이다. 뒤따라가면서 이런저런 생각을 하다 보니 문화 해설사가 빨리 오란다. 해설을 맡은 늙수그레한 한 60대나 돼 보이는 분은 회색 모자를 쓰고 생활한복을 입고 그런 대로 선운사 분위기에 어울리는 듯 …. 선운사를 세운 검단선사의 내력을 설명해 보겠다고.

"여기 못물이 보이시지요? 옛날 절이 들어서기 전에는 이 못에 큰 용이 살았다고

합니다. 짐승도 해치고 좋지 않은 짓거리를 해서 영험이 높은 검단(黔丹)선사가 이곳의 용을 몰아냈다고 합니다. 큰 배로는 인형을 만들어 태우고 배를 띄워 차례로 돌을 던져 하루에 조금씩 연못을 메워 나갔다고 해요."

누군가 궁금하다는 듯이 물었다. 목포의 준곤 이 선생이었다.

"지금 검단선사라고 하셨는데 검단이란 특별한 무슨 뜻이 있습니까?"

"글쎄요. 갑작스런 질문이라 … 뭐 검다는 … 엄청난 법력이 있다는 뜻 같기도 하고요."

송사가 문득 나서 시선을 갑내에게로 돌린다.

"평소 땅이름이나 사람 이름에 관심이 많은 우리 갑내 형은 어찌 생각하세요?"

멋쩍은 듯이 뭔가 생각에 잠긴 듯이 말문을 연다.

"검단선사의 검단은 이두식으로 읽으면 좋을 듯합니다. 검(黔)은 소리로, 단(丹)은 뜻으로 읽어 합치면 검단은 '검붉은'이 된다고 ….

검붉은 색은 현(玄)이며 현은 현무(玄武) 곧 거북을 말한다고 봅니다. 흔히 거북을 지역에 따라서는 검둥이 혹은 검둥개라고도 하거든요 …. 일종의 거북신의 영험력을 갖춘 그런 신, 불교를 지키는 용궁의 사자로서 거북이를 떠올려 …. 별주부전의 별주부가 자라 곧 거북을 뜻하니까요. 거북 현무는 북쪽을 지키는 신이니까 북방신으로 볼 수도, 곧 부처의 화신으로도 볼 수 있겠습니다."

"그럼 같은 용이 아니고 악룡의 상징으로 보아야 할 수도 있겠네요, 잉."

"불교 설화에서는 용들의 싸움이 잘 나오잖습니까, 용들의 전쟁이네요. 해설사님, 어때요?"

"그럼요. 그러니까 대웅전(大雄殿)의 웅(雄)은 못된 세력을 상징하는 것들을 물리치고 항복 받은 영웅을 이르기도 합니다."

해설사의 이어지는 풀이가 자못 진진하다. 이 무렵 마을에는 눈병이 심하게 돌았는데 숯을 한 가마씩 못에 갖다 부으면 금방 낫는다는 소문이 떠돌았다. 이런 영험을 믿고 동네 사람들이 숯과 돌을 가져와 큰 못은 오래지 않아 평지가 되고 말았다. 드디어 그 자리에 절을 세웠으니 그 게 바로 선운사라는 것이다.

호사다마라. 이 마을에는 도적이 들끓었다. 그만큼 선운산은 해산물이 풍부해서 고창 쪽으로 오가는 사람들이 많았으므로 산적들이 그칠 날이 없었다. 골칫거리였다. 검단선사는 산적들로 하여금 불법으로 바르게 뉘우치고 보통의 착한 백성들로 교화시키며 이 사람들에게 바닷가에서 소금을 만드는 방법 곧 염전을 다루는 방법을 가르쳐 살 길을 가르쳐 주었다. 소금 만들기로 새로운 삶을 시작한 마을 사람들은 검단선사의 은혜를 보답하기 위해 해마다 봄가을로 절에 소금을 가져오니 이 소금을 보은염(報恩鹽)이라 하였다. 저네들이 사는 마을 이름도 검단선사를 기리기 위하여 검단리라고 불렀다. 오늘날에도 고창의 심원면 월산리에 가면 검단 마을이 있다. 검단 마을 바로 옆 사등 마을이 소금에 대한 역사 마을 가꾸기 과제로 뽑혀서 옛날식 보은염을 복원해서 만들고 있다. 사람은 가도 그 뜻은 오래도록 남는 것을. 선운사가 생김으로써 마을 사람들이 살기 좋아지고 복을 받음은 부처님의 가피라는 숨은 뜻이 설화 속에서 숨 쉬고 있지 않나 싶었다.

선운사 경내에는 고려시대의 요사채 팔작지붕 등 화려한 귀족불교의 건축양식과 대웅보전처럼 조선시대에 지은 건물들이 섞여있다고 설명해 준다. 주심포와 다포, 배흘림 등 건축양식을 들고 있었다. 바람결에 풍경 소리가 요란했다.

동백나무 숲이 한여름 더위를 식혀주는 듯. 조선 성종 3년(1472) 5천 평에 3천 그루의 동백을 심었다니 나무가 자그마치 5백년이나 된 것을 우리 눈으로 확인했다. 동박새가 동백의 번식을 돕는다 하여 매조새 혹은 조매라고. 동백을 심은 까닭은 두 가지라 했다. 동백 기름을 짜서 팔면 돈이 된다는 점과 사철 내내 푸른 잎과 습기를 머금었기에 산불 예방에도 많은 도움을 주기 때문에 심었다.

산사의 저녁은 일렀다. 스님들이 농사지은 상추며 배추쌈을 절간의 된장에 싸서 먹는 맛 또한 별미였다. 어느 스님이 우리들 보고 음식 설명을 해준다.

"여러 보살님들, 절간에서 스님들이 먹는 탕수육을 들어보시지요."

"탕수육을요?"

모두가 갸우뚱 하는 눈치다. 절간에 무슨 탕수육을 먹으라고 권하다니. 잠시 한두 개씩 탕수육을 먹었다. 중국집에서 먹는 것과 뭐 별반 다를 게 없었다. 표고로 만든 탕수육이라는 것이다. 우리 혀가 속았다는 느낌이었으나 모두는 좋아했다. 차 공양을 했다. 선운산에서 나는 차라고. 풍경 소리가 뎅그렁거린다. 아마도 밖에는 바람이 부는 양. 이런 때는 한두 끼 굶어도 좋으련만. 누군가 일 학년 때 수덕사로 봄나들이를 갔을 때 일엽 스님이 지었다는 '청춘을 불사르고'에 대해서 회상을 떠올렸다. 벌써 40여 년 전의 일이다. 얼마쯤 시간이 흘렀다. 코골이를 하는 소리가 들리기 시작했다. 모두는 꿈속에서 좌선 명상을 하는 꿈을 꾸리라.

참당암 차밭에서 다화(茶花)를 보다

　선운사가 자리한 선운산 참당암 차밭에는 질 좋은 자연산 차나무들이 군락을 이루고 자란다. 어느 차 연구소의 게시판에 선녀와 나무꾼이란 분들이 녹차 밭을 주겠다는 글을 읽고서는 정말 그럴까 하는 생각이 들었다. 차 농사가 어렵다는 것은 알고 있었지만 이 정도였나 하고 말이다. 사실 녹차 농사가 사람들의 관심 밖으로 밀려나기는 선운사가 자리한 고창 지역도 마찬가지다. 얼마 전인가 선운사 주변의 녹차 밭에 간 적이 있었다. 차밭을 돌보는 이가 없어 거의 볼품없이 되어 버렸다. 관리인은 있었다. 하지만 녹차 밭은 뒷전이고 밥집을 운영하는 것이 더 우선인 듯 보였다. 선운사 어름만이 아니라 천년고찰로 알려진 문수사 주변에 있는 녹차 밭도 마찬가지.

　가족들과 함께 미국 엘에이(LA)에 있는 디즈니랜드에 간 일이 있었다. 세계에서 가장 유명한 놀이동산에 간다는 사실만으로 아이들은 얼마나 좋아하던지 …. 그러나 막상 가서 본즉 디즈니랜드는 생각만큼 그렇게 감동적이지는 않았다. 심지어 순간이지만 어떤 기술적인 측면에서는 한국의 에버랜드와 다를 바 없다는 느낌도 들었다. 하지만 역시 디즈니랜드는 디즈니랜드였다. 그렇다면 디즈니랜드를 방문하는 세상의 모든 아이들이 왜 그렇게 열광하는 것일까? 단순히 놀이기구의 기술적인 면에서의 스릴 때문일까? 아니다. 그렇다면 그 이유는 무엇일까? 그 이유는 디즈니랜드를 돌아다니면서 알아낼 수 있었다. 이미 많은 디즈니의 영화와 디즈니 동화책 이야기들로 길들여진 아이들에게 디즈니랜드는 천국과도 같은 곳이었다. 우리 아이들도 그랬다. 놀이기구 하나를 타면서도 동화책에서 읽었던 많은 이야기들을 풀어놓았고 영화에서 보았던 장면들을 떠올렸다. 그랬다. 디즈니랜드의 경쟁력은 백년에 가까운 디즈니의 문화적인 콘텐츠에 있었다.

디즈니랜드의 문화적 콘텐츠가 최고의 경쟁력이라는 사실에서 중요한 시사점을 눈여겨보게 된다. 단연코 스토리텔링이 없는 녹차 산업은 도태될 것이라고 확신한다. 중국차만 보아도 엄청난 이야기들이 차에 얽혀있다. 예를 들자면 끝이 없겠지만 …. 벽라춘의 애절한 사랑 이야기를 시작으로 철관음에 대한 위음과 왕샤왕의 전설이 있고, 경정녹설의 유래엔 세 가지 이야기가 전해온다. 황제가 마시고 상찬하며 황제가 몸소 이름을 지어주었다는 대방차, 당나라 문성 공주의 이야기가 스며있고 이백의 시에 나오는 바, 군산은침 등등 …. 참으로 오래고 긴 이야기들이 꼬리에 꼬리를 문다.

선운산 녹차에도 이러한 많은 이야기들이 만들어지고 아이들에게 동화책으로, 노래로, 영화로, 드라마로 전달되면 어떨까. 봄이면 선승들이 산으로 올라와서 차 농사를 짓고 차밭에서 염불을 하며 성불을 했다는 등 문화적인 콘텐츠가 쌓일수록 녹차 산업은 많은 이들로 하여금 다시금 찾게 되는 동기가 부여될 것이다. 어쩜 우리 차에도 많은 이야기들이 얽혀 있을지 모른다. 하지만 그 이야기의 양과 질에서 상당히 부족하기에 더 많은 이야기들을 만들어 내자는 것이다. 그리고 그 이야기들이 단순히 차에 국한되지 않고 자연스럽게 자라나는 아이들이 즐길 수 있도록 해야 한다. 그러기 위해서 더 많은 동화책이 나오고, 노래가 나오고, 아이디어 상품들이 나오고, 즐길 수 있는 문화적 콘텐츠들이 많아졌으면 한다. 그러한 것들로 인해 아이들은 차를 마시지 않아도 이미 차의 세계에 발을 들여놓게 될 것이다. 더러는 지금도 어려운데 스토리텔링이 무슨 말이냐고 할 수도 있을 것이다. 그 말도 틀리지는 않다. 오죽하면 선녀와 나무꾼 같은 분들이 생길까? 그럼에도 사실은 그렇다. 어려울수록 아껴서 저축하고 모아야 조금이라도 삶이 나아지듯이 지금 현재만을 생각하기보다 앞날을 보고 좀 더 밝은 비전과 지혜를 모음이 뒤따르지 않는다면 녹차 산업의 앞날은 매우 어두울 것이다. 영화인들이며 종교인들도 그리고 기업인이나 문학가, 음악인 그리고 교육자 등등 사회 전반에 걸친 노력들이 동반되어야 한다고 본다. 그러면 아마도 녹차의 푸른 하늘이 열리지 않을까 한다.

차(茶)와 선(禪)

차와 선에 대한 돌각 스님의 말씀이 끝날 무렵, 서울서 온 한 오십 초반의 연수생이 팔을 들고 묻는다.

"스님, 그럼 우리 차와 중국차는 어느 것이 더 좋습니까. 요즘 보이차라고 해서 널리 알려진 차입니다만 …."

"보이차(普耳茶) 곧 푸얼차는 중국인들조차 야만인들과 유목민들이나 마셨던 흑차, 흔히 오랑캐 차로 부르기도 합니다."

우리 차에 대해서 너무 모른다는 생각이 앞서자 답답했다. 모르면 묻는 게 당연하다. 차향을 맡노라니 마음이 가라앉는다. 추사(秋史)가 보내준 몽정차와 육안차를 직접 마셨던 초의(草衣) 스님은 동다송(東茶頌)을 지었다. 여기 동다라 함은 곧 우리차라는 뜻이다. 그 글에서

"육안차는 맛, 몽정차는 약효가 있다고 전합니다. 우리 차는 이 두 가지를 다 지녔다고 옛 사람들은 높이 평했습니다."

허름한 베옷을 걸친 한 젊은 수련생이 물었다.

"차와 선(禪)은 어떤 관계로 설명할 수 있을까요?"

"실과 바늘이라 할 수 있을 테죠."

"선을 하려면 정신을 단순하게 가져야 되는데 차가 그런 구실을 할 수 있습니까?"

"그렇습니다. 다소 쓸쓸하면서도 담박한 …. 옷으로 말하자면 칡으로 얽어 몸에 걸친 모습이라고나 할까요. 아무튼 정신을 맑게 하는 차는 선방에서는 아주 소중한 것입니다."

우리 일행 중에 불교 창사 설화를 연구한 준곤 이 선생이 물었다.

"차가 선정(禪定)에 이르는 데 도움이 된다는 말씀인가요?"

"그렇습니다. 선이란 마음을 조용하게 하여 진리를 성찰하는 것입니다. 선정의 정 (定)은 지혜를 뜻합니다. 선의 본질이 많은 욕심(慾心)을 버리는 해탈의 과정이라고 보 면 좋겠습니다."

각연 스님은 우리 차를 극찬했다. 한국의 차는 색, 향, 미, 기 어느 측면에서도 요즘 현대인들이 큰 관심을 갖고 있는 웰빙 측면에서도 세상 그 어느 차보다 '좋은 차'라고 하고픈 표정이다. 초의(艸衣) 선사는 어떤 분인가.

고산 윤선도 선생의 고향인 해남의 대흥사 일지암(一枝庵)에 머무셨던 초의 스님은 40세에서부터 입적 때까지 머물면서 당대의 지식인들과 교유하였다. 일지암은 초의 스님 회심의 역작이라 할 동다송(東茶訟)을 펴냈던 차의 성지로, 오늘날의 건물은 1979년 복원된 것이다.

차를 포도주에 비유하여 이야기하면 좋을 듯하다. 좋은 포도주는 가뭄과 추위를 거치면서 이러한 악조건에서 힘겹게 자란 포도나무에서 거둔 포도가 당도는 물론 뛰어난 포도주의 품질로 이어진다. 포도주의 진주라 할 프랑스의 보졸레누보(Beaujolais Nouveau)가 대표적인 술이다. 보졸레는 프랑스의 지명이다. 가장 인기 없던 보졸레누보는 자갈밭에서 포도나무를 길러냈다. 메마른 땅이란 악조건에서도 보졸레누보 포도나무는 땅속 깊이 뿌리를 내렸고 그것이 뛰어난 맛과 향을 자랑하는 명품으로 다시 태어난 것이다.

차도 마찬가지. 사계절의 변화가 뚜렷한 좋지 않은 데서 자란 차나무의 잎이 뛰어난 맛을 자랑한다. 그렇게 보면 네 계절의 변화가 또렷한 우리나라의 기후는 좋은 찻잎을 생산할 수 있는 조건이 된다.

중국의 경우, 우리의 군산이나 목포의 위도에 해당하는 산동성 몇 군데를 빼고는 우리나라 제주도 이남과 비슷한 따뜻한 아열대 지역이다. 그러니까 흙살이 모자라니 찻잎의 맛과 질이 떨어질 수밖에. 일본은 어떤가. 시즈오카(靜崗) 등 몇몇 지역을 뺀다면 일교차가 적으므로 좋은 찻잎을 보기가 힘들다. 흔히 우리나라의 찻잎이 좋은 것은 그 어느 나라보다 흙살이 좋다는 것이다. 깊이 뿌리를 내린 차나무가 좋은 찻잎을 생산할 수 있는 여건을 갖추고 있다. 이렇게 보면, 우리의 차는 맛과 영양 그리고 약성의 측면에서 세계 최고의 차가 될 수 있는 셈이다.

한국 차에 대한 성서라고 할 동다송(東茶訟)은 일지암에서 초의 스님이 지은 책이다. 순조의 사위이면서 양반 출신 차인 중 한 사람이었던 해거도인 홍현주가 차를 알고 싶다는 간절한 물음을 받고 이에 대한 답의 형식으로 초의 스님 52살, 헌종 3년(1837)에 지었다. 홍현주 공은 우리 차에 대해 깊은 애정을 가졌던 것으로 보인다. 정 다산 등과 깊은 교류를 가졌던 초의 스님은, 당시 순조의 사위이면서 당대 실세였던 홍현주를 비롯한 유가의 뛰어난 선비들과 한양을 오가며 학문과 차담을 나누었다.

모두 31구송(句頌)으로 되어 있는 초의 선사의 동다송(東茶頌)은 차의 기원이며 차나무의 생김새, 차의 효능과 차를 만드는 법, 우리 차의 우월성을 풀이하고 있다. 또한 차나무를 직접 심고 따본 경험을 바탕으로 덖고 건조시키는 조다법을 활용, 우리 차의 공(功)과 덕(德)을 찬양하고 있다. 초의 스님은 동다송에서 중국의 다서(茶書)에 실린 여러 가지 고사를 원용했을 뿐만 아니라 상세하게 주석을 달고 있어 당나라 육우(陸羽)의 다경(茶經)에 맞먹는 걸작이라 하겠다.

동다송을 통해 우리 차의 우수성을 일찌감치 깨달은 한국의 다성(茶聖) 초의(艸衣) 선사가 40세 때 터를 닦고 입적 때까지 머물던 일지암(一枝庵)은 한국 차의 성지로 5.5평의 초가집, 그리고 새롭게 단장한 자우홍련사, 법당과 요사채가 전부다. 절 앞마당에 자리한 몇 백 평 규모의 야생차 밭이 눈에 들어온다. 서해바다의 낙조를 볼 수 있는 풍정은 유천(乳川)의 물맛과 함께 차의 성지라 할 만하다. 말하자면 이 차밭이 스님의 차 재배 시험장인 셈이었다.

조선 후기뿐만 아니라 일지암은 우리 현대 차문화사의 명실상부한 중흥의 도량이었다. 1979년 복원된 일지암은 한국의 차인들을 한곳에 모이게 했을 뿐만 아니라 초의 스님과 차 문화를 현대인들의 품속으로 되돌려 놓은 기폭제 역할을 했기 때문이다. 일지암의 이름은 장자(莊子) 남화경의 소요유(逍遙遊) 편에서 출전을 찾을 수가 있다. 각연 스님은 목청을 돋우어 풀이한다.

"뱁새는 일생 동안 한 곳에 작은 깃을 틀고 잔다."
는 구절과 한산시(寒山詩)에,

"뱁새는 항상 한 마음으로 살기 때문에 나무 한 가지만 있어도 편안하다."는 데서 말미암았다고. 일지암 복원은 차문화사의 중요한 사건이라 하겠다. 초의 스님 열반 후 일지암은 화재로 소실됐다. 지금의 일지암은 1979년 후대의 차인들의 노력에 의

해 지어진 것이다. 1976년 여름 해인사 율원에 박태영 화백의 주선으로 박동선씨가 그곳에서 공부하던 필자와 도범 스님을 방문했다. 그 자리에서 필자와 도범 스님 등 방문자 일행은 토우 김종희 선생 댁을 방문, 한국 차 문화의 복원과 일지암 복원에 관해 의견을 나누었다.

당시 에밀레 박물관장이자 미국 하버드대학에서 구조학으로 박사학위를 받은 조자룡 선생이 새롭게 복원되는 일지암의 설계를 맡았다. 선생은 한국의 전형적인 다실을 찾기 위해 전국 각처를 다녔다. 마침내 한국 전통 초당 형식을 갖춘 일지암 초당은 5.5평의 정사각형 초가 형태로, 법당 겸 요사채는 15.5평의 기와집으로 일지암복원위원회가 결정한 후 1979년 2월 완공했다. 일지암의 복원은 한국 현대 선차(禪茶) 문화의 복원으로 연결됐다. 그때부터 초의 스님 동다송(東茶頌)과 다신전(茶神傳) 등 차 관련 사업들이 서서히 기지개를 켰을 뿐만 아니라 초의 선사를 기리는 초의문화제를 연다고 했다. 임 대표가 물었다.

"돌각 스님, 혹시 선운산가(禪雲山歌)에 대해서 들어보신 적 있습니까? 여기 함께 오신 동초 선생님과 말씀을 나눠 보시지요 …."

"이런 저런 이야기를 들어본 적이 있습니다. 그 가사 내용이 전하지 않는 노래 말이잖아요?"

"잘 됐네요. 동초 선생님은 선운산가를 백제가요의 중요한 꼭지로 연구하신 걸로 압니다. 실은 이번 답사 기행도 선생님의 학위논문과 관련해서 왔습니다. 법호도 그러시지만 연구를 많이 하시네요."

시원한 차와 함께 이야기는 선운산가로 번져 가고 있었다. 말하자면 강단에서 강의하시던 교수님과 도량에서 수도하시는 돌각 스님과의 선문답이 기대되는 상황이었다. 월산 대표가 허두를 꺼냈다.

"돌각 스님, 먼저 선운사가에 대한 말씀을 들려주시면 어떨까요?"

"더러 선운사 절을 찾아오는 신도들에게 듣긴 했습니다. 나라의 일로 부역을 나간 남편이 기간이 지나도 돌아오지 않으니까 산 기도를 하며 부른 노래라는 겁니다. 흔히 상식 수준의 이야기밖에."

"그러면 그런 노래가 퍼져서 민요가 되고 널리 불렸을 가능성이 있을 텐데요. 동초 선생님, 혹시 정읍사(井邑詞)와 비슷한 그런 민요는 아니었을까요?"

조심스러우신 듯 동초 선생님이 말을 받으셨다.

"스님 말씀대로 백제가 두 번씩이나 도읍을 옮기는 바람에 많은 사람들이 궁성이나 산성을 쌓기 위하여 동원되었다고 생각할 수 있지. 이 바람에 많은 젊은이들이 동원되었겠지. 기다려도 돌아오지 않는 사람을 기다리다 돌아오기를 기원하는 산 기도, 특히 영험이 많은 선운사에 들어와서 자신들의 절절한 소원을 드러낸 사연이 노래 가사로 되어 같은 처지의 아내들이 이런 속내를 드러낸 노래라고 보아야 할 테지."

고향이 고창 해리인 송사 친구가 이야기를 거든다. 누구보다도 더욱 관심이 많았을 거라고 모두는 주의를 기울였다.

"저는 정읍사 같은 민요에 가사나 악곡이 변형이 되어 쓰이지 않았을까 합니다. 지금도 정읍사 사물놀이를 들어보면 그럴 가능성이 짙다고 봅니다만."

동초 선생님이 말씀을 이었다.

"민요는 형식상의 특징인 후렴구가 붙어서 되는데 …. 이 선생, 그러면 선운산가에도 정읍사처럼 후렴구 이르자면, -어긔야 어강됴리 아으다롱디리- 같은 후렴구가 붙어 있을 거라고 보는 건가?"

"예, 그렇습니다만 …. 그럼 정읍사가 흔히 신라 경덕왕 이후에 널리 불려진 노래로 보는데.. 이건 어떻게 설명해야 되는지요. 이런 점이 궁금했습니다."

"경덕왕 이후로 보는 데는 동의하기가 어려운 듯도 한데 …. 백제가 망한 게 의자왕 21년(660)이니까 아무래도 그 이전으로 보아야 옳다고 볼 수 있지."

어느 행상인의 아내가 선운산 꼭대기에 올라가 산성 쌓는 일에 나간 남편이 오기를 기도하고 멀리 바라다볼 수도 있었을 것이다. 그런 애달픈 사연을 담고 있었지 않았나 하는 생각이다. 다시 전주의 동록 박 선생이 동초 선생님한테 물었다.

"정 형이 '곰나루21'에 올린 선생님 글을 읽어 보니까 선운산가의 내용을 중국의 시경과 비교하셨는데 어떤 점에서 영향관계가 있다고 보시는지요?"

"아, 내 글을 읽어 보았구먼, 어디서 읽었나 …? 척피남산(陟彼南山) 부분에 보면 산에 올라 멀리 임을 그린다(登山蓋托以望君子)라는 시편이 있어요. 특히 초충(草蟲)에 보면 징용에 나가 돌아오지 않는 남편을 그리워하며 기다린다는 내용이 있는 걸로 보아 그럴 가능성이 있다고 본 거지. 혹은 산신을 믿는 그런 산신 숭배의 성격도 있을 듯하고 ….”

풍경 소리를 들으니 마음이 맑아지는 듯. 돌각 스님과의 문답은 끝이 났다. 점심 공양을 하고 가라며 선생님을 잡았다. 밖에서는 진달래 구경에 봄나들이 온 아이들의 해맑은 웃음소리가 새소리와 물소리에 어우러지는 즐거운 한 때였다. 일행은 인사를 하고 승방을 나왔다. 시자가 들어왔기에 대표가 준비한 봉투를 주면서 불전에 향을 올려달라며 고맙다고 인사를 하고 절간을 나왔다. 저녁을 먹고 나서 산방 같은 민박에서 하룻밤 지내기로 했다. 누군가 써놓은 등산기를 읽어보자며 글을 돌려준다.

선운산가를 말하다

나그네가 밤늦게 도착한 선운사 앞 민박집에서는 황소개구리 울음소리에 잠을 설칠 지경이었다. 일행과 사람들과 막걸리를 마시며 황소개구리 이야기로 안주를 삼았다.

개굴개굴 운다고 개구리라 했을 터. 한국의 개구리는 참개구리, 무당개구리, 청개구리, 산개구리, 금개구리, 북방산개구리, 옴개구리, 아므르산개구리, 비단 개구리 등 그 갈래가 아주 다양하다. 그 소리마저도 그렇다. 그런데 그 다양하던 이런 개구리의 소리들은 다 어디로 가고 황소 우는 소리를 하는 황소개구리 소

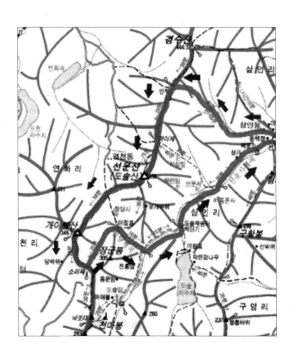

리만 들리는 것일까. 아무렴 동요 가사에도 올라 있다.

> 개굴개굴 개구리 노래를 한다.
> 아들손자 며느리 다 모여서
> 밤새도록 하여도 듣는 이 없네.
> 듣는 사람 없어도 날이 밝도록
> 개굴개굴 개구리 노래를 한다.
> 개굴개굴 개구리 목청도 좋다.

밥집 아줌씨 말로는 황소개구리가 토종 개구리를 다 잡아먹었거나 또는 겁에 질려 울지도 못한다는 것이다. 황소개구리가 널리 퍼지게 된 속내는 어떠한가. 부안 지역의 어떤 사업자가 먹는 개구리로 팔면 되겠다 싶어 황소개구리를 수입했다는 이야기. 수입한 개구리 가운데 몇 마리가 철조망을 넘어 도망쳤다는 이야기. 더욱 어려웠던 것은 길러서 막상 팔려고 하자 황소개구리에 익숙하지 않은 사람들이 너무 크고 징그러워 해 안 팔리자 업자는 홧김에 모두 놓아 버렸단다. 하루가 다르게 전라도 지역으로 다시 온 나라로 퍼졌다. 우리들의 생태환경을 파괴한다는 반론이 여론화되기도 했다.

언젠가 나그네가 사는 동네 논두렁 가에서 황소개구리가 보통의 작은 개구리를 잡아먹는 걸 본 기억이 떠오른다. 개구리를 넘어서 작은 뱀도 잡아먹는 게 아닌가. '뱀 개구리 잡아먹듯 한다'가 아니고 '황소개구리 뱀 잡아먹듯 한다'는 말도 생길 법하다. 아마도 선운사 스님들은 무엇이 되었든 살생을 하지 말라고 할 것이다.

나그네는 문득 강감찬 장군의 금와훤(禁蛙喧) 설화가 떠올랐다. 장군이 경주 도호사로 있을 때였다. 성 안의 개구리가 너무 시끄럽게 울어 장군이 돌에다 명령의 글을 써서 개구리 왕에게 보냈다. 그 뒤로는 성 안의 개구리가 울지 않더라는 이야기다. 오늘날에도 이러한 장군의 명령을 황소개구리 한국 사령관에게 보낼 수 있을까. 너희들 집으로 돌아가라고 할 수도, 그냥 살라고 할 수도, 그렇다고 스스로 목숨을 끊으려고도 하나 할 수는 없는 일이다. 김슬옹 선생의 개구리 시를 올려 본다.

황소개구리! 너는 전생에 무슨 업보를 쌓았기에
고향 멀리 떠나와 붕 방 붕 방
땅 꺼지는 울음 우느뇨.
좁은 땅덩어리에 토종 개구리 입에 물고
제왕으로 군림한들 그것이 무슨 소용인가.
인간 탐욕 넘어 탈출은 하였으되
타향 산천은 그대로 감옥
아프리카에서 끌려온 노예의 살빛처럼
서러운 너의 울음소리 천형처럼 따라붙으리니
죄 없는 토종 개구리를 동무 삼아
너를 잡아온 인간들을 잠 못 들게 하라.

간밤 선운사 동백꽃은 아침 햇살에 더욱 선연하고, 선정에 든 스님 같은 구름이 산 허리를 감아 돈다. 새벽에 일어나 선운사 절을 찾았다. 선운사 입구로 들어서니 미당의 돌비가 제일 먼저 눈에 들어온다. 시인의 '선운사 동구'라는 시였다.

육자배기는 전라도의 대표적인 민요. 곡조에 오름 내림이 많고 높낮이 차이가 많으며 진양조 장단이다. 진양조란 4분의 6박자 넷이 모여 한 장단 24박으로 이루어지는 느린 장단이다. 꼬부랑 할머니가 꼬부랑 고갯길을 넘어가는 모습이 떠오른다.

미당(未堂)은 그의 시로 동백꽃의 흐드러진 아름다움을 육자배기 가락의 소리로 어우러지게 형상화하였다. 선운사 동백꽃하면 미당, 그의 영혼이 영롱한 빛깔과 소리로, 무지개의 경지로 선운의 누리를 만들어냈다.

노래로는 송창식의 '선운사를 아시나요'가 있다. 말하자면 대중가요는 옛날의 민요라 할 수 있다. 마음의 가야금을 울리며 아침 물소리가 벼랑에 메아리로 흘러간다. 동백(冬栢) 나무의 동은 겨울이다. 우리나라에서 겨울철에 꽃을 피우는 몇 안 되는 나무 중에 하나다. 꽃 피는 기간이 길다. 빠른 것은 정월에 피기 시작하며 3월에 절정을 이루고 4월까지도 간다.

선운산 차밭에서 나는 차로 마음을 달래며 온갖 번뇌를 다 씻어 내리는 듯 그렇게 구름은 산 아래로 흘러내리고 있었다. 선운은 낮은 데로 임하라는 듯 손을 저으며 동백나무 숲의 새소리로 연꽃의 글을 읽고 있었다.

미당의 선운사 동구 시비에서 좀 더 오르면 또 다른 빗돌이 서있다. 선운산가(禪雲山歌)의 돌비다. 얼굴 없는 노래, 가사가 전하지 않는 백제의 노래 가운데 하나다. 고려사와 증보문헌비고에 서로 다르게 선운산, 선운산가라는 노래 이름과 함께 해설이 올라 있다. 백제 시절 장사(長沙) 사는 이가 강제로 동원되는 정역(征役)에 나갔다가 기한이 지나도 돌아오지 않았다. 그 아내는 남편을 그리워한 나머지 선운산에 올라 남편 간 곳을 바라보며 이 노래를 불렀다. 그 절절한 사연을 미당 서정주의 글을 정주환의 글씨로 선운가비를 세워 놓았다. 서정주의 고향은 선운사에서 가까이에 있는 길마재이다. 흔히 질마재라고 한다. 아마도 시인은 자주 이곳을 찾은 듯. 미당은 새 선운산가를 남기고 갔다.

> 나라 위한 싸움에 나간 지아비
> 돌아올 때 지내도 돌아오지 안으매
> 그 님 그린 지어미 이 산에 올라
> 그 가슴에 서린 시름 동백꽃같이 피어
> 노래하여 구름에 맞닿고 있었나니
> 그대 누구신지 너무나 은근하여
> 성도 이름도 알려지지 안했지만
> 넋이여 먼 백제 그때
> 그러시던 그대로
> 영원히 여기 심어 그 노래 불러
> 이 겨레의 맑은 사랑에 늘 보태옵소서

선운사가 있다 하여 절의 이름을 도솔산에서 선운산으로 고쳐 부르고 있다. 절을 나와서는 복분자로 알려진 거리를 지났다. 산딸기를 따먹던 어린 시절이 떠오른다. 입에 군침이 돈다. 발길을 돌려 고창읍성 쪽으로 갔다. 그 바로 앞에는 신재효 선생의 생가가 고창경찰서와 나란히 있었다. 어디선가 판소리가 들린다. 소리는 고창읍성을 넘어 구름으로 떠돌아 산을 넘고 있었다. 노을에 물든 산은 말이 없었다.

떠도는 선운 같은, 조신의 꿈

선운산 등성이로 허리를 감고 도는 저 구름은 아무런 욕심도 없이 바람에 밀려 다닌다. 그러나 뭉치면 비가 되고 추워지면 눈이 된다. 선정에 드는 저 산처럼 살 수는 없을까. 간다르바처럼 말이다. 나 그네는 왕왕 삶의 허망함을 느낀다. 그런데 욕정에 이끌리어 지지고 볶으며 살아갈 수밖에 없는 현실, 결론은 나이 들어가며 물 한 모금이라도 나누며 사는 것이 좋은 것을 ….

얼마 전에 삼국유사를 읽다가 조신(調信) 성사가 깨닫는 과정을 꿈이라는 이야기로 올려놓은 것을 아주 흥미롭게 읽은 적이 있다. 뮤지컬로 글을 써서 음악극으로 올려 보았으면 했다. 선정에 드는 노

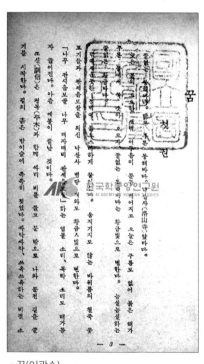

• 꿈(이광수)

을 빛 구름을 보면서. 별 재미는 없겠지만 ….

악극 <조신의 꿈>

<1막>

* 일연 꿈속에 낭자를 만나다(일연 – 젊은 탁발승 행색)

(관음전 앞에서 독경을 하다 잠이 들어 비몽사몽간에 꿈을 꾼다. 조신 성사의 일을 생각하다가)

일연 : 비나이다 비나이다 관음전에 비나이다.

　　　성불을 못하더라도 좋습니다.

　　　지옥불에 떨어져도 좋습니다.

　　　비나이다 비나이다 관음전에 비나이다.

　　　김낭자와 만나 단 하루라도 함께 살 수 있게 하여 주사이다.

　　　나무아미타불, 관세음보살

(지칠 정도로 목탁을 두드리며 간절한 소원을 빈다. 어디에선가 가슴 설레는 단소 소리가 들려온다.)

　　　<♫노래>

　　　눈을 감아도 떠오르는 아리다운 낭자의 모습이어라.

　　　아무리 경을 읽어도 아무리 잊으려 해도

　　　비록 악연이라도 달게 받겠나이다

　　　관음보살님이시여 이 중생을 돌아보시어

　　　김낭자와의 인연의 끈을 맺게 하여주소서.

(자신도 모르는 사이 김 낭자가 절간의 옆문을 열고 들어온다. 웃으면서 꿈에도 그리던 다소곳한 모습으로)

낭자 : 일연 스님, 뵙고 싶었습니다. 금장강 절벽에서 스님이 꺾어주시던 꽃을 받은 이후로 하루도 스님을 잊은 적이 없었습니다. 부모님의 명을 어길 수 없어 다른 사

람에게 시집을 갔지만 도저히 억누를 길 없는 제 마음을 가눌 길이 없어 시집가던 길로 도망쳐 이렇게 스님을 찾아왔습니다.

일연 : 이게 꿈이요? 생시오? 꿈에도 잊지 못하여 애를 썼는데 말로 할 수 없을 만큼 보고팠습니다. 이제 우리 함께 나의 고향 쪽으로 가서 우리들의 보금자리를 만들어 보자고요. 부처님 고맙습니다. 조상님.

(두 사람은 절을 나와서 고향을 향하여 기약 없이 길을 나섰다. 얼마나 꿈같은 세월이던가? 가진 것은 없으나 행복한 하루하루를 보내게 되었다. 다른 사람들의 농사일을 해주면서 품삯을 받기도 하며 고단한 나날을 보냈으나 구름 위를 걷는 듯하였다. 그러다 어느 사이 아들 둘에 딸을 셋이나 두게 되었다.)

아들 : 아버지, 우리는 고향에 안 가시나요? 할아버지와 할머니는 어디에 사시나요? 빨리 뵙고 싶습니다.

(궁금하고 답답하다는 듯이 아버지 어머니를 번갈아 쳐다본다.)

아이들 : 저희들도요 ….

(발을 동동 구른다. 영문도 모르고)

일연 : 그럼 그래야지. 차츰 알게 될 테니 반드시 고향에 내려가 너희들의 할아버지 할머니를 만나게 된다. 명년 봄만 지나면 가을쯤에 가서는 나도 그러려고 했단다.

아이들 : 그럼 올해도 틀렸잖아. 뭐가 이래 ….

<2막>

* 맏아들이 해현고개에서 쓰러져 죽다

(계속되는 가뭄으로 농사를 망치고 먹을 게 없어 사람들은 굶주리고 거지가 되어 얻어먹으러 다니는 이들이 늘어났다. 하물며 아이를 다섯이나 데리고 일거리도 마땅치가 않은데다 나쁜 전염병까지 돌아 굶기를 밥 먹듯이 하고 큰아이는 전염병에 걸려 애를 쓰다가 해현고개를 넘어가다 마루에서 죽고 만다. 굶주리고 병들어 죽은 것이다. 울며불며 김씨 부인은 정신을 가눌 수가 없게 되었다.)

김씨부인 : 아이고 이걸 어째 아이가 죽었어요. 어떻게 좀 해봐요. (서럽게 흐느껴 운다.)

일연 : 그러지 말고 돌로라도 무덤을 만들어 아이를 묻어주어야겠소.

가족 : (울면서 아이 어른 없이 고개 주변의 돌을 날라다 무덤을 만든다.)

(아예 고인돌을 만들지 그래 임금의 무덤처럼 – 흥미 요소)

아기야. 잘 가거라 … 형아 빨리 일어나. 왜 그러고 있어. 오빠 잘 있어. 또 올게. 울지 말고. (일연은 습관적으로) 나무아미타불 관세음보살.

<♫노래> (타령조로 김씨 부인이)

어이없네. 어이없어 이 설움 어이할꼬.

이제 가면 언제 오나 어허어허 내 아기야

밥도 옷도 못 해주고 저승길이 웬 말이냐?

내 배 아파 낳아 길러 앞서 아주 먼 길 갔네.

가는 아이 춥지 않게 돌옷이라도 덮어주소.

명년 새 봄 춘삼월에 강남 갔던 제비 돌아오면

볕바른 양지 진달래 꽃 피면 너를 찾아오마.

천지신명님 저 애를 돌봐주세요.

<3막>

＊큰 딸 아이가 개에게 초죽음이 되어 돌아오다.

(부모는 몸 져 누워 거적 덮어 다리 아래 누웠다. 큰딸 아이가 아침 동냥 얻으러 나갔다 한참 만에 동네 아줌마들이 업고 피투성이가 되어 되돌아왔다. 밥은커녕 거의 실신지경이니.)

동네 아줌마 : 이웃 부잣집에 아침거리 얻으러 갔다가 그 집 사나운 개에게 물려 정신을 잃고 있는 걸 보고 우리가 데리고 왔수. 그나마 입었던 치마도 다 찢어지고. 애기 엄마 어떻게 빨리 아이를 돌보세요. 그럼 난 바빠서 ….

김씨부인 : (말할 힘도 없이) 여보, 아이가 개에게 물려 피투성이가 되어서 …(어쩌면 좋아요?)

아이들 : 아줌마, 가지 말고 우리 언니 좀 도와주세요. 엄마 아빠는 많이 아파서요

(엉엉엉) (눈물이 앞을 가려 말을 못 잇는다.)

　동네 아줌마들 : 부처님, 이걸 어쩝니까요? 일단 다시 내가 데리고 가서 우리 집에
서 돌보고 있을 테니 애기엄마, 하루 빨리 몸을 추슬러 들리슈.

　김씨부인 : (힘도 없이 고개를 저으며) 예, 고마워유. 아주머니.

　(얼마 뒤 아이들을 시켜서 동네 아줌마는 조 미음을 쑤어 부인과 애들에게 먹이도록 하였다. 며칠 뒤 김씨 부
인이 정신을 차려 딸아이를 데리고 돌아왔다. 딸은 다행히게도 깊은 상처는 아니었다.)

　가여운 것, 에미 애비 잘 못 만나 이 지경이 되다니. 쯧쯧 ....

　(김씨 부인은 냇가에 앉아 어떻게 살아갈 것인가를 곰곰히 생각한 끝에 결연한 마음으로 일연에게 헤어지자
고 한다.)

　일연 : 나고 죽는 게 다 무엇인가. 덧없고 부질없음이 아니었던가? (혼자말로 중얼거린
다.)

　* 아이를 둘씩 나누어 헤어지자 한다

　일연 : (근심스러운 듯) 무슨 일이 있소. 오늘 따라 부인이 왜 이리 무서워 보이는지.

　김씨부인 : (머뭇거리다가) 봅시다. 앞으로 함께 살아가면 갈수록 나는 그대에게 그대
는 나에게 짐이 될 뿐이요. 우리 아이 둘씩 나누어 데리고 헤어집시다.

　일연 : (할 말이 없는 듯) 그 수밖에 없겠나?

　큰딸 : 아버지 그렇게 하는 게 좋겠습니다. 형편이 좋아지면 그 때 다시 모여 살더
라도요.

　김씨 부인 : 그렇게 합시다. 우선은요.

　일연 : (멍하니 하늘만 쳐다보더니) … 그, 그, 그렇게 합시다.

　(아이를 둘씩 데리고 점점 멀어져 가는 사람들이 안타까운 손짓을 한다.)

　<♫노래> (타령조로)

　어화둥둥 내 사랑아. 이렇게까지 될 줄을 내 왜 몰랐던가 그 젊은 날의 애틋함도,
아무리 보아도 내 사랑이던 사람을 아리랑 쓰리랑이야 성마령을 넘어간다(일연의 얼핏
든 잠에 조신 성사가 나타나 웃고 반긴다.)

조신 : 그것 봐. 내가 말했잖아. 미혹에 빠지지 말라고 …. 안 그래요 정취 대사님?

정취(기다렸다는 듯이) : 다 미망이야 미망. 나무 관세음보살.

일연 : 성사님, 조신 정취 성사님. 날 버리지 마세요.

(찰나였다. 아무리 불러도 볼 수도 대답도 없이 안개 속으로 사라지는 영상들 … 허둥대는 일연의 모습)

<4막>

* 깨고 나니 한갓 꿈이었다.

(깜짝 놀란 일연은 애달픈 이별에 발버둥치다 깨어보니 관음전 앞이었다. 벌써 새벽이 밝아오고 있었다.)

일연 : (몸 둘 바를 몰라 하며) 관세음보살, 관세음보살 저의 이 때 묻은 영혼을 굽어 살피소서. 굽어 살피소서. 참회하옵니다.

관세음 보살 : (말 없이 웃음을 띤 채) …

<♬노래> (다 같이 합창– 정선아리랑조로)

즐거웠던 한 때 덧없이 흘러가고

그 곱던 얼굴은 다 늙어 버렸도다.

한 끼 기장밥이 다 익기를 기다릴 필요가 있으리

인생이란 한갓 헛된 꿈이란 걸 알았노라

일연 : 세상 번뇌가 아무리 많더라도 기어이 끊겠나이다.

(사홍서원을 다 같이 합창한다)

출전 : 삼국유사(三國遺事) 권3 탑상(塔像) 제4 낙산 이대성 관음 정취. 조신

관점 : 조신(調信) 성사의 번뇌를 자기화

선운산가를 불러봐

　곰나루 친구들은 선운사의 산방에서 독경 소리를 들으며 아침을 열었다. 절간의 아침은 일렀다. 여섯시 반이나 되었을까 공양 간으로 와서 아침을 먹으라는 전언. 먹은 둥 만 둥. 다들 피곤기가 얼굴에 그려져 있었다. 어제 서울서 대구서 목포에서 와 가지고 이런 저런 답산 겸 선운산 체험을 했기 때문이다.

　대표가 다들 큰 방으로 모이라는 것이다. 전부해야 아홉 명, 그 가운데 선생님을 빼면 친구들은 여덟 명이다. 언제 가져왔는지 간단한 다과가 놓여 있다. 그 둘레로 돌아앉았다. 먼저 월산 대표가 안내를 한다.

　"모처럼 선생님을 모시고 산사 체험을 했습니다. 특히 선운산가에 대한 연구를 하신 선생님을 모신 가운데 인사도 드릴 겸 궁금했던 점도 여쭤 보기도 하고 할 요량으로 모이라고 했습니다. 그럼 먼저 선생님께 큰절로 감사를 드리고 건강을 빌어드리기로 하면 좋겠습니다."

　모두가 일어나 선생님의 건강을 빌고 감사를 드리는 예를 갖추었다. 어느새 서울의 춘자 김 선생이 꽃을 달아드렸고 준비한 성의 표시로 정표를 올렸다. 너무 좋아하시는 듯 물질이 문제가 아니고 이렇게 만나서 함께 산사 체험도, 다반 간에 음식도 함

께 하니 너무 좋다고 말씀을 하신다. 월산 대표가 물었다.

"선운산가를 연구하신 선생님께서는 오늘의 산사 체험의 느낌이 어떠신지요?"

"벌써 여기 왔다 간 지 몇 년인가 74년이니까 40년이 훨씬 넘었구먼. 반생이 다 지났네 그려."

월산이 물었다.

"선생님, 가사도 전하지 않은 노래를 어떻게 연구하셨나요? 궁금했습니다."

"고려사(高麗史)에 보면, 장사 사람의 아내가 남편이 나라의 부름을 받아 부역의 기간이 지났는데도 돌아오지 않아서 이 산에 올라와 노래를 불렀다는 기록밖에는 없지. 그래서 중국의 시경을 보면 전쟁에 나갔다가 돌아오지 않는 남편을 기다린다는 비슷한 사연이 있는 것을 비교하여 이야기를 얽어 본 거여. 아마도 정읍사와 비슷하지 않았을까 싶네만 …."

"노래를 부른다면, 정읍사 수제천(壽齊天, 기악곡)과 비슷하다고 보아야 하는지요."

선생님은 고향이 선운산 이웃이라는 송사에게 물으셨다.

"고향에서는 선운산가에 대한 이야기를 들은 적이 있나?"

"… 잘 모르겠습니다 …."

갑내가 이야기를 꺼내 놓았다.

"정읍사 유형의 민요라고 보면, 대부분의 민요는 후렴구가 있는데 선운사도 정읍사 같은 후렴이 있지 않나 싶습니다. 정읍이나 고창이나 같은 문화권이라고 볼 때 그럴 가능성은 어떨까요. 선생님."

동초 선생님은 좀 뭔가 답답하신 듯이 찻잔을 들었다 놓았다 하셨다.

"그러게 말이야 … 후렴이 있다고 봄이 옳겠지. 무언가 간절한 기원을 담아 달에게 빌고 부처님께 빌고 천지신명에게 비는 … 남편이 무사하게 돌아오기를 기다리는 기다림의 미학이랄까 그런 내용의 민요라고 볼 수 있어 …. 허 참, 내 공부가 짧아서 말야."

예의 겸손함으로 답을 하신다. 대표가 송사 친구에게 하모니카 연주를 해줄 수 있느냐고 물었다. 좋다고 했다. 어느 새 안 주머니에서 하모니카를 꺼내 들더니 고향의 봄을 연주했다. 모두는 동심으로 돌아가 박수를 치며 노래를 불렀다. 그러더니 조재훈 선생님의 시를 읽는다. 낭창한 소리로 숲 해설가 석주 선생이다.

　겨울 낮달

　이승에 놓아 둔
　무거운 빚을
　아직 머리에 이고 계신가요
　수척한 산등성이에
　숨어 오셔서, 절룩절룩 숨어 오셔서

　핏덩이로 남긴 막내가
　배 다른 형제들 틈에 끼여
　어떻게 섞여 크는가,

수수깡 울타리 속에서
배곯지 않는가 보려고
핏기 없는 얼굴로
서성거리고 계시군요

뒷마을 대숲에
온종일 칼바람이 울고
우는 막내의 연 끝에
땀 밴 은전 몇 닢을
놓고 계시군요

새벽닭 울 때마다 매양
안개 피어오르는 바다 위로
큰 기침하며 버선발로 오시던
우리 한울님을
여전히 모시고 계신가요

불 끄고 한밤 중
홀로 눈물 삭히던 울음,
얼음 아래 나직이 들리고
집 나간 지아비 기둘려
발등 찍어 호미 날에 묻어나던
복사꽃 생채기,

머언 연기로 보여요.
빈 들이 잠들고
산 하나 經典처럼 누워 있는
무심한 이승에
모처럼 나들이 와 계신가요.

낮달이 되어서도 두고 가신 이승의 자식 걱정에 아픈 다리를 절며 수수깡 울타리를 엿보고 계신 듯한 어머니. 임에 대한 그리움을 놓지 못하는 아린 회상 속에서 우리는 살아가는지도 모른다. 경전을 읽으며 기도를 하실 어머니는 어디에 계신지. 하늘의 낮달로 떠서는 가슴속으로 지지 않는 그리움으로 기다림으로 선운산가를 부르실지도 모른다는 생각을 해본다. 나그네는 ….

선방에서 선운산가(禪雲山歌) 이야기

일행은 일 년 만에 다시 모여 선운산 답산을 하면서 선운사에서 선방 체험을 하기로 사전 약속을 했다. 종무소에 미리 연락을 해서 예약을 해놓았다고 대표가 전화로 문자를 보내왔다. 선방 체험도 하고 선운산에 가서 동백꽃도 보고 그럴싸한 나들이었다. 이윽고 만권당 주인이 평론가의 눈으로 선생님께 물어 본다.

"선운산가와 관련하여 이 노래를 종교적인 의미로 풀이하셨는데 어떤 내용으로 이해하면 좋을까요?"

"도교 혹은 불교적인 내용의 절절하게 기다리는 마음을 드러냈다고 볼 수 있지. 선운산(禪雲山)은 일명 선운산(仙雲山)이라 하며 또 도솔산(兜率山)이라고도 하지. 그 이름만으로도 도교나 불교적 의미를 갖고 있다고 봐야지. 육당(六堂)은 선(仙)과 솔(率)을 동일한 소리로 보고 도솔산의 도솔(兜率)을 통하여 그의 소위 불함문화론(不咸文化論)에서 극명하게 보여 준 '붉도'와 연결시켜 하나의 미륵도량으로 추정한 바가 있어요. 전래의 토속 민간 신앙이나 신흥종교들은 예외 없이 미륵(彌勒)을 신앙의 알맹이로 하고 있어. 미륵신앙은 불교의 허리를 형성하고 있는 정토사상(淨土思想)과 서로 쌍벽을 이룬다고 봐요. 현실은 불운하더라도 낙원을 향한 신앙이라는 점에서 일치한다. 이것은 아마도 피지배층이 겪는 삶의 숙명적 어려움과 민초들의 꿈이며 정신적인 위안이라고 봄이 마땅하다고 보네만 ….”

갑자기 무슨 좋은 생각이라도 떠오른 듯이 갑내가 물었다.

“미륵신앙의 미륵(彌勒)이 동물상징으로 보면 용입니다. 석봉천자문에 보면 용을 미르 롱(龍)이라고 하니까요. 용은 물의 신이며 불교의 수호신이기도 하니까요. 선운사 자리가 본디 용이 놀던 못이었는데 검단선사(黔丹禪師)가 못을 메우고 절을 지었다고 합니다. 마침내 선운사 창건 설화인데요. 미륵신앙의 바탕 위에서 선운사가 지어졌다고 볼 때, 여기 와서 선운산가를 부르며 불안과 초조를 가라앉히고 남편이 무사하게 자신에게로 가족에게로 돌아오리라는 희망을 노래한 것으로 볼 수도 있지 않나 싶습니다.”

“그렇게 생각해 볼 수는 있겠네. 그 또한 우리말의 상상력인가 봐 … 허허 재미있군 그래.”

사실상 모든 게 상상력의 열매가 아닌 게 없다. 차마 토를 달 수가 없었다. 목포에서 온 이 선생이 동초 선생님께 진지한 얼굴로 물었다. 그는 늘 그러했다. 학교 다닐 때에도 ….

“작품이 어느 만큼 사회와 시대를 반영하는데 선운산가의 경우는 어떻습니까?”

“안 그래도 덧붙이고 싶었는데 …. 백제가 고구려의 침략에 밀려 두 번이나 도읍을 옮기게 되지. 첫 번째는 바로 여러분이 학교를 다닌 공주로 와서 약 60여 년 동안 있다가 두 번째로 부여로 옮겨 거기서 120여 년 동안을 그 명맥을 이어 가지. 옮길 때마다 반드시 있어야 할 궁성이나 산성을 만들고 수시로 백성들을 군역이나 성책을 쌓는데 동원할 수밖에 없었지. 열심히 일을 해도 보통의 사람들은 먹고 살기에 힘든 판에 군대나 부역에 나가게 되니 생산은 줄거나 아예 없거나. 그러니 그 생활의 궁핍함이란 상상을 뛰어넘는 거라고 봐요. 그런 과정에서 집을 나갔지만 돌아오지 않는 남편을 기다리는 사람이 어디 한두 사람이겠어. 누군가가 부른 정읍사풍의 선운산가는 여러 사람이 즐겨 부르게 되니 그 슬프고 애달픈 곡을 어찌 다 풀이할 수가. 특히 이곳 선운산 근처로 보면 드넓은 평야는 물론, 바닷가이니 고기잡이로 생업을 하던 사람들이 이를 못하니 더욱 더 그럴 수 있다고 생각하네."

좌선을 하는 듯 꼿꼿이 앉은 자세로 말씀을 이어가는 동초 선생님 얼굴은 상기되어 있었다. 차를 드시라고 어느 친구가 권했다. 이번에는 전주 송사 시인이 풍물을 배워서 봉사활동을 한다는데 꽹과리로 간단한 예불을 엮어 간다. 어디 여기가 무슨 법당도 아닌데 …. 무슨 일인가 행자들이 밖에서 왔다 갔다 하는 듯 수런거리는 소리가 들렸다. 잠깐이었지만 선을 하는 마음을 갖는 듯. 목포 이 선생의 질문은 다시 이어졌다.

"선생님 글에 선운산가와 시경(詩經)을 말씀하셨던데 그건 왜 그렇다고 보셨는지요."

"허, 이거 밑천이 다 드러나는구먼. 선운산가와 관련하여 이 노래에 주목되는 것은 시경의 둘째와 셋째 장의 척피남산(陟彼南山)이라는 부분이여. 선운산가도 선운산에 올라 노래를 불렀고 이 초충(草蟲)도 노래하는 이가 산에 올라가서 서원을 했기 때문이지. 차이(萋耳)가 멀리 나간 남편을 그리는 후비(后妃)의 노래라면, 초충(草蟲)이란 시는 남편이 정역에 나가서 기한이 되어도 돌아오지 않으므로 그 아내가 그리움을 노래한 것이야. 초충(草蟲)과 차이(萋耳)는 물론이고 은기뢰(殷其雷), 웅치(雄雉), 군자우역(君子于役)등이 있는데 이건 모두 다 노래하는 문학으로서 민요에 가까운 가요이거든. 이 모두가 시경의 풍(風)의 장르에 드는 민요풍의 것들이기에 그렇다고 보는 거지."

"선생님, 민요라는 게 자연발생적으로 생기는데 어디 다른 나라의 민요에 영향을 받아서 만들어졌다는 것이 좀 이상하긴 합니다만 …."

"노래와 같은 예술 장르에 국경이 따로 없고 흐르는 바람 같은 거라고 보면 좋을 듯하이."

나그네가 전화에 녹음 된 등대지기를 틀어 너무나 진지한, 조금은 지루한 듯한 분위기를 가라앉히려는 듯한 리듬을 떠올렸다. 한두 명씩 흥얼거리다 작은 소리로 노래를 불렀다.

얼어붙은 달그림자 물결위에 비치며

한 겨울에 거센 파도 모으는 작은 섬
생각하라 저 등대를 지키는 사람의
거룩하고 아름다운 사랑의 마음을 ….

    이렇게 해서 오늘 우리들의 현장 기행은 마감할 시간이 되었다. 대표가 오늘의 공부 시간을 마치기로 한다는 …. 모두 수고했다는 말에 박수로 답신을 …. 이제 남은 일은 둥지로 돌아가는 거다. 짐을 싸고 정읍으로 나가서 돌아가는 열차를, 더러는 승용차로 자신들의 천국으로 돌아가기로 했다. 서산에 해는 지고 선운산에 노을이 물들기 시작했다. 송사의 차는 고인돌 마을을 지나 고창읍 쪽으로 향하고 있었다. 우리들을 실은 차는 전주 박 선생과 송사가 운전을 해 정읍으로 지나가며 복분자 술 이야기를 들려주었다. 복분자를 먹으면 요강이 뒤집어질 정도로 양기가 성해진다는 것이다.

    (글쎄) 엊저녁에 마시던 복분자 향이 샘솟는 듯했다. 새콤달콤한 추억으로 ….

선운사의 추억

선운사에 가신 적이 있나요. 바람 불어 설운 날에 말이에요
동백꽃을 보신 적이 있나요. 눈물처럼 후두둑 지는 꽃 말이에요
나를 두고 가시려는 님아, 선운사 동백꽃 숲으로 와요
떨어지는 꽃송이가 내 맘처럼 하도 슬퍼서,

당신은 그만 당신은 그만 못 떠나실 거예요
선운사에 가신 적이 있나요. 눈물처럼 동백꽃 지는 그 곳 말이에요
눈물처럼 후두둑 지는 꽃말이에요.

 1970~80년대에 널리 불렸던 송창식의 유명한 노래다. 나[4]는 이 노래를 참 좋아
한다. 곡도 곡이지만 가사가 좋고 내 고향을 떠오르게 하는 아련한 추억이 있기 때문
이다. 내 고향은 선운사 인근의 해리라는 곳이다. 해리에서 시오리길 큰 재만 하나
넘으면 선운사의 도솔암이 나온다.

---

4   전북 고창 출생. 호는 송사(松沙), 한국문인협회 회원. 2016 계간 「시세계」 신인문학상 수상.
    전주 상산고 국어교사 역임.

　선운사는 백제 위덕왕 24년(서기 577)에 검단선사가 세운 절이라 하는데 고려 때까지만 해도 호남에선 가장 큰 절로 원래는 89암자가 있었는데 현재는 본 절 외에 석상암, 동운암, 참당암, 도솔암 등 몇 개만 남아 있다. 호남의 내금강이라 불리는 이 선운산은 도솔산이라고도 하는데 1979년에 도립 공원으로 지정되었으며 자연 경치가 뛰어나고 산세가 완만하며 특히 가을철의 단풍이 아름다워 등산객과 관광객이 사계절 끊이지 않는다.

　선운사의 사계

　봄이면 붉은 동백 핏빛으로 피어나고
　여름이면 복분자 자색으로 물드네
　가을이면 상사화 불길처럼 번지고
　겨울이면 하얀 눈꽃 온산을 뒤덮네!

• 미당 서정주 시비

선운사 입구의 넓은 주차장에 차를 세우고 큰절을 향해 한 마장 정도 올라가면 길 오른편에 미당 서정주님의 시비가 나그네의 시선을 끌게 한다.

선운사 골째기로
선운사 동백꽃을 보려갔더니
동백꽃은 아직 일러 피지 안했고
막걸릿집 여자의 육자배기 가락에
작년 것만 상기도 남었습디다.
그것도 목이 쉬어 남었습디다.

시비에 새겨져 있는 <선운사 동구>라는 시다. 미당은 이곳 선운사 인근의 선운리 질마재 태생으로 우리 고창이 자랑하는 큰 시인이다. 유명한 평론가 천이두님은 그랬다. 자기는 대한민국 오천년 역사상 미당만큼 뛰어난 시인을 아직 보지 못했노라고 …. 헌데 이렇게 위대한 시인을 친일이니 어쩌니 하는 것은 나무만 보고 숲을 못 보는 과오라 생각되어 안타깝기 그지없다. 자고로 연약한 잡초는 태풍에 안 넘어가도 거목은 넘어 가는 법. 세인들은 이런 사실을 알아줬으면 좋겠다.

시의 여운을 남기며 일주문을 지나 한 이백 보 정도 올라가면 울창한 전나무 숲 아래 부도전이 있고 여러 비석들이 있는데 그중엔 추사가 직접 쓴 화엄종주 백파율사비 비문이 있다. 추사 글씨 중 대표작으로 추사체 연구의 귀중한 자료가 되어 많은 서예 연구가들이 탁본을 해가곤 한다.

부도전을 구경하고 다시 한 백 미터 정도 더 들어가면 본 절이 나온다. 우리 고창 사람들은 이곳을 큰절이라 하고 도솔암을 작은절이라 한다. 이 고장 사람들의 정신적 안식처인 이 절을 큰집 작은집 개념으로 인식하고 있다고나 할까! 대웅전 앞마당에 의젓이 서있는 배롱나무 두 그루는 보는 사람으로 하여금 누구나 반할 정도로 수형이 아름답고 거대하다. 본당 뒷산 언덕엔 천연기념물(184호)인 한 오백년 묵은 동백나무숲이 군락을 이루고 있어 춘사월이면 온통 붉은 물결을 이뤄 가슴 속에 불타오르는 사랑을 느끼게 한다. 전국적인 명소로 알려져 있다. 이 동백꽃이 선운사의 상징이기도 하다.

이 큰절을 뒤로 하고 울창한 숲속 계곡 길을 따라 다시 한 마장 정도 가면 상사화 군락지가 나온다. 해마다 9월쯤이면 활짝 피는 이 상사화(相思花)는 역시 전국적으로 유명하다. 석산화 또는 꽃무릇이라고도 하는데 다음과 같은 애절한 사연을 간직하고 있다.

어느 왕 때인지는 모르나 백제 때 이 고장의 양반집 마님이 아들이 없어 이 선운사로 백일기도를 다녔는데 젊은 스님 중에 외모가 아주 준수한 스님 한 분이 있어 혼자서 사모하다 그만 죽게 되어 그 넋이 한 송이 꽃으로 솟아났다. 바로 그 꽃이 상사화라고 한다. 이 꽃은 꽃이 먼저 피었다 진 뒤 잎이 나오기에 서로 볼 수 없어 그리워만 하기에 이런 이름이 생겼다고 한다.

• 상사화(꽃무릇)

상사화의 애절한 사연을 뒤로하고 다시 숲길을 따라 두 마장 정도 걸어가면 바로 길 옆에서 잘 생긴 소나무 한 그루 장사송(長沙松)이 우릴 반긴다. 모양이 마치 푸른 비취파라솔처럼 생겼는데 충북의 정이품 소나무와 견줄만하다고 하겠다. 이 소나무 역시 천연기념물(354호)로 지정되어 보호 받고 있는데 난 이 소나무를 무척 좋아한다. 나의 호가 '송사(松沙)'이니까 깔깔!

이 장사송 옆에는 신라의 진흥왕이 왕위를 버리고 말년에 이곳에 와서 수도를 했다는 진흥굴이 있는데 꽤 큰 바위에 상당히 큰 굴이 파여 있다.

임금이 왜 그 좋은 자리를 버리고 이런 곳에 와서 수도를 했을까를 생각하며 다시 한 마장 정도 평탄한 길로 올라가면 어느새 '작은절'이라고 하는 도솔암이 나온다. 산중턱에 아담하게 자리 잡은 선운사의 부속 절로 하나의

• 진흥굴

암자다. 난 선운사에서도 이
도솔암을 잊지 못한다.

초등학교 사학년 때 이곳
으로 소풍을 처음 왔었는데
그때 본 느낌이 너무나 벅찼
기 때문이다. 이렇게 아름다
운 곳이 세상에 있었구나 하
는 생각이 들었던 것이다. 시

오리 길을 어린 것이 땀을 뻘뻘 흘리며 낙조대를 넘어와 맛본 이곳의 약수는 그야말
로 꿀맛이었다. 이것이 바로 감로수로구나 했다.

도솔암의 약수터에서 목을 축이고 용문굴 쪽으로 한 오십 미터쯤 가면 동양 최대
의 암각석상이라고 하는 마애불이 절벽 높은 곳에서 인자한 듯 하면서도 근엄하게 우
리를 내려다보며 앉아계신다. 마치 나의 죄를 들여다보시고 혼을 내시는 것 같아 두

• 도솔암 마애불

렵기도 하다. 역시 초등학교 첫 소풍 때 이 부처님을 보고 너무나도 충격이 컸기에 난 이 마애불에 대해 깊은 이야기를 좀 하고자 한다.

> 선운산 도솔천에 붉게 물든
> 애기 단풍을 보았는가?
> 도솔천 애기 단풍 물들이기 위해
> 꽃샘추위도
> 뜨거운 태양도
> 긴 장맛비도 이겨냈는데
> 화려한 단풍은 미륵을 기다리는 염원인가
> 수많은 중생은 도솔천에서 뭘 기원하는가
> 얼마나 많은 날을 기원했는가
> 미륵불 오시기를
> 얼마나 많은 날을 기다렸는가
> 미륵세상 열리기를
> 염원이 부족하니 오시지 않나
> 공덕이 부족해 이루지 못했나
>
> 마음으로 보아야 보이는 세상을
> 눈앞에 아름답게 펼쳐진 도솔천을
> 눈으로만 보려 하니 눈이 멀었나
> 이미 열려있는 미륵 세상은
> 보진 못하고 애타게만 찾으려 하네!

장대한 마애불이 절벽의 연꽃대좌 위에 결가부좌로 앉아 있다. 일자(一字)로 도드라진 입과 얼굴의 파격적인 미소가 충격적이다. 우뚝한 코, 앞으로 쑥 내민 두툼한 입술, 눈초리가 치켜 올라간 사나운 눈매가 보는 이의 속내를 단숨에 꿰뚫는 것 같다. 늘어진 양 귀는 어깨에 닿아 있고 머리와의 경계가 모호한 뾰족한 육계에 이마에는 백호가 박혀 있다. 목은 짧고 삼도는 가느다란 선으로 표현했다. 평평한 어깨에 법의는 통견의이고, 입체감 없는 판판한 가슴 아래로 단정한 군의의 띠 매듭이 가로지른 다. 양 손은 손가락을 활짝 펴서 배 부위에서 맞댔으며, 도식적으로 크게 표현한 두 발은 양감 없이 선각으로 처리했다. 광배는 보이지 않는다. 흘러내린 옷주름은 대좌 의 상대까지 늘어져 있고, 하대에는 형식화된 복련화문이 표현되었다. 불상의 머리 위와 주위로 여러 개의 네모난 구멍들이 보이는데 목조 전실의 가구 흔적이다. 신체 에 비해 손발이 크고, 육계와 머리의 구별이 없고 육계가 뾰족한 점, 군의의 띠 매듭, 탄력성이 떨어지는 점 등으로 볼 때 고려 때 작품으로 추정된다. 이 도솔암 마애불은 민중들로부터 절대적인 신봉을 받는 미륵불이다. 따라서 많은 전설과 신화를 간직하 고 있다. 전설에 의하면 백제 위덕왕이 검단선사에게 부탁하여 암벽에 불상을 새기 고, 그 위 암벽 꼭대기에 동불암(東佛庵)이란 공중누각을 지었다고 한다. 그래서 '동불 암 마애불'로 불리기도 한다.

　　그러나 이런 조성기에 관한 전설보다 훨씬 충격적인 이야기는 미륵불의 비기(秘記) 에 관한 것이다. 전봉준과 더불어 동학의 3대 지도자의 한 사람인 손화중이 백성들의 신망을 한 몸에 받게 되는 사건이 있었으니 바로 '선운사도솔암마애석불비기탈취사 건(禪雲寺磨崖石佛秘記奪取事件)'이다. 당시는 조선왕조의 봉건적 질서가 해이해지면서 곧 조선이 망할 것이라는 소문과 함께 개벽을 꿈꾸는 민중들의 바람에 부응하여 동학(東 學)이라는 새로운 사상이 꿈틀거리고 있었다. 당시 이 지역 민초들의 신앙의 중심은 도솔암 미륵불이었다. 그런데 불상의 정중앙에 배꼽처럼 보이는 돌출부가 있고, 이 곳에 비기가 들어 있으며, 이 비기를 꺼내면 천지가 개벽한다는 소문이 자자했다. 그 것이 세상에 나오는 날에는 한양이 멸망하고, 거기에 벼락도 함께 들어있어 누구든 손을 대는 사람은 벼락을 맞아 죽는다는 것이었다. 그런데 당시 손화중이 이 비기를 끄집어냈다는 것이다. '임진년 8월, 무장 대접주 손화중이 교도들을 동원해 청죽 수 백 개와 마른 동아줄 수천 발로 부계를 만든 다음 석불의 배꼽을 도끼로 깨부수고 그 속의 비기를 꺼냈다 ....' 이 소문은 삽시간에 들불처럼 번졌고 손화중의 접(接)에만 수 만의 새로운 교도가 몰려드니 이것이 바로 동학농민전쟁의 기폭제가 되었다는 것이 다. 마애불의 위쪽으로 365계단을 올라서면 내원궁(內院宮)이 있다. 상도솔암이라고도 한다. 상도솔암은 진흥왕 때 창건한 뒤 중창과 중수를 거듭했지만 퇴락하여 지금은 내원궁만 쓸쓸히 남아 있다. 내원궁의 선운사지장보살좌상(禪雲寺地藏菩薩坐像, 보물 제280호)은 조선 초기의 5대 걸작 불상 중 하나로 손꼽힌다.

여기에 올라와서 선운사의 전경을 봐야 선운사의 진면목을 보는 것이다. 그런데 대부분의 손님들은 큰절만 보고 그냥들 가버린다. 안타깝다.

아름다운 선운사를 이 정도 소개했으니 이제 난 선운사에 서린 나의 추억 몇 가지를 이야기 하고자 한다. 내가 선운사를 처음 접한 시기는 앞서도 말했거니와 초등학교 4학년 봄 소풍 때였다. 도솔암과 마애불에 대한 감격은 앞에서 말했거니와 더불어 잊혀지지 않는 추억 하나가 있다.

널따란 숲속 잔디밭에서 우리 반 아이들은 담임 선생님과 함께 각자 준비한 도시락을 먹고 열 댓 명이 선생님 주변에 뺑 둘러앉았다. 선생님은 삼십대 후반의 젊으신 남자 선생님이었다. 선생님께서는 주위에 둘러앉은 아이들에게 사이다를 한 병 따가지고 병뚜껑으로 한 잔씩 따라 주시는 거였다. 그때까지만 해도 난 사이다를 한 번도 먹어본 적이 없었고 따라서 그 맛이 어떨지 참으로 궁금했다. 가까운 곳에 앉은 아이들부터 차례대로 한 잔씩 따라 주시는데 비위 좋은 아이들은 저요! 저요! 하며 얻어먹는 애들도 있었다. 먼발치에 앉은 나는 워낙 내성적이라 비위가 없어 달라고도 못하고 차례만 기다리고 있었다. 병 안의 사이다는 거의 다 떨어져 가고 있었다. 나까지 안 오면 어쩌나 조마조마 애를 태우며 기다리고 있는 거다. 거의 끝나갈 무렵 마지막 뚜껑 잔이 드디어 나에게 따라졌다. 한 모금도 안 되는 사이다였다. 난생 처음 맛보는 사이다 맛! 정말 꿀맛 같았다. 도솔암 약수터의 감로수보다도 더 맛있었다. 그래서 난 지금도 그때의 그 사이다 맛을 못 잊는다.

유년기를 뒤로 하고 난 성장하여 사범대학을 졸업한 후 교사가 되어 고향에 처음 창설된 해리고등학교에서 초임 근무를 하게 되었다. 중학교와 병설되어 있어 중고가 같은 교무실을 쓰고 있었다. 그 때 총각 선생이라곤 고등학교엔 나 하나뿐이고 중학교엔 네 명이 있었다. 우리 총각당은 인근에 있는 초등학교 처녀 선생들과 가끔 교류가 있었다. 무슨 일을 꾸미고자 할 때면 총각당에서 혹은 처녀당에서 서로 공문 아닌

공문을 보내곤 했다. 그리하여 그 해 여름 방학 땐 처녀 총각 각 5명이 한려수도로 해서 한산섬까지 여행을 다녀오기도 했다. 그해 겨울 방학을 하고 크리스마스 이브였다. 우리 총처당은 그날 밤을 선운사에서 보내기로 했다.

열 명이 선운사의 동백여관에서 놀고 묵기로 했다. 그 당시 동백여관은 고풍스런 한옥 기와집으로 된 선운사의 유일한 여관이었다. 인근 식당에서 저녁을 먹고 여관 방으로 와 술판이 벌어졌다. 흥겨운 노래도 하며 즐거운 농담도 하고 재미있는 게임도 하며 거의 밤을 새우다시피 실컷 놀고 아무 탈 없이 남녀 따로 방에 가서 잠을 자는 둥 마는 둥 그렇게 하룻밤을 보냈는데 거의 오십년이 지난 지금도 그 일이 좀처럼 안 잊힌다.

내가 고향 해리고등학교에 근무할 때 난 어머니께서 해주시는 밥을 먹으며 고향 마을에서 출퇴근을 했다. 그 때 마침 동네엔 유명한 아동문학가 이준연씨가 서울에서 오랫동안 살다 귀향하여 살고 있었다. 이분은 서라벌 예대 문창과 4학년 때 동아일보와 한국일보 신춘문예에 <인형이 가져온 편지>라는 동화로 당선된 재주꾼이다. 그런데 이분은 시력이 안 좋다. 어느 정도 안 좋으냐면 1미터 앞 마주 앉은 사람의 얼굴도 구분 못할 정도! 이런 눈으로 문학을 해서 훗날 한국 아동문학가협회 부회장도 지냈고 동화집을 백 권 이상 낸 분이다. 그래서 자기는 피로 글을 쓴다고 한다. 나이는 나보다 열한 살 위인데 같은 집안으로 항렬이 나보다 두 대가 낮아 손자뻘이었다. 그래서 우리는 서로 말을 반말로 통했다. 시골 마을에서 문학 이야기를 나눌 수 있는 사람은 그나 나나 오직 유일했던 것이다. 그래서 난 퇴근하고 나서 저녁만 먹으면 그 집으로 달려가 술도 마시며 문학 이야기도 하고 특히 이분한테 하모니카를 많이 배웠다. 내가 하모니카는 고2 때부터 불었지만 다양한 기교는 이분으로부터 사사를 받았던 것이다. 이분은 자칭 '대한민국의 하모니카 왕'이라 할 정도다. 그래 우리 둘이는 만나면 술 마시고 합주하면서 때로는 잔치마당이나 면내에 큰 행사가 있을 때면 초청을 받아 함께 공연을 하고 다닐 정도였다. 읍내 술집에서 술 마시다 기분나면 우리는 택시를 잡아타고 훌쩍 선운사로 달려가 2차 3차를 자주 했다. 절 입구 길가에 허름한 막걸리 주점인 '해주집'이 있었는데 우린 이 집을 자주 다니며 막걸리에 때로는 이 고장의 대표 음식인 풍천 장어에 복분자술을 코가 삐뚤어지도록 마셔댔다. 술 마실 분위기가 좋고 아줌마가 사십 대쯤 되어 보이는데 얼굴도 예쁘장하고 구수한 창을 잘 하시어 우리와 자주 어울렸다. 황해도 해주에서 1.4 후퇴 때 홀로 내려왔단다. 지난

• 복분자와 풍천장어

봄 해리중학교 동창회가 모처럼 선운사에서 있어 해주집을 찾아보았으나 그 집은 사라졌고 선운사에서 오랫동안 장사를 했다는 나이 지긋한 식당 주인아줌마한테 해주집을 물어봤더니 이미 작고하셨다고 한다. 한번 만나봤으면 참으로 반가울 텐데 정말 아쉬운 일이었다. 이 외에도 선운사에 얽힌 추억은 많이 있으나 이 정도로 멈추고자 한다. 아무튼 선운사는 나로서는 영원히 잊을 수 없는 마음의 고향이요 어머님의 품속과 같은 곳이다. 늘 그립고 항상 반가운 선운사여!

태 묻은 고향, 고창은

나의 고향은 고창이다.

난 지극히 빈곤한 농부의 가정에서 태어났다.

6.25사변 1년 전 음력 정월에 태어났다. 그 당시 우리 집은 초가삼간도 못되는 방한 간, 부엌 한 간 그야말로 다 쓰러져가는 초가 두 칸 집에서 태어났다. 그런 집에서 엄마, 아빠 그리고 두 형과 두 여동생 총 일곱 명의 식구가 한 방에서 살았다. 그래도 그 땐 집이 좁은 줄도 가난한 줄도 모르고 자랐다. 끼니도 제대로 잇지 못하고 굶주리며 자랐다. 그래도 금실 좋은 부모님과 형제간의 따뜻한 우애 속에 배고픈 줄도 몰랐다.

내가 태어난 마을은 전주이씨 양도공파만 모여 사는 집성촌이었다. 우리 집은 가난했지만 군내(郡內)에서는 알아주는 부촌이었고 양반 마을로 소문 나 있었다. 나중에 사 안 사실이지만 … 우리 집안은 가난한데다 항렬마저 높았다. 그래서 턱밑 수염이 허연 노인들마저 어린 나에게 아재, 또는 할배라고 불렀다. 그렇게 보수적인 시골 마을이었지만 어떻게 어른들이 신학문에 일찍 눈을 떠 교육열이 대단했다. 아무리 가난해도 자식은 가르쳐야 한다는 사고가 팽배했다. 우스갯소리지만 "안산 마을은 종

로 한복판에 갖다 놓아도 학사 출신에 못지않을 것이다"라는 말이 떠돌 정도였다. 그래서 그런지 우리 마을에선 인물도 많이 나왔다. 난 이런 마을에서 태어나 초등학교 중학교를 고향에서 다녔고, 고등학교 때부터 집을 떠나 익산에서 공주에서 학교를 다녔다.

　이젠 우리 고장 고창에 대한 자랑을 좀 하고자 한다. 내가 고창을 자랑하고자 하는 이유는 여러 가지로 좋은 고장이기도 하지만 우리 공주사범대학 국어과 21회 동기생들이 은사님 조재훈 교수님의 업적을 기리기 위해 '백제가요 연구'라는 명목으로 책을 발간하기로 하였기에 몇 수 안 되는 백제가요 가운데 고창과 관련된 노래가 두 수 (선운산가, 방등산가)나 되는 유일한 지역이기에 자랑삼아 말하고 싶은 것이다.

　　방장산 높은 영봉 선운사 맑은 구름
　　기름진 들판에는 오곡이 풍성하고

황해수 깊은 물에 어별이 뛰논다네
여기가 모양 옛터 복된 내 고장
<고창의 노래> 중에서

　내 고향 고창은 전라북도에서도 서해안 남쪽 맨 끝으로 전라남도 영광과 내륙 쪽은 장성에 인접한 곳이다. 군 단위로는 그리 크지도 작지도 않은 곳으로 반야반산, 다시 반이 해안으로 구성되어 있다. 산과 바다, 들을 모두 구비하고 있어 먹거리가 풍부하고 자연 경치가 뛰어난 곳이다.

　우선 뛰어난 자연 경관과 관광명소부터 말하자면 고창 읍내 인근에 방장산이 있다. 읍내에서 동남쪽으로 장성 나가는 길 약 오리 지점에 위치해 있는 산으로 해발 743m의 그리 높은 산은 아니나 산세가 수려하고 숲이 울창하여 주민들의 등산처로 사랑을 받고 있으며 수많은 전설이 서려있어 삼신산의 하나로 인식되고 있다. 백제가요 '방등산가(方等山歌)'가 이곳을 배경으로 하고 있다.

　고창읍 남쪽 방면에는 고창읍성(모양성)이 있다. 이 성은 조선 단종 원년(1453)에 외침을 막기 위하여 주민들이 유비무환의 슬기로 축성한 자연석 성곽이다. 사적 제145호로 지정된 성의 둘레는 1,684m, 높이 4~6m로 성내에는 동헌 객사 등 조선 시대 관아 건물이 있으며 경내의 우람한 소나무 숲은 보는 이들의 탄성을 자아낼 정도로 아름답다. 고창읍성의 성밟기 놀이는 예부터 유명한 풍습으로 아낙네들이 특히 윤달이면 한복을 곱게 차려 입고 작은 돌을 하나씩 머리에 이고 성을 밟으며 도는 것인데, 한 바퀴 돌면 다릿병이 낫고, 두 바퀴 돌면 무병장수하며, 세 바퀴를 돌면 극락왕생한다는 전설이 있다. 성곽을 한 바퀴 돌고 읍내에서 북쪽 방면으로 한 오리쯤 가면 고창읍 도산리에 고인돌 군락지가 있다. 잘 아는 바와 같이 이곳은 선사시대의 무덤으로 동양 최대의 고인돌 군락지이다. 1.8km의 반경에 총 447기가 탁자형 바둑판형 지상석곽형 등 다양한 형태의 고인돌이 분포되어 있어 유네스코 세계 문화유산에 등재 되어 있다.

　고인돌 유적지를 둘러보고 계속 북쪽 방향으로 한 십리 정도 가면 유명한 운곡습지가 나온다. 환경부는 작년에 고창군 아산면 운곡리 운곡습지 일원 1,797㎢(54만여

^{평)}와 제주 동백동산습지를 국제 환경보호 협약인 람사르 습지로 등록했다고 밝혔다. 이로써 도내 람사르 습지는 지난해 2월 줄포만과 고창갯벌 일원(45.5㎢)에 이어 모두 2곳, 전국적으론 16곳으로 늘었다. 일명 오베이골(五方谷)로 불려온 운곡습지는 전주 덕진공원 약 32배 넓이다. 영광원자력발전소 냉각수 공급용 운곡댐 건설로 주민들이 이주한 1980년대 이후 논밭이 휴경되자 숲과 습지가 스스로 복원된 특이한 사례다. 조사 결과 멸종 위기 종인 수달과 삵, 말똥가리, 천연기념물 붉은배새매와 황조롱이, 보호식물 낙지다리등 모두 549종에 달하는 동·식물이 서식하는 것으로 확인됐다. 국내에선 좀처럼 찾아보기 힘든 내륙 산지형 저층습지란 것도 특징이다. 국내 대표적인 원시습지로 꼽혀온 경남 창녕 우포늪보다 보호가치도 뛰어나다고 평가됐다. 보전 가치 평가 결과 보호지역 지정기준(2.4점)을 넘어선 평균 2.5점을 받아 창녕 우포늪(2.49점)보다 높았다고 한다. 환경부는 "올해 람사르협약 40돌을 맞아 추가 지정된 데 큰 의미가 있다. 이를 계기로 고창군과 함께 운곡습지~선운사~고인돌유적지~고창갯벌 일대를 '유네스코 생물권보전지역'으로도 지정해 전 세계에 그 가치를 알리겠다"고 밝혔다. 생물권보전지역은 세계적으로 중요한 자연유산을 보호하려는 국제 협약 중 하나로 국내에는 설악산과 제주도, 전남 다도해와 경기 광릉숲 등 모두 4곳이 지정되어 있는데 군 전체가 생물권 보전 지역으로 된 곳은 유례가 없는 일이다.

운곡습지에서 한숨 돌리고 북서 방향으로 한 이십 리를 가면 고창의 자랑 선운사가 나온다. 호남의 내금강이라 불리는 선운산은 계절에 따라 동백과 벚꽃, 시원한 계곡과 꽃무릇, 울긋불긋한 단풍, 기암괴석과 어우러진 순백의 설경이 장관을 이룬다. 울창한 숲 가운데 천오백년 고찰 선운사가 자리하고 있다. 선운사에 대해서는 앞에서도 자세히 말했고 너무나도 유명하기에 생략하기로 한다.

아름다운 선운사를 뒤로하고 서해안 쪽으로 십리 정도 나가면 변산반도가 훤히 보이는 서해바다가 나온다. 썰물 때면 심원 앞바다 갯벌이 광활하게 펼쳐지는데 그야말로 장관이다. 그 넓은 갯벌에서 부지런히 기어 다니는 붉은 게들과 바닷말 뻘 속에서 조개를 캐내는 사람들이 온통 바다를 메우고 있다. 이곳 역시 세계 자연 문화유산으로 지정되어 있어 해년마다 여름이면 갯벌 축제가 열린다. 심원면 하전 갯벌을 체험하고 해변을 따라 망망대해 서해를 바라보며 한 시오리 길을 따라가면 삼양사의 모태인 염전 삼양사가 나온다. 지금은 명성이 희미해졌으나 과거엔 우리나라 세 번째의 큰 염전이었다고 한다. 여기서 다시 서해안을 따라 오리쯤 내려가면 동호 해수욕장이 나온다. 서해안이라 물이 그리 맑지는 못하나 물의 염도가 높아 피부병에 좋다 하여 전국적으로 여름이면 욕객들이 대거 몰려온다. 명사십리 해변엔 울창한 소나무들이 우람한 뿌리를 드러낸 채 숲을 이루고 있어 장관을 이룬다. 여기 이 모습에서 나의 아호 '송사(松沙)'가 나왔다. 바닷가 모래밭의 소나무처럼 맑고 곧게 살라는 뜻으로 작촌 조병희 선생이 지어준 호이다. 작촌 선생님은 가람 선생의 생질로서 유명한 서예가요, 시인이시며 향토사학자로 KBS가 수여한 제1회 전북의 어른상을 받으신 분이다.

> 파도는 먼 바다로부터 밀려와
> 해안을 두들기고
> 바람은 수평선 저 너머에서 불어와
> 해변 노송을 흔든다.
> 파도는 언덕을 오르려 몸부림하다
> 오르지 못하고 멀어져 가나
> 바람은 바닷가 솔잎에 머물다
> 마을 안 고샅까지 스며온다.
> 파도는 바람이 마냥 부럽기만 하다.
>   <동호바닷가에서(졸시)>

해리의 동호 해수욕장에서 잠시 발을 담근 후 다시 해변을 따라 한 이십분 드라이브를 하면 구시포 해수욕장이 나온다. 동호 해수욕장에서 상하 구시포 해수욕장까지 얼마 전에 해변로가 뚫렸는데 그야말로 환상의 드라이브 코스다. 해수면과 도로의 높이가 1m 정도밖에 안 돼 마치 바다 위를 달리는 기분이다. 특히 해질 무렵 서해바다로 떨어지는 낙조를 보며 이 길을 달리면 그야말로 환상 그 자체다. 이 글을 읽는 모든 이에게 이곳을 한번 드라이브하라고 권하고 싶다. 구시포 해수욕장은 물도 깨끗하고 아름답지만 여기에 있는 해수찜질방이 유명하다. 바닷물을 끌어들여 찜질과 목욕을 하는데 신경통에 특효라 하여 많은 사람들의 사랑을 받고 있다. 이곳에서 시원하게 찜질을 한 바탕 하고 내륙 쪽으로 한 이십 리를 달리면 청보리밭 축제로 유명한 공음 학원농장이 나온다. 이곳은 약 30만평의 드넓은 밭에 봄에는 청보리와 유채꽃, 가을에는 하얀 메밀꽃이 바다를 이뤄 해마다 4월이면 청보리밭 축제로 전국 각처에서 관광객들이 줄을 잇는다. 이 또한 우리 고장의 자랑이 아닐 수 없다.

푸른 초원을 구경하고 고창읍내 쪽으로 한 십리 정도를 가면 대산면이 나온다. 이곳은 전국적으로 유명한 수박 산지인데 이게 바로 고창수박이다. 드넓은 황토밭에서 재배된 이 수박은 당도가 높아 수박으로서는 국내 최고의 왕좌를 차지하고 있다. 대산에서 달콤한 수박으로 목을 축이고 북쪽 방면으로 한 삼십 리를 달리면 다시 고창읍내가 나오는데 직전에 유명한 석정온천이 있다. 방장산 북쪽 기슭에 자리하고 있는데, 게르마늄 온천수로 피부미용, 노화 방지, 고혈압, 당뇨, 신경통, 관절염 등 성인병에 특효가 있어 명성이 높은 온천이다. 석정 온천수에 노곤한 몸을 풀고 나오니 심신이 나른해진다.

기왕 먹거리 이야기가 나왔으니 고창의 유명한 먹거리를 몇 가지 소개하고자 한다. 고창 하면 수박도 유명하지만 대산의 땅콩도 유명하며 특히 선운사의 복분자와 풍천장어는 빼 놓을 수가 없다. 선운사 입구에 가면 빼어난 맛의 풍천 장엇집이 한 30군데가 있다. 전국 최대의 풍천장어 산지이다. 여기서 잘 구워진 풍천장어를 안주 삼아 복분자술 몇 잔을 들이키고 대산 수박으로 입가심을 하면 누구나 하늘을 나는 우화등선이 되고 만다.

고창은 자연경관, 먹거리도 유명하지만 인물도 많이 나는 곳이다. 역사적인 과거 인물은 차치하고 근현대에서만 보더라도 한국의 셰익스피어라고 하는 동리 신재효 선생을 비롯하여 판소리로 유명한 그의 제자 진채선, 그리고 인간문화재 김소희 명창을 비롯하여 인촌 김성수 선생, 독립운동가 백관수 선생, 미당 서정주 시인 등 기라성 같은 인물들이 많이 난 곳이다.

이와 같이 자연이 아름답고 먹거리가 풍부하니 이런 곳에서 사는 백성들이 풍류에 아니 젖을 수 있겠는가? 그래서 몇 수 안 되는 백제가요 중 '선운산가'와 '방등산가' 등 유일하게 두 수나 이 지역에서 나오지 않았는가.

비록 노래 사연이 애절하긴 하지만 ….

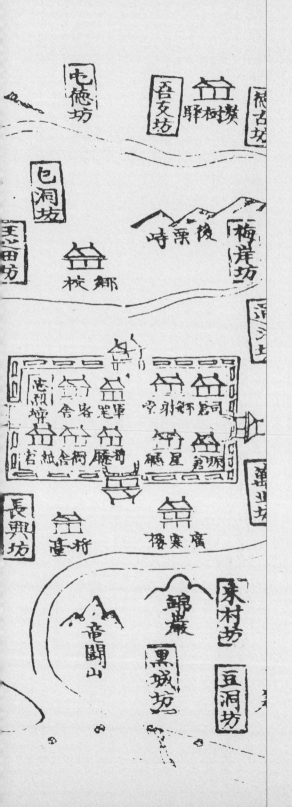

4. 지리산가(智異山歌)

지리산을 찾아서

청산별곡의 피란처로, 지리산가의 고향으로 손꼽혀 온 지리산을 찾아 나서기로 했다. 지리산가의 사연은 전설로 남아 있지만 …. 이름도 섬뜩한 피아골을 거쳐서 가보고 싶었다. 계룡산의 단풍도 이제 막바지로 접어들었다.

달초부터 설악산 대승령에서 시작한 단풍길 산행은 오대산, 사패산, 도봉산을 거쳐 마침내 단풍의 절정지라 할 지리산 피아골로 내려가고 있었다. 지리산 10경으로 불리는 피아골의 단풍을 보지 않고서 가을

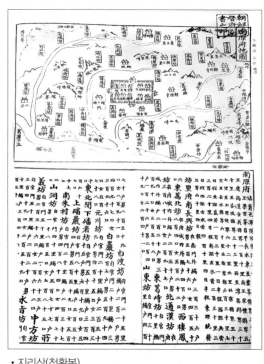

• 지리산(천황봉)

단풍 얘기를 하지 말라. 조선의 선비 남명 조식(曺植) 선생님의 말에 공감이 든다. 지리산 성삼재로 가는 뱀사골부터 온통 붉디붉은 단풍 물결로 넘실거리고 있었다. 단풍으로 물든 가을 바다였다.

공주에서 3시간 남짓해서 성삼재에 도착했으나 오르는 고갯길은 이미 차량 정체로 거북이가 된 차들, 산마루 5백 미터 전방쯤에서 일행은 버스에서 내려 걸어서 가야만 했다. 이번에는 지난 날 한 솥밥을 먹었던 직장 후배와 더불어 가기로 했다. 본디 이 팀들은 문경 새재로 등산을 작정했으나 우리가 지리산 피아골 단풍 보러 간다는 말에, 단풍이 정말 아름답다는 말에 방향을 지리산으로 돌렸다는 것이다.

일행은 성삼재를 출발해서 노고단(老姑壇)까지 약 2.5km 거리를 남들보다 빠른 걸음으로 오르기로 했다. 등산길 치고는 평평한 길이지만 노고단 고개까지는 가끔 팍팍한 돌길 오르막 산길을 지나야 했다. 성삼재를 출발한 지 한 시간 걸렸을까, 노고단 고개에 도착했다. 노고단은 신라의 시조 혁거세의 어머니 사소 부인을 지리산 산신(山神)으로 모시고 나라의 수호신으로 모셔 매년 봄과 가을로 산제사를 지내는 곳으로 전해지고 있다. 그러한 기상이, 목숨보다도 정절을 귀하게 여긴 지리산녀(智異山女)의 전설이 춘향전으로 이어져 왔을까. 더러 지리산녀는 백제의 전설인 도미(都彌)의 처와 맥을 같이 한다(조재훈, 1975).

여기 노고단 고개부터는 이제 먼 지리산 종주 코스의 출발이다. 반야봉, 천왕봉이 나오고 일행이 가기로 한 피아골 삼거리는 한참을 더 가야 한다. 흔히 노고단까지의 가을 풍정을 즐기는 사람들이 많지만, 일행은 이 고개 쪽문을 지나 저 멀리 삼도봉이 보이는 가슴이 넓은 잿빛 능선을 바라보며 임걸령 쪽으로 산사람이라도 된 듯 지리산 산행을 하고 있다.

느슨한 능선 길섶에서 맑고 파란 가을 하늘을 보면서 걷는 정말 행복한 산행 길이었다. 억새풀의 풋풋함은 가을 산의 향을 더 짙게 했고, 멀리 지리산을 감싼 준봉들은 어머니 품속 같은 포근함에 젖으며 안개 속에 천왕봉을 향해 물결치듯 달려가고 있었다. 꿈속을 가는 길이었다. 일행은 소박한 점심식사를 마친 뒤 말 등 같은 능선 길을 십여 분 걸어 마침내 피아골 삼거리에 도착했다. 바로 가면 반야봉, 삼도봉, 토끼봉을 지나 지리산 종주길이고 오른쪽으로 가면 바로 피아골로 들어선다.

피아골은 지리산 주 능선의 삼도봉과 노고단 사이에서 발원한 물줄기가 모여드는 골짜기가 동으로는 불무장등 능선, 서로는 왕시루봉 능선 사이에 깊게 파여 있는 곳이다.

삼거리를 지나 피아골로 내려가는 등산로는 상당히 가파르다. 내려가는 길 좌우로는 오른쪽 노고단을 배경으로 이제부터 붉은 단풍이 가을 햇살을 받으며 눈부시게 불타고 있었다. 단풍의 교향시라고 하면 어떨지.

이곳을 지나는 등산객들은 이 모습을 카메라에 담기에 바빴고 주위의 붉고 샛노란 빛깔의 단풍은 이 산 전체를 한 폭의 수채화, 아니 요지경으로 물들여 버렸다.

소설 남부군(南部軍)의 현장이 아닌가. 일행은 피아골 대피소에 당도했다. 빨치산 남부군 총사령관 이현상이 전투를 하고 나서 동료들에게 인민훈장을 달아 준 그 장소가 이제는 빨갛고, 노란 단풍들이 화려하게 피어있는 평화스런 단풍꽃길로 변해 있었다. 어느 빨치산이 권력 세습을 사회주의의 성공이라 하겠는가. 말도 되지 않는 …. 피골이 상접한 사람들은 해골이 되어감에도 불고하고 …. 추운 겨울 눈 내린 산골짝에 이름 없이 죽어간 병사의 시체 위로 하얗게 서캐들이 나와 차마 눈뜨고 볼 수 없는 비참한 최후를 그렸던 부분이 떠오른다. 다시 소설 속으로 들어간 듯 ….

이제부터는 단풍과 어우러진 계곡의 폭포와 아름다운 소(沼)가 직전 마을까지 이어진다. 잠룡소, 삼홍소, 통일소, 연주담, 남매폭으로 이어지는 물줄기는 피아골의 최대 절경지로서 탐방객들에게 감동을 주는 선경이다. 모두는 신선이 된 듯 ….

"산도 물도 붉게 타고, 그 가운데 사람도 붉게 물든다"는 삼홍소(三紅沼)로다. 쏟아지는 맑은 폭포수 아래로 흐르는 물빛도 단풍에 물이 들어 붉은 물줄기로 출렁대며 흐르고 있었다. 피아골이 원래 이곳 직전 마을에서 오곡 중의 하나인 피를 많이 재배하여 피밭 골 직전(稷田)이라는 말에서 유래가 되었다 하기도 하고, 한편으로는 우리 민족의 슬픈 역사 속에서 수없이 숨겨간 희생자들의 피가 골짜기를 붉게 물들였기 때문에 붙여진 이름이라고 했다.

나그네 보기로는 피밭골에서 피앗골로, 다시 피아골로 소리가 바뀌어 굳어진 이름으로 보인다. 우리나라 곳곳에 피와 관련한 마을 이름이 제법 있다. 대표적인 곳이 사직동(社稷洞)이다. 여기서 직(稷)이 곧 피요, 곡식의 신을 이름이다. 벼가 없던 시절에는 피가 가장 중요한 먹을거리였다. 피죽 한 그릇도 못 먹은 사람 같다는 말로 사람들의 맥 빠진 모습을 표현하기도 한다. 피로 만든 쌀을 패미(稗米)라 하였다.

피아골을 지나면서 골짝의 화려한 선홍빛 단풍과 울부짖는 계곡의 물소리는 어쩌면 우리 민족의 아픈 역사의 상처가 원혼이 되어 이렇게 아름다운 모습으로 다시 태어나게 한 것인가. 다 잊으라며, 아픈 상처를 씻으라며 흘러내린다.

삼홍소를 지나면 포고막 터까지 일 킬로미터의 구간이 피아골의 가장 아름다운 단풍의 풍경구이다. 붉고, 샛노란 단풍의 터널을 지날 때는 모두가 감탄의 소리를 지나 신선의 경지를 가고 있었다. 숨진 희생자들의 넋이라도 보라는 듯하다. 흐르는 물줄기는 말이 없고 시오리 골짝은 마지막 직전 마을에 와서 명상의 냇물이 되어 섬진강 줄기로 흘러 몸과 얼을 씻는다.

일행은 여섯 시간의 긴 피아골 산행을 마치고 직전 마을로 일찍 내려왔다. 함께 온 산악회 회원 일부가 단풍에 취했는지 …. 알고 보니 내려오다 다리를 삐끗하여 늦게 오는 바람에 직전 마을 천왕봉 산장에서 하산주와 저녁 뒤풀이 겸 쉬었다 온다는 것. 일행은 7시 무렵 노을에 불타는 피아골의 선경을 가슴에 앉은 채 숙소로 향했다.

춘향 고을, 남원에서

산의 엉덩이가 뚱뚱하다고 엉뚱이 산이라 하는 지리산, 우리 곰나루 일행의 두 번째 현장 기행이다. 학교 다닐 때 배웠던 청산별곡의 고향으로 배우고 가르쳤다. 노래 속에 청산은 바로 지리산으로 볼 가능성이 높다. 말만 들어도 상큼한 느낌을 주는 청산, 푸른 산 푸른 들에 평화로운 농촌의 벼가 익어가는 들녘, 생각만 해도 마음의 고향 같은 넉넉함을 준다. 굴뚝에서는 모락모락 손짓하는 저녁 연기, 동산 위에 달이 뜨고 가족들이 모여 앉아 집안과 마을의 이런저런 세상 이야기를 주고받다 꿈을 청하는 곳, 그런 곳이 우리가 생각하는 한국의 농촌 풍정이 아닌가.

일행은 약속대로 남원역에 모여서 지리산 광한루 가까이에 자리한 남대천 쪽에 숙소를 정했다. 오늘날의 남원역 말고 옛날 역사인 서도역은 최명희 작가의 '혼불'의 배경이 된 곳이다. 1930년대 일제강점기에 홀로 된 청암부인의 기구하지만 반듯한 양반가 종부로서의 길을 걸으려 했던 이야기를 떠올렸다.

몇 해 전 직장에서 친구들과 함께 와보긴 했었다. 지리산가(智異山歌)의 현장을 밟아보고자 찾아온 40여 년 전의 동창생, 그것도 나이 칠십을 넘나드는 사람들이 함께 모인다고 생각하니 새내기 수학여행을 온 느낌. 춘향전의 고장인 남원은 문화적인 향

• 광한루

취가 물씬 풍기는 곳이다. 관기 월매의 딸로 태어나 미모와 문장에 뛰어난 재색을 겸비한 춘향. 하지만 반상의 구별이 분명한 당시 사회의 계급사회에서 양반 출신의 이도령과 계층을 뛰어넘는 순수한 사랑의 길을 걸었다는 이야기. 말하자면 새로 부임한 신관 사또 변학도의 수청을 거부한 죄목으로 춘향은 큰칼을 차고 형장의 이슬로 사라질 수밖에 없던 처지였다. 자신의 정조를 지키기 위하여 그 어떤 유혹과 억압에도 굴하지 않았던 그녀는 사랑의 화신이었다. 남원 추어탕에서 저녁을 하는데 옛날 남원여고에서 잠시 학생을 가르쳤다는 성 사장이 화두를 꺼냈다.

"어이, 만권당 주인, 어디 보니까 춘향전의 등장인물이 실존했던 인물로 밝혀졌다던데 어떤 내용인가요? 궁금해서 물어 본 건대 어때요?"

"자세히 모르고요, 거 왜 봉화의 성씨 마을과 관련이 있다고 들었는데 중국에서 돌아온 우리 갑내 선생이 설명해 주면 좋을 듯한데요 …. 봉화 쪽에 가까이 사니까 …."

한번 해보라는 듯이 여섯 명의 시선이 내게로 몰려든다. 동초 선생님도 그러면 좋겠다고 거드신다. 정말 그런가를 의심하는 듯한 친구도 있다.

"말하자면 주인공의 성씨가 바뀐 이야기라는 거지요. 그러면 성춘향이 이춘향이고, 이도령이 성도령이 됩니다. 봉화에 가면 창녕 성씨 집성촌이 있는데 집안의 가보에서 당시의 남원부사로 갔던 성안의(成安義)의 아들 성이성(成以成)과 이춘향의 신분을 초월한 사랑이야기가 춘향전이었다는 겁니다. 성이성은 훗날 호남의 암행어사가 되어 남원으로 갔을 때 어린 시절 스승이었던 문장가 조경남(趙慶男)에게 지난날 자신의 애틋한 사연을 이야기했는데 성씨를 바꾸어 소설로 만든 것이라고 합니다. 설성경 교수의 연구에 따라서 밝혀진 것으로 알고 있습니다. 지금도 봉화군의 성씨 집성촌에 가면 계서당(溪西堂)이라는 고택이 있지요. 이몽룡기념사업회라는 간판을 얼마 전에 달았다고 합니다. 이렇게 보면 우리 이번의 백제가요 현장 기행도 글을 짓는 사람이 어떻게 윤색을 하느냐에 따라서 선생님의 글과 관련한 글짓기를 할 수 있다고 생각합니다. 아참, 성 사장이 창녕이시잖소. 어쩐지, 잘 알면시루 ⋯."

"큰 나라 바람 쏘이고 오더니 말도 잘 하시네. 정 형, 한 잔 합시다."

본디 호탕한 성격이라 솔직 담박한 성 사장이었다. 어떻게 그렇게 소상하게 아느냐고. 경상도에 살고 또 그 동네를 가본 일이 있었다고 했다. 경상도 지명위원이라고 한 육 년 동안 돌아다니다 보니 이런 저런 주워들은 이야기가 더러 있음을 저이들은 모르니까.

"혹시 글 쓰신 지리산가도 춘향과 같이 어떤 억압에도 굴하지 않는다는 이야기가 아닌가 합니다. 선생님, 지리산가의 성격에 대해서 말씀해 주실 수 있습니까?"

"그러지. 지리산가(智異山歌)는 지리산녀가로 부른 노래인데 조금 전에 윤수가 말한 대로 정절을 지키기 위하여 임금에게도 권세가에게도 굽히지 않았다는 내용으로 보아야겠지. 이 노래가 다름 아닌 백제의 도미(都彌)가 아닌가 해요. (중략) 안타깝게도 노래의 가사가 전하지 않는다는 거지. 여기 지리산녀는 열행을 주제로 한 것이다. 춘향전이 남원지방을 바탕으로 하여 생겼다는 전설이 이에 대한 한 증거가 돼요. 지리산은 경상도와 전라도의 살피에 자리한 산이지마는 남원에 속한 산으로서 전라도에 가장 가까워 이러한 설화도 여기서 가장 널리 전파되었을 것이여. 백제(百濟) 때 도미의 처에 관한 이야기가 지리산녀의 이야기로 전승되었고 이것이 노래하고 춤추는 광대(廣

大)들에 의하여 다시 번안됨으로써 춘향전으로 이어졌다는 주장이지."

준곤 이 선생이 궁금하다는 듯이 다가앉으며 선생님께 물었다.

"그럼 구체적으로 백제의 어느 임금 때라는 것을 알 수 있나요?"

"딱히 어느 임금이라는 기록은 없어요. 구례현(求禮縣) 지리산 기슭에 한 아름다운 미색을 한 여인이 있었는데. 살림은 어려웠으나 반듯한 부인이었다. 백제의 임금이 부인의 아름다움을 탐하였으나 부인은 이를 받아들이지 않았다. 이런 내용으로만 알 수 있지."

"지리산가를 불렀다면 노래와 함께 춤은 추지 않았을까요?"

"점점 답하기 어려운 질문이네 ···. 이건 중회가 설명하면 안 되나 싶네만 ···."

만권당 주인은 전에 없이 겸손한 말로 인사 겸 말문을 연다.

"아직 공부가 모자라서 말씀 드릴 수가 없습니다. 요즘 이런 저런 자료를 보고 있으니 나중에 글이나 이와 같은 기회가 있으면 말씀드리도록 하겠습니다."

중회 친구는 만권당 주인인데 요즘 백제 궁중기악(宮中伎樂)에 대해서 심혈을 기울여 공부하는 무서운 친구였다. 월산 대표의 말을 따라서 다음에 이야기를 하기로 하고 내일 일정에 대해서 안내를 했다. 살아왔던 이런저런 이야기꽃을 피우며 물레방아 도는 내력을 들으러 노래방으로 어울려 갔다.

매운 지리산 여인의 얼

곰나루 일행은 이번 기회 지리산을 여행하기로 작정했다. 그건 백제의 노래 가운데 지리산가와 관련한 공간이기에 그러했다. 물론 그 노래의 가사는 전하지 않는다. 추정이 있을 뿐이다. 남원 쪽으로 올라가기로 했다.

지리산녀의 전해오는 이야기는 여인의 정절을 지키기 위하여 신라 임금의 수청도 거절하고 사랑하는 남편을 고집하려다 수난을 당한다는 내용의 노래로 보인다. 충렬의 고장 남원은 어떠한 곳인가.

곧 남원은 예로부터 전라좌도의 으뜸가는 고을이었다. 그래서 통일신라 때에는 남원소경(南原小京)이라 하여 전라도의 머리고을이었다. 남원하면 춘향을 빼놓을 수가 없다. 춘향전이며 홍도전, 만복사저포기 같은 소설문학의 백미를 그 땅에 탄생시키고 있고, 한국 판소리의 대들보였던 송흥록(宋興祿)을 중심으로 하여 송만갑, 유성준, 이화중선, 박초월에 이르기까지 기라성 같은 한국 판소리 인맥의 얼굴이 되었다. 남원의 춘향뿐 아니라 신라 시기의 지리산녀, 임진왜란에 명나라를 남장 여인으로 떠돌면서 절개를 지킨 끝에 바야흐로 사랑하는 남편을 찾아낸 홍도며, 여성에게 가해지는 체제에 저항하며 떠돌았던 방랑 규수 시인 삼의당 김씨, 임진왜란 시절 진주에서 게야무라로쿠스게(毛谷六助) 장군을 유인하여 남강에 몸을 던져 왜장과 함께 순국한 주논개(朱論介)도 이 지역의 여인이 아니던가. 인간적이면서 멋있고 절개가 맵고 남달랐던 여인들이 나온 열행(烈行)의 고장이다.

고추장의 대명사 순창 고추장은 남원 지방의 여인들의 열행만큼이나 맵짜다. 남원여고에 근무했던 성 사장이 남원에 대한 안내를 한다면서, 금강산도 식후경이라고 남원 추어탕 집으로 가자고 한다.

"아줌씨, 매콤하게 추어탕을 줘 보더라고요. 자자, 한 번 먹어보자고요. 내 남원이 고향은 아니지만 여기서 학교에 근무하면서 한 때 젊음을 바쳤던 인연의 고장입니다. 막걸리도 주소 잉. 내 오늘 기분이 좋아 오늘 점심을 내가 낸다면 어떠실지?"

모두가 박수를 보낸다. 그래 그거야 이심전심 …. 그는 아주 신이 나 있는 듯이 보였다. 저이는 괄괄한 목소리며 힘이 넘치는 열혈 청년이었다. 청년의 부인도 대학 동기였다. 학과는 달랐지만 …. 그는 5년 여의 교원 생활을 접고 영등포로 올라가서 사업에 발을 디뎌 우여곡절 끝에 기반을 잡아 서울에 건물도 있고 집안을 일으킨 불퇴전의 사나이였다.

임 회장이 오늘의 일정에 대해서 안내를 한다. 지리산 아래다 숙소를 정했다고 한다. 여기서 밥을 먹고 광한루(廣漢樓)를 보고 가자는 것이다. 모두 좋다고 했다. 돌아보고 나서 일찍 숙소로 왔다. 일찌감치 저녁을 하고 큰 방으로 모여서 이런 저런 정담을 하면서 박주 일 배 기울이자고 한다. 이번 모임에 참가한 이들은 모두가 6명이었다. 남대천 가에 자리한 숙소였다. 오순도순 불빛 아래 모여 들어 과일이며 막걸리를 마셨다. 예의 유인물을 꺼내면서 갑내가 지리산가에 대한 동초 선생님의 글과 관련, 미리 써 본 현장 여행 글을 읽어보면 어떻겠냐고. 좋다고들 했다. 나지막한 소리로 말을 했다. 먼저 이야기를 하기 전에 반가운 인사 겸 오빠생각을 같이 들어보자며 전화에 저장된 노래를 들었다. 이어지는 노래는 민요 아리랑이었다. 말하자면 분위기를 잡아보자는 것이다. 월산 대표가 말머리를 튼다.

"여러 친구들 반갑습니다. 이렇게 뜻깊은 문학 테마 기행을 지리산이 보이는 유서 깊은 남원 고을 남대천 가에서 갖게 됨을 즐거운 일이라 생각합니다. 기왕 왔으니 우리 잠시 동안 갑내 형이 준비해온 지리산가에 대한 이야기를 들어보면 좋을 듯합니다. 괜찮겠지요?

(박수를 보낸다 …) 참고로 오늘 이야기 하는 내용은 상당 부분 동초 선생님의 글을 참조하였음을 알려 드립니다. 이는 발표자의 부탁입니다 ….”

“회장이 말씀하신 대로 오늘 제가 지리산가에 대하여 말씀하고자 하는 내용은 상당 부분 선생님의 글을 바탕으로 하였음을 다시 한 번 밝힙니다. 졸업한 뒤로 세월이 많이 흘렀지만 가고 없는 옛날을 떠올리면서 두서없는 제 발표를 들어 주셨으면 좋을 듯합니다. 많은 양해 바랍니다. 앉아서 진행하겠습니다.”

지리산가는 지리산의 한 여인이 부른 노래다. 이 노래가 널리 사람들의 노래로 불리면서 이른바 민요의 형태로 전승되어 왔다. 그런데 그 가사를 알 길이 없다.

더러는 도미(都彌)의 처와 같은 사람으로 이름이 바뀐 것으로 풀이하기도 한다. 이러한 내용들이 남원의 춘향 이야기로 이어져 춘향전의 모태가 된 것으로 본다. 판소리로 부르면 춘향가가 된다. 신분을 뛰어넘은 순결한 사랑의 송가이기도 하다. 사랑에 국경이 따로, 무슨 계급이 있겠는가. 흔히 사랑은 생명의 씨앗이라 풀이해 왔다. 말하자면 사랑이란 생명을 탄생시키는 힘이요, 힘이라면 창조력이 된다. 호사다마라고, 사랑하는 이들에게 닥치는 그 어떤 시련일지라도 사랑의 숭고한 벽을 깨지는 못한다. 그것이 승화되어 조국에 대한, 부모에 대한, 진리에 대한 사랑이든, 친구에 대한 사랑이든 말이다.

지리산은 어떤 산인가. 역사의 산 증인이라 해도 무방하다. 전라도와 경상도를 사이하는 경계 산악이다. 더욱이 나라가 외세에 짓밟혀 신음하던 일제의 강점기나 임진왜란 더 올라가서 고려 충렬왕 시절 원 나라의 달로가치(達魯花赤)들의 횡포가 우리의 산하를 짓밟을 때, 지리산이라고 다를 수가 없었을 것이다. 원님 덕에 나팔 분다고 침략자들을 등에 업은 수령방백들이 한 술 더 떴다. 송사의 하모니카 연주를 전주곡으로 들으면서, 가시리로 편곡된 청산별곡(靑山別曲) 노래를 다 같이 함께 불렀다. 마치 지리산가인 양 ….

살으리 살으리랏다 청산에 살으리랏다
머루랑 다래랑 먹고 청산에 살으리랏다
얄리얄리 얄라셩 얄라리 얄라
(중략)
어디라 더디던 돌인가 누구를 마치던 돌인가.
미워할 이도 사랑할 이도 없이 맞아서 우니는구나.
얄리 얄리 얄랑셩 얄라리 얄라

여기서 던진 돌은 운명이라고 보아야 한다. 시대와 공간적인 제약도 되지만 동시에 하나의 미덕을 갖고 있는 산이 지리산이었다. 특히 여기 노고단에 대한 전설을 살펴보기로 한다.

지리산에 살던 마한(馬韓)의 여인 지천은 자신이 하느님의 딸이라며 지리산 노고단 봉(제3봉)을 백마를 타고 다니며 세상을 누볐다. 어느 날 그는 우연히 반야봉(제2봉)까지 가게 되었다. 한편 변한(弁韓)의 백성을 구원하고자 속세와 인연을 끊고 지리산 반야봉까지 와서 움막을 짓고 수도를 하는 반야라는 총각 모습을 보자 첫눈에 반해 넋이 나갈 지경이었다. 반야 청년을 그리워하다 못해 상사병에 걸린 지천은 반야 총각을 보지 않고서는 죽을 수가 없다고 생각했다.

은근한 눈길 한번 주지 않던 반야 총각을 아홉 차례나 끈질기게 찾아가서 유혹했다. 우여곡절 끝에 지천은 억지로 정월 대보름에 지리산 천왕봉에서 반야 청년을 만나서 백년의 언약을 맺기로 했다. 달 밝은 정월 대보름이 되자 목욕재계한 지천과 반야는 지리산 천왕봉에 올라 산의 정기를 흠씬 받고 불타는 사랑을 나누고, 반야는 다시 제2봉으로 갔고, 지천은 고향인 마한(馬韓)으로 가지 않고 연고도 없는 진한(辰韓)으로 가서 살았다. 지천은 해산달이 되었으나 아무도 없이 종전에 타고 다니던 백마가 지켜보는 가운데 아이를 낳았다. 빛을 발하며 커다랗고 탱탱한 표주박 같은 태반을 낳았다. 옆에 있던 백마가 태반을 핥으니 양수가 터지면서 아기가 나왔고, 그 아이가 자라서 진한(辰韓) 6촌장들의 추대를 받아 신라의 시조가 되었으니 이가 곧 박혁거세였다.

이어 박혁거세의 맏아들 남해가 차차웅(次次雄) 곧 용상에 즉위하게 되자, 지천 할미는 할 일을 다 했다는 듯이 유언을 남기고 돌아간다. 신라 2대 남해왕은 할미의 유언에 따라 지리산 3대 주봉 중에 고향 마한에 가까운 지리산 제3봉에 묻었다. 이때부터 지리산 제3봉을 지천 할미봉이라고 부르게 되었다.

지천 할미가 돌아가시고 얼마 되지 않아 낙랑군이 쳐들어 왔다. 자신이 왕이 되는데 지대한 공로가 있는 지천 할미를 나라의 수호신으로 봉하고 할미봉에 할미당을 지어 제사를 지내니, 낙랑군이 그냥 물러갔으며, 나라에 어려움이나 외환이 있을 때마다 제를 지내어 국난극복을 했다. 그리고 백성들은 지리산 산신과 가족의 수호신으로 모시며, 할미당에 자신들의 배우자 점지와 대를 이을 튼튼한 자식과 가족의 행복과 건강을 기원하게 되었으며 후에 민간신앙의 한 형태로 자리 잡게 되었다.

이러한 유래를 가진 할미당이 고려시대에 중국의 영향을 받아 한자로 바꾸면서 노고단(老姑壇)으로 된 것이다. 지천 할미봉 즉 노고단은 지리산 산신 및 나라의 수호신께 제를 올린다는 의미가 너무 강하게 남아서인지 현재도 봉우리를 나타내는 봉(峰)은 쓰지 않고 제사를 나타내는 단(壇)이 강조되어 쓰이고 있다.

지금까지도 이곳은 신라시대 시조 박혁거세의 어머니 선도성모를 지리산 산신으로 받들고 나라의 수호신으로 모셔 매년 봄과 가을에 제사를 올리던 곳으로 전해지고 있다. 제사는 선도성모의 사당인 남악사를 세워 올렸는데 지금은 노고단 아래 화엄사 앞으로 옮겨져 구례군민들이 해마다 곡우절을 기해 약수제와 함께 산신제를 올리는 곳이 되었다.

지리산가를 부른 지리산녀는 이곳 노고단에 와서 가족의 안녕을 빌었을 것이다. 신라의 임금이 지리산녀를 마음에 두어 욕정을 채우고자 하니 단호하게 거절함으로써 개인의 수절을 지나 백제 여인의 기상을 남김없이 드러낸 노래의 사연이 있을 것으로 추정할 수 있다.

고려사(高麗史)에 전하는 지리산가를 아래와 같이 요약할 수 있다. 절대권력을 장악한 왕이, 가난하지만 부도를 다하고 있는 어느 미모의 유부녀를 궁중으로 맞아들이려 하자, 이 노래로써 거절하였다는 것이다. 노래로 불렀다면, 이는 지리산녀가 부른 지리산가(智異山歌)로 상정할 수가 있지 않은가. 고려사의 편찬자들이 백제의 멸망하는 과정을 부정적인 시각으로 이러한 설화적인 내용을 기술함으로써 백제가 망한 것은 당연한 귀결이라는 기울어진 사고에서 비롯된 것으로 보인다. 이러한 설화에는 몇 가지 문제점이 있다.

우선 당시 시대 상황으로 본다면, 지존인 군주 체제 아래에서는 임금은 무치(無恥)라 하여 웬만한 부도덕한 일을 저질러도 비난의 대상이 될 수 없다는 논리다. 임금이 남원 시골, 구례현의 아무 이름도 없는 아녀자를 취하려 했으나 죽음을 넘어 따르지 않았다는 그 철저한 저항 정신이 돋보임이요, 다음으로는 거절의 내용을 노래에 담아 불렀다는 사실이다. 당시에 무슨 오페라나 판소리도 아닐 바에 민요 형식의 타령조 아니면 읊조리는 정도의 노래였을 것이다. 그 다음으로 지리산녀의 굽히지 않은 뜻이 관철되었다는 점 등을 들 수 있다. 이러한 정황으로 보아 지리산녀의 노래가 널리 알려졌을 무렵에는 임금의 권위는 물론 나라의 기운이 쇠진하였음을 가늠하게 한다(조재훈. 백제의 가요연구(1989) 참조).

아마도 의자왕 시절의 노래일 가능성도 있기는 하다. 당시 의자왕의 남원 혹은 구례지방의 순행 기록을 찾을 수가 없어 단정하기란 쉽지 않다. 이러한 점들을 뒤에서 살피고자 하거니와, 특이하게도 백제의 노래들은 거의 여인 그것도 남편이 있는 아낙네가 부른 것으로 되어 있고 궁극적으로 여인의 정절을 주제로 한 것이 대부분이다. 그러나 절대 군주의 난폭한 요구에 항거한 것들은 지리산가 말고는 찾아보기가 어렵다. 다시 고려사에서는 구례현(求禮縣)의 여인이라 하는 바, 이는 필시 백제가 신라에 의하여 멸망당한 전후의 시점으로 볼 수 있을 것이다. 사랑의 승리로 상징되는 지리산 노고단의 할미 산신 전설처럼 순결한 백제 여인들의 정신세계를 엿보게 하는 기념비적인 노래라 할 것이다.

지리산가의 민들레

　진달래 피었다 지는 3월 보리밭에 종다리가 하늘 높이 나는 남원의 아름다운 봄날이었다. 강남 갔던 제비들도 돌아와 추녀 끝에 집을 짓고 집 주인에게 노래로 인사를 건넨다. 나라의 강제 노역으로 집을 나간 지 한 달이 다 되었는데도 돌아오지 않는 남편에게서는 소식도 없다. 어제는 지리산 노고단 할미 산신에게 정화수 떠 놓고 남편의 무사귀환을 비는 치성을 드리고 오는 참이었다. 꽃을 보니 돌아오지 않은 남편이 더욱 그리워졌다.

　떠들썩하게 새납 부는 소리. 길목에는 황토 흙마저 깔려 있었다. 부여에서 의자왕이 남원의 산성행궁(山城行宮)으로 순행을 하러 오는 길이라고 했다. 본디 남원소경이라 하여 예부터 남원은 군사적으로 중요한 거점이었다. 큰 산 지리가 우뚝 솟아 있기는 하나 백제와 신라 사이를 가르는 지역이라 역대 임금들은 그 수비를 예의 주시하였다.

　남원 성주가 사람을 보내 왔다. 중요한 일이 있으니 창을 할 준비를 해서 빨리 오라는 것이다. 아전과 함께 같이 오라는 것이 아닌가. 우물에 가서 승늉 달라고 하겠네. 옷가지를 챙겨서 아전의 말 위에 같이 타고서 행궁으로 들어갔다. 전에 없이 군사들의 경비가 철저하다. 들어가는 사람마다 샅샅이 검문을 한다. 무슨 문제가 없나

해서 검문을 한다는 것이다.

"다른 짐 같은 것 없는가?"

"없습니다."

잔소리하지 말고 중요한 일이니 그냥 통과시키라는 듯이 이방은 손사례를 친다. 말 그대로 통과했다. 산녀는 궁금했지만 한편으로 노래를 부를 기회가 주어졌다고 생각하니 삯도 받고 자신의 기량도 보일 겸 내심 반가웠다. 행궁에서는 임금의 피로연을 준비하느라 오가는 사람은 물론, 마치 장날 같았다.

나라는 어지러워 가고 신라의 침략 소식이 끊이질 않는데 임금은 가는 데마다 주색을 즐긴다는 소문만 무성했다. 반반한 여자들은 눈에 띠면 먹잇감이 된다는데 ….

설마 임금인데. 장악원 악사들이 수제천을 연주하며 서서히 분위기가 무르익어 갔다. 술에 취한 임금은 무녀들과 함께 춤을 추며 얼씨구를 연발한다. 산녀의 노래 부를 차례가 되었다.

> 어긔야 어강됴리 꽃구경 가세.
> 꽃도 보고 임도 보면 그곳이 극락이지
> 임과 함께 꽃구름 타고 하늘을 가면
> 신선이 따로 없네
> 어긔야 어강됴리 아으다롱디리

진양조로 들어가서는 중모리, 자진모리로 꺾어지는 소리는 휘영청 달 밝은 밤에 기러기 날고 두견새 우는 봄밤이 깊어가는 듯. 남편을 보고 싶은 절절한 정념이 소리의 마디마디에 녹아 배는 듯. 자진모리로 가면서 온통 흥분의 도가니. 군신이 따로 없고 온갖 시름도 다 씻어 버리려는 듯 흥겨움의 일진광풍이 몰아친다. 휘모리와 중중모리 등 거문고 소리 변할 때마다 노래도 춤도 흐르는 달빛처럼 바람을 타는 구름처럼 사람의 희로애락을 드러내고야 말려는 듯.

임금이 소매 자락을 들어서 산녀를 자신의 품으로 들어오란다. 같이 춤을 추며 노래를 하자는 것이다. 그럭저럭 모꼬지가 끝이 나갈 무렵이다. 임금은 궁인을 불러 뭐라고 귓속말로 전한다. 산녀를 데려오라는 것이다. 남원 태수는 걱정이 이만저만이 아니었다. 알 만한 사람은 남원에서 산녀의 올곧은 성품과 노래 솜씨를 알기에 임금의 비위를 건드릴 게 뻔하기에 그랬다. 얼마가 지났을까. 산녀를 데리고 온 궁인이 임금에게 보였다. 다른 사람들은 다 나가 있으라고 영을 내린다.

"어쩌면 그렇게 구성지고 애달프고 사람의 간장을 녹이는 노래를 부르는가?"

"송구합니다. 변변하지 못한 노래로 성상의 귀를 어지럽히지 않았나 싶습니다."

"이제부터 내 옆에서 함께 지내면 어떻겠는가. 요즘 나는 여러 가지로 마음이 심란하다."

"… 저는 남편이 있는 몸입니다. 그리고 지금 부역을 나가 기한이 지났는데도 아직 돌아오지 않고 있답니다. 저같이 천한 사람을 잊으시고 고정하십시오."

"그렇지 않다. 그렇지가 ….."

"저렇게 마음씨 곱고 노래 잘 하고 내 마음을 위로할 사람이 어디 또 있으려고 … 내 주위에는 왜 안 된다는 사람이 그렇게 많이 있다니 …. 그러면 잘 생각해 보고 내가 궁으로 돌아가기 전 날 다시 와서 좋은 답을 다오 …."

"…….."

사흘 뒤에 산성행궁의 마지막 연회가 열렸다. 임금이 워낙 연회를 좋아하니 남원 태수인들 다른 길이 없었다. 태수에게는 오히려 잘 되었다 싶었다. 산녀를 기다리는 태수가 먼저 내 방으로 데려 오라고 관원에게 영을 내렸다.

"태수님, 산녀를 데려왔습니다."

"꿇어앉지 말고 편하게 앉아보시게나."

"편안하시지요. 태수 어른."

"어떻게 잘 생각해 보았는가. 자네 남정네 일은 내가 알아서 처리해 줄게. 마음 돌려 먹고 팔자를 고치시게. 성상께 잘 말씀드려서 나도 좀 도와주고 말야 …."

"…….."

곧 바로 연회장으로 나가서 노래도 부르고 임금에게 술을 따라서 올렸다. 술이 거나하게 취한 임금이 산녀를 아주 탐욕스런 눈으로 바라다보았다(… 허, 거참 볼수록 마음에 든단 말야). 막 바로 덮치고 싶은 욕정이 불타올랐다. 이걸 어떡하나.

태수를 부른 임금은 산녀를 데리고 별도 동헌으로 가라고 했다. 언제 끝났는지 연회도 파하였다. 아직 사람들이 웅성거리며 걱정스러운 눈빛으로 산녀를 바라다보고 있다. 동헌으로 든 임금은 관원들이 모인 자리에서 산녀를 궁인으로 그것도 상궁 다음으로 가는 궁인으로 들이겠다는 것이다. 관원으로 말하자면 종4품에 해당하는 궁인이었다. 임금이 단호하게 공언을 하였다. 모두가 혀를 내둘렀다. 남원 태수와 맞먹는 자리인 것이다. 교지 형식의 임명장 같은 것을 주겠다는 것이다.

"산녀라고 했느냐. 이름은 차차 고치기로 하고 …. 괜찮아. 나하고 같이 궁으로 돌아가 함께 지내자꾸나. 알지. 딴 말 하지 말고 …."

"… 전하 죄송하구면요. 지는요, 남편이 있는 사람입니다."

"저런 못된 것 같으니라. 뭐라고? 내 청을 거절하겠다는 거로군. 저 년을 옥사에 가두어라. 내일 내가 떠나기 전에 하루 더 말미를 줄 테니 마지막으로 잘 생각해라. 쯧쯧 …."

다음 날도 산녀의 마음에는 변한 것이 아무것도 없었다. 무슨 생각인지 임금은 자신의 청을 거절하는 산녀에게 장 50대를 쳐서 성 밖으로 내다버리라는 영을 내리고 궁으로 돌아갔다. 신라의 침략 소식이 급한 파발로 전해왔기 때문만은 아니었다. 굳이 싫다는 여인을 옆에다 두어보았자 마음만 더 상할 것 같았다. 장 쉰 대를 맞은 산녀는 실신을 한 채 들것에 실려 집으로 돌아왔다.

"불쌍한 것 같으니 …. 저러다 장독이 나서 죽는 거 아닌가. 그까짓 정절이라는 게 뭔데 …. 남편도 나가서 죽었는지 살았는지도 모르면서 …. 태수와 같은 직첩을 주겠다는 임금의 청도 마다하고. 열녀 났네 열녀 …."

그날 저녁부터 불쌍한 산녀를 위한 굿판이 벌어졌다. 천지신명이 살려 달라는 그런 굿이다. 특히 지리산의 노고단의 할미신에게 무당이 춤을 추며 꽹과리를 두드리며 축수를 한다. 밤이 깊도록 무당이 눈물로 정성을 다하여 살풀이를 한다.

"지리산의 노고단 산신 할매요. 우리 불쌍한 산녀를 살려주세요. 산녀를 …."

그 약한 몸에 장 쉰 대를 맞다니 …. 미음을 먹으면서 경우 연명이나 하며 한 열흘 지났을까. 눈을 뜨고 사람을 알아본다. 보는 사람마다 가슴앓이를 한다.

"아니, 임금이면 다야 …. 나라도 어지러운데. 그래 자기 수청 안 든다고 멀쩡한 유부녀를 저 지경으로 초죽음을 만들어 보내면 천벌을 받지, 천벌을."

깨어나긴 했으나 시름시름 앓다가 그는 세상을 버리고 말았다. 상여에 실려 가면서 무슨 생각을 하면서 갔을까. 산모퉁이를 돌아가며 멀리 멀리 사라져 가는 산녀의 상여소리가 바람결에 들렸다 말았다 한다. 먹구름이 하늘을 덮고. 어딘가 돌아오지 못하고 죽은 남편을 만나러 가는 길일까. 잘 가시게. 산녀 …. 이웃 아지매들이 흐느끼며 상여가 나가는 먼 산을 하염없이 본다. 무녀도 그냥 두 손을 모아 빌고 있을 뿐 …. 바람에 날리는 민들레 꽃씨들이 구름을 따라서 훨훨 날아가고 있었다.

어기야 어강됴리 꽃도 보고 임도 보면. 거기가 낙원이라.

언제 다시 만나리. 아리랑 아라리오 아리랑 고개를 넘어간다.

지리산가를 말하다

곰나루 친구들은 지리산가에 대한 이야기를 나누기 위하여 카페를 사랑방으로 삼았다. 이름하여 곰나루21, 학교 벗들이니 언제 만나도 반가운 얼굴들이다. 월산 회장이 사랑방에 나와서 차 한 잔 나누자며 운을 떼었다. 물론 사이버 대화방이다. 여기에 귀한 손님으로 모실 분은 우리가 학교 다닐 때 모시고 배웠던 동초 조재훈 선생님이시다. 당신의 박사학위 논문이 '백제가요연구'로 독보적인 연구를 하신 걸로 알고 있다. 여든이 넘으신 나이에도 선생님은 최근까지 장기 한밤실 김종서 장군 묘소가 있는 어름에 농사를 지으러 다니셨다. 정년하신 지 벌써 십육 년이 지났는데도 건강하시다. 하루 두 끼 식사만 하시고 때때로 시를 쓰시는 시인이시다. 월산 대표가 대화에 앞서 인사를 했다. 갑내는 서기 노릇을 하는 셈이다.

"선생님, 함께 관심 가져 주셔서 고맙습니다. 저희들이 선생님을 모시고 이런저런 백제가요에 대한 궁금한 점을 말씀드릴까 합니다. 자연스럽게 이야기하시듯이 말씀해주시면 좋겠습니다."

"그러지. 다 지난 일인데 무엇 하러 나를 불러 무슨 이야기를 들으려고 …. 처음에는 나오지 말까 했었는데 얼굴을 본 듯 인사나 할까 해서 들어왔어요. 그래 내가 생각나는 대로 이야기를 하도록 해요."

먼저 광주의 은수 김 선생이 말문을 열었다. 그는 지리산 가까이서 살고 고전문학을 연구한 친구니까.

"어떻게 백제가요를 연구하시게 되셨습니까?"

"백제 땅에서 살면서 그것도 우리 문학을 공부하고 가르치면서 한 번 연구해 보고 싶다는 생각을 평소에 갖고 있었지. 막상 연구를 하려고 보니 백제가요에 대한 연구가 많이 안 돼 있더라고. 용기를 내서 백제의 후예로서 밥값을 해야겠다는 생각을 한 거지. 특히 지리산가는 그 가사가 전하지 않고 이름만 고려사(高麗史)에 나올 뿐 …. 막막하더라고. 그 뒤에 동국여지승람이나 대동지지 같은 자료를 보니까 도미(都彌)의 처와 같은 노래의 가능성을 적어놓긴 했더군."

김 선생의 이어지는 질문은 지리산가가 만들어진 문학사적인 배경과 저항문학의 성격에 대한 것이었다.

"광주의 한 대학에 봉직하시던 원 교수님 학위 논문을 잠시 본 일이 있었습니다. 그 가운데 동초 선생님의 글을 많이 참조하여 쓰셨더라고요. 백제가 망한 이후 새로운 왕조에 대한 저항성이랄까 저항문학의 성격으로 추구하신 방향이라는 느낌을 받았습니다. 어떠세요?"

"그래요. 그럼, 지리산가의 문학사적인 성격에 대해서 살펴보자고. 고려사(高麗史)에 전하는 지리산가에 대한 속내는 이렇지. 절대 권력의 상징인 임금이 가난하지만 아내로서의 부도(婦道)를 다하고 있는 어느 아름다운 유부녀를 궁중으로 맞아들이려 하자, 이 노래를 부르면서 임금의 청을 따르지 않았다는 것이지요. 여기서 주목할 몇 개의 마디들이 있다고 봐요. 우선 군주 정치를 하는 사회에서는 왕은 무치(無恥)라 하여 마음에 드는 여인을 멋대로 취할 수 있는 상황인데도 불구하고 한갓 이름 없는 아녀자가 임금의 청을 거절한다는 것은 곧 죽음을 뜻할 수도 있다. 그러한 극한상황에서도 자신의 정절을 지키려는 저항 정신을 찾을 수 있음이요, 둘째로는 임금의 청을 거절하는 내용을 그냥 말로 하는 게 아니고 노래로 불렀다는 점, 셋째로는 마침내 그녀의 뜻을 이루어 정절을 지켰다는 점 등을 들 수 있어요. 특별히 백제의 노래들은 거

의가 여인 그것도 남편이 있는 부인들이 부른 것으로 되어 있으며 궁극적으로 여인의
정절을 주제로 한 것이 대부분이지요. 백제가요 가운데서도 군왕의 강압적인 요구에
저항한 노래는 지리산가가 유일하지. 이러한 점은 비단 백제의 가요를 넘어 한국의
고대와 근대문학에 있어서도 찾아 볼 수가 없다고 봐야 해요. 구태여 찾아본다면 삼
국유사의 도화녀(桃花女)와 비형랑(鼻荊郎)의 설화 정도이지.”

수원의 박 선생이 지리산가와 비슷한 유형의 고구려의 경우를 들어 궁금함을 물어
보았다. 그는 학교에 재직할 때 설화문학을 연구하고 가르쳤다. 학위과정에서 나손
김동욱 선생의 문하생으로 연구실에서 정진했던 친구였다.

“선생님, 지리산가와 비슷한 고구려의 태자 이야기와는 어떻게 다른가요?”

“어, 해상잡록(海上雜錄) 이야기로군. 고려사(高麗史)에 전하는 지리산가를 아래와 같
이 요약할 수 있어. 절대 권력을 장악한 왕이, 가난하지만 부도를 다하고 있는 어느
미모의 유부녀를 궁중으로 맞아들이려 하자, 이 노래를 불러 죽기를 맹세하고 따르
지 않았다는 점으로 보아서는 큰 차이점이 없다고 보네만 ….”

“그럼 선생님께서는 지리산가와 같은 저항문학의 경향이 춘향전으로, 노래하는
문학인 춘향가로 발전해 갔다고 보시는 관점이십니까?”

“그렇다고 해야겠지. 고대 가요가 거의 민요이듯이 이 노래도 민요임에 틀림없을
것이여. 간절한 주인의 청을 거절하고 둥구리를 키웠고, 그 둥구리가 죽자 더 따르지
않았다는 그간의 사실에서 확인되는 셈이여. 또 하나 덧붙여 생각할 것은 노래로서
거절했다는 점이지. 비록 신라 때라고는 하지만, 지리산 운상원(雲上院)이 음악의 중
심지였다는 사실을 미루어 시간상 거리가 멀지 않은 백제 때부터 싹텄던 것이 아닐까
생각되며, 따라서 그 영향을 크게 받은 것이 아닐까 여겨지는 것이지.”

“말씀하신 운상원(雲上院)은 어떤 곳입니까?”

“우리나라의 전통적인 음악, 국악의 천재 옥보고(玉寶高) 명인의 거문고 연주는 어
찌나 신비하던지 하늘의 구름을 타는 듯한 음악이었다고 해요. 기쁜 곡조에는 소와
말도 따라 웃고 슬픈 곡조에는 개가 눈물을 흘렸다는 전설의 숨결이 살아 있다고 전
해오지. 역사가 숨 쉬는 곳에 문화의 꽃이 피고 열매 곧 예술 문화가 살아있는 겨레음

악의 영혼이 이어간다고 보아. 신라가 삼국을 통일할 즈음 여기 운상원 터에 거문고 소리 터를 천 년 전에 장만하였던 것을 앞으로 좀 더 발전시켜야 할 테지."

대화방의 열기는 식을 줄을 몰랐다. 오늘은 이 정도로 하고 다음에 이어지는 대화 속에서 우리들의 지적인 목마름을 풀어보자는 월산 대표의 제의로 마감을 하였다.

"선생님 고맙습니다. 백제가요에 대하여, 특히 지리산가에 대하여 공부 많이 했습니다. 저희들은 다시 옛날로 돌아가서 선생님의 학생으로서 많이 젊어진 듯합니다. 다음에도 함께 해 주신다면 좋겠습니다. 날씨도 고르지 않은데 감기 조심하시고요. 다음에 연락 올리겠습니다."

이렇게 해서 지리산가에 대한 우리들의 대화방은 마무리를 하였다. 좀 지루하긴 하나 이렇게 공부하는 시간들이 우리를 건강하게 한다는 믿음을 가지면서 다음 시간에 대한 기다림으로 대화를 마무리했다.

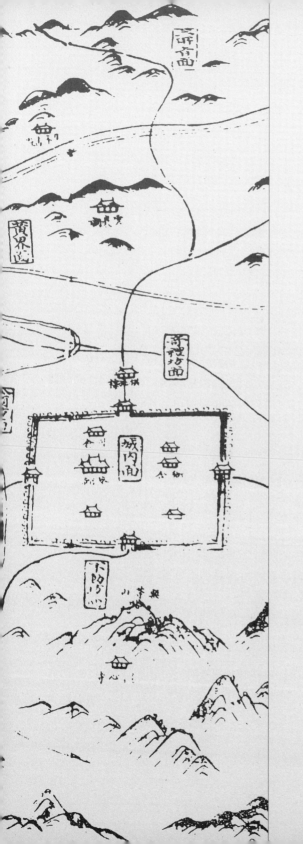

5. 무등산가(無等山歌)

무등산을 찾아서

차등이 없는 산인가. 무등이라. 일 등만 판치는 세상에. 그 산 이름이 마음에 든단 말이지. 평소 그 이름이 흥미로웠던 산, 무등산(無等山)을 찾아가기로 한 것이다.

무등산(1,187m)은 호남의 명산이며, 빛 고을 광주의 사람들에게는 어머니 같은 산이다. 이 산은 신라 시대 무진악(武珍岳) 또는 무악(武岳)으로 불리다 고려 때 와서는 서석산(瑞石山)이란 별호와 함께 무등산이라 불리었다고 전해 온다.

무등산은 그 꼭대기에 천, 지, 인을 뜻하는 천왕봉, 지왕봉, 인왕봉이 있다. 그러나 여기도 1966년 이후 군부대가 생겨서 마음대로 드나들 수가 없다가 작년에 46년 만에 처음으로 개방을 하여 올해부터 4번째 마지막으로 오늘 하루만 정상을 개방한다고 들었으니 며칠 전 산행 신청을 한 우리에게는 참으로 잘 된 일이었다.

나그네는 곰나루 친구들과 함께 아침 일찍 대전에서 모여 산악회 버스를 타고 10시 반 무렵 무등산 등산로 나들목인 증심사 버스 종점 주차장에 도착했다.

날씨는 파란 하늘에 흰 구름 떠가는 가을 날씨다. 하지만 오후 늦게부터는 비가 온다는 예보가 있다. 산행의 일정은, 증심사-중머리재-중봉-서석대-입석대-장불재-규봉암-꼬막재-원효사까지 약 십여 킬로의 등정을 몇 시간 걸어야 한다. 일행은 증

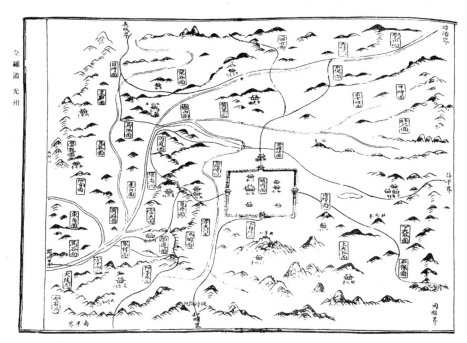

• 광주 고지도

심사를 향해 올라가니 오른쪽 골짝을 끼고 절 일주문까지는 단풍이 불타는 듯이 물들어 있었다. 단풍도 곱고 선연하여 자연 미인 그 자체였다고나 할까. 말 그대로 산정무한. 어떤 엑스터시 같은 그런 느낌, 선경이라고나 할 수 있을 듯. 무등(無等)의 어원으로 무당산으로 풀이한 설도 있다(조재훈, 1975). 그리고 보니 선홍색의 다양한 무등산이 무당의 옷으로 갈아입은 듯. 여기서 이 아름다운 산에서 무엇을 빌었을까. 비가 안 올 때 여기 와서 기우제를, 크고 작은 나라의 어려운 일이 있을 때마다 나라와 백성들의 평안과 행복을 빌었을 것이 분명하다. 특히 이 지역의 풍년과 안녕을 빌었을 게 분명하다. 산스크리트 말로는 무당이 메드(medhe)에서 비롯되었다. 이는 다름 아닌 병 고침을 이른다. 이르자면 처용무도 병마를 퇴치하고자 만든 음악 치료의 한 기원이었으니 무등산가 또한 그러했을 터. 하지만 전해오는 가사가 없어 안타까울 뿐이다. 숨을 돌린 일행은 증심사를 뒤로 하고 본격적인 등산로로 오르기 시작하였다. 등산로는 비교적 가파르지도 않은 순탄한 길이지만 중머리 재까지는 시간이 좀 걸리는 등정이다. 한 20분쯤 갔을까. 쉼터가 나왔다. 이곳에는 약 수백 년 된 느티나무 한 그루가 보호수로 지정되어 주위의 단풍과 같이 역사의 산 증인처럼 서 있었다. 5.18의 상처를 기억이라도 하듯이 바람에 나뭇잎을 날린다.

중머리재(586m)에는 점심때가 넘어서 다다랐다. 말 그대로 중의 머리처럼 나무 하나 없는 넓은 터에 오른쪽 밑으로는 새석봉으로 이어지고 바로 위쪽에는 우리가 다시 더 가야 할 중봉의 암벽이 눈에 들어온다. 여기서 중봉(915m)까지는 약 1km, 자못 가파르다. 오늘 산행의 정점을 찍어야 할 깔딱 고개다. 헐떡거리며 반 시간여를 오르니 산은 점점 더 높아지면서 빛고을이 한 눈에 보였고 오른쪽 산등성이에는 장불재의 송신탑과 그 밑으로 중머리재와 새석봉으로 이어지는 길이 우리가 앞으로 걸어가야 할 삶의 여정처럼 보였다. 구구팔팔하게 살다가 자연의 품으로 돌아간다면 …. 그건 욕심이 아니겠나.

겨우 중봉에 올랐다. 중봉에서 보니 저 앞으로 억새밭 평원이 펼쳐지고 그 위로는 서석대며 입석대의 주상절리대(柱狀節理帶)와 그 왼쪽으로는 천왕봉 정상이 군부대에 갇혀 있지만 충무공의 동상처럼 서 있는 듯했다. 일행은 재빠른 걸음으로 억새밭 쪽으로 내려갔다. 이전에는 군부대 자리였으나 지금은 정상 쪽으로 옮겨가서 억새들의 낙원을 이루고 있었다. 일행은 오전에 증심사 단풍에 흠뻑 빠졌는데 오후 되니 바람에 흔들리는 억새로 다시 가을 산의 향에 취하는 또 하나의 행운을 누렸다. 억새밭 사이로 난 길에는 연인과 부부, 친구들끼리 모두 맛있는 점심식사와 억새풀의 가을을 더불어 하나 되는 순간에 젖어 들고 있었다.

일행은 군부대가 내놓은 숲길을 가로질러 서석대 쪽으로 오르기 시작했다. 오후 1시가 넘어서 늦은 점심을 했다. 여기서부터는 바람이 불고 초겨울 같은 날씨로 변한다. 뜨거운 컵 라면과 커피 한 잔을 하고 나니 몸이 조금 따뜻했다. 산신에게 우리 모두의 행운을 빌며 고신을 했다. 마침내 서석대에 올랐다. 서석대는 입석대와 같이 중생대 백악기에 발생한 화산 활동의 결과로 화산에서 뿜어져 나오는 용암이 바닷물과 만나 갑자기 식으면서 삼각형, 육각형의 돌기둥이 형성된 바윗돌이 마치 돌을 다루는 장인이 잘 다듬어 놓은 것 같은 이 산의 비경을 빚어낸 곳이다. 이 때 화산 활동에 따라 줄어드는 수축작용으로 생겨난 틈이 바로 절리(節理)라고 한다. 그 모양이 기둥과 같다고 해서 주상(柱狀), 그래서 주상절리대로 부른다. 서석대 일대가 마치 돌로 만든 성처럼 이 일대가 볼거리를 자아낸 것이다.

바람은 점점 세차게 불었다. 조금 더 능선 위로 갔다. 오른쪽으로 내려가면 입석대, 장불재 길이다. 왼쪽으로는 천왕봉 정상이 오늘 하루만 허락되었기 때문에 군에서 나와 등산객들을 안내하고 있었다. 우선 정상을 보고 다시 내려오기로 하고 오늘은 군의 통제대로 천왕봉 쪽으로 올라갔다. 능선의 바람이 더욱 거세다. 앞으로 갈 수 없을 정도로. 조금 더 가서 휴전선 철책 같은 문을 지나서 군 부대로 들어갔다. 천왕봉 정상으로 다가섰다. 오늘 하루만 정상이 개방된다고 하는 바람에 사람들도 많이 올라왔다. 드디어 천왕봉이 보인다. 왼쪽으로는 지왕봉(1,120m)이 주상절리대 바윗돌이 책꽂이에 책을 꽂아놓은 듯. 왼쪽 밑으로는 인왕봉이 군 철조망에 막혀 자세히는 볼 수 없었으나 그 봉우리는 위풍당당하다.

등산객들은 인증 사진을 찍고 영내의 또 다른 비경을 보려고 했으나 바람이 너무 불고 군 부대의 통제가 있어 다시 입석대 쪽으로 내려오기로 했다. 그러나 헛일, 군에서는 정문 쪽으로 되짚어 곧장 가라고 했다. 왜 앞으로만 있고 뒤로는 없단 말인가. 다시 내려 와야만 입석대, 장불재로 갈 수 있다. 안 그러면 바로 정문을 통해 내려가는 길이다.

달리 길이 없었다. 일행은 정문을 지나 북봉, 꼬막재 방향으로 내려왔다. 시간은 벌써 3시, 일행은 5시까지 원효사 쪽으로 가기 위해 먼 숲길을 따라 내려왔다. 아름다운 단풍이 어디나 지천이다.

일행은 산악회 약속시간보다 한 이십분 정도 빠르게 원효사 입구로 내려왔다. 원효사 단풍나무 어름에서 산행 뒤풀이를 하는 사람들. 돌아가는 길목마다 갈대들이 손짓을 한다. 행운을 빈다고 ….

무등산의 유래

영산강을 바라보며 하늘에 기도하는 솟대인가, 무등산은 그렇게 늘 광주와 전라도 사람들의 소원을 빌고 그 정기를 받아 삶의 터를 가꾸어 왔다. 오늘 곰나루 일행은 무등산의 수동에서 서석대에 이르는 무등산 옛길 곳곳에는 선인들의 정신세계가 아로새겨진 무등산 옛길을 걸으면서 무등산의 유래와 신성성의 속살을 들여다보기로 했다. 월산이 안내를 했다.

"이번에 함께 모실 분은 광주의 향토문화개발협의회 안 회장이십니다. 진행은 광주의 은수 김 선생이 맡기로 했습니다. 주요한 이야기의 화두는 무등산의 지명 유래와 신성성에 대하여 말씀 나누도록 할 것입니다."

"안녕하십니까. 안 회장님, 먼저 지난 해 광주시 향토문화대상 수상을 축하드립니다. 저는 광주대학에서 봉직했던 김은수입니다. 지금은 명예교수로 있습니다. 대학 동기생의 모임인 곰나루 회원들이 회장님을 모시고 무등산 옛길 관련한 무등산의 유래와 기우제 등 그 신성성에 대하여 말씀 나누고자 합니다. 곰나루 모임은 약 50년 전 공주사범대 국어과를 졸업한 학우들의 친목 모임입니다. 백제가요의 문화기행이라는 성격으로 정읍사와 방등산가, 지리산가와 선운산가, 그리고 산유화가와 무등산가에 대한 기행을 통하여 백제문화에 대한 관심을 동아리하고 친목도 할 겸 이런

• 무등산 입석대 주상절리

자리를 만들어 보았습니다.”

광주가 고향인 다숙 김 선생이 먼저 말문을 열었다.

“무등산의 유래에 대한 여러 가지 주장이 있는데 간추려 말씀해주시고 안 회장님은 어떤 견해를 갖고 계신지 궁금합니다.”

“먼저 무등산의 산 이름이 몇 가지로 알려지고 있습니다. 무정산(無情山), 무덤산, 차등이 없는 산, 그리고 불교와 무당 및 선돌 관련의 지명 유래담이 있는 줄 압니다. 저 개인적으로는 무당산이 옳지 않나 생각합니다. 가장 오래된 신앙이 무당에 의하여 이어왔고 신성한 무등산의 속성과도 걸맞다고 생각합니다.”

“무정산의 유래는 이성계와 관련했다는 이야기는 들은 기억이 있습니다만 …?”

안 회장은 자신감에 찬 듯한 얼굴로 차를 들면서 이야기를 꺼낸다.

“무정산이라 함은 조선 태조 이성계(李成桂, 1335~1408)에 순종하지 않는 산이라 해 붙여진 이름이라고 합니다. 전설에 따르면, 이성계는 임금이 되기 위해 산신에게 빌었고 그가 즉위한 뒤에도 나라 안의 모든 명산의 산신을 모아 잔치를 베풀어 수백 대에 이르도록 왕업이 이어지기를 빌었다고 합니다. 조선 건국의 과정에서 죄 없이 죽어간 고려 충신들의 원혼을 달래기 위해 자주 산신에 고사를 지냈다 합니다. 특히 가뭄이 너무 심하여 어명으로 남도의 명산 무등산에 기우제를 지내게 했으나 무등산 산신은 이를 못 들은 척 비를 내려주지 않았다고 합니다. 따라서 어명에 불복한 무등산 산신을 지리산으로 귀양을 보내고 이 산을 무정산으로 불렀다는 것입니다. 이어서 무덤산의 유래를 말씀드리겠습니다."

안 회장의 설명은 이어졌다. 세상 사람들이 말하기를 무등산을 무덤산이라 하는데, 이는 이 산이 겹산이 아니고 홑산이란다. 둥글넓적하게 내려뻗은 것을 형상한 이름인 듯도 하다. 그렇지만 이러한 산이 근처에서도 여기에만 있는 것이 아니며, 무덤과 무당의 소리가 아주 비슷한 점이 있다는 것이다.

대구에서 온 갑내가 자신의 생각을 말한다. 그는 요즘 삼국유사 사전 편찬에 바쁜 나날을 보내고 있다. 사전 자료를 모으고 현지 답사를 하기 위하여 지난 해 한 해 동안 중국, 만주지방을 다녀왔다.

"안 회장님, 이렇게 뵙게 되어 반갑습니다. 무당의 어원을 '묻다(問)'로 보는 분도 있습니다(서정범). 범어로 병 고침을 메다(medha)라고 하는데요, 여기서 갈라져 나아간 영어의 메디씬(medicine), 메디칼(mwdical) 같은 말이 있습니다. 옛날에는 의무(醫巫)라고 병을 고쳤다는 기록도 있습니다. 중국의 요녕성에 가면 의무려산(醫巫閭山)이 있습니다. 연구자에 따라서는 의무려산에 바로 고조선의 단군왕검이 신시를 열었다고도 합니다(임찬경). 회장님의 생각과 어느 만큼 상통하는 바가 있는가 해서요. 이어서 불교 관련의 유래는 어떻습니까?"

"좋은 말씀입니다. 많은 참고가 되겠습니다. 불교적인 관점에서는, 무등(無等)은 부처를 비유적으로 일컫는 말이라고도 합니다."

공주의 만권당 주인이 물었다. 만권당 주인은 풍속지식학을 연구하는 야심찬 친구다.

"혹시 이 지역, 특히 고창에는 고인돌이 유네스코 세계문화유산으로 지정되었습니다. 무등산에 서석봉이 있음을 고려하면, 선돌 곧 입석(立石) 문화와 관련은 없는

지요?"

"무등산의 돌무더기를 서석 혹은 신돌이라고도 합니다. 시간의 차이가 있을 뿐 거석문화의 영향이 있다고 해야 옳을 것입니다. 신성함을 드러내는 상징물이 돌이라는 생각이지요(최남선)."

대전에서 온 상선 남 작가가 물었다.

"회장님, 반갑습니다. 좋은 말씀 고맙고요. 글자로만 보면 무등 곧 세상 사람이 차등이 없다는 말로 보이는데요?"

"예, 좋은 말씀입니다. 거기에 대해서 역사와 문화를 보면 평등한 사회를 염두에 둔 산 이름으로도 볼 수 있을 겁니다."

진행자가 살펴본 바로는, 광주의 고산연구회가 있다. 이 연구회의 발표 글을 올려 보면 다음과 같다. 광주의 사투리도 나오고 조금 재미가 있을 듯하다.

> 무등산의 이름이 어째서 무등산이냐 한다면은 이태조가 등극을 해서 밤에 꿈을 얻었는디, 꿈에 각 산신이 모다 모였는디 지리산 산신령하고 무등산 산신령이 안 왔거든, 어쩐 일이냐, 다 오는 디 지리산 산신령하고 무등산 산신령하고만 안 오느냐 한께, 불복이다. 나는 니를 인정을 안 한다. 그러기 때문에 지리산은 경상도 지리산이었거든 지금은 전라도 지리산이라 그러지만, 경상도가 일곱 골이 합쳐갖고 있고 전라도는 세 고을 밖에 없었어, 그런께 경상도 지리산을 귀양을 보내 버린다. 그래갖고 전라도로 보내갖고 전라도 지리산, 무등산은 어디로 귀양 보낼 데가 없다 그말이여. 같은 고을이기 때문에 그런께 너는 등외 없는 산이다 해가지고 무등산이라 했어. 본시는 무등산이 서석산이여, 서석산이 어째 서석산이냐 하면, 입석대 구경했는가 몰라, 입석, 산굴 밑에, 그것 참 서석이거든, 그래서 서석산이었는디 무등산으로 변경된 것은 이태조가 등극해가지고 변경시킨 것이라 그말이여, 등외 없는 산이라. 그러기 때문에 차등을 없앴다고 해가지고 산이름이 생겨난 것이 아니여(광주의 전설(1990) 참조).

오늘은 이쯤해서 무등산의 유래에 대한 이야기를 마무리하기로 했다. 내일 날씨가 좋으면 무등산에 올라서 전설의 현장을 밟아 보도록 할 것이다.

무등산의 기우제

　무등산에서 기우제(祈雨祭)를 지냈다 함은 오래전부터 내려오는 관련 전설이 있다. 나주의 금성산과 광주의 무등산은 백성들이 다투어 찾음이 마치 저자처럼 붐비었다. 먼 지방 사람들이 곧 마른 양식을 싸들고 해마다 이르렀다. 나주로부터 광주에 이르기도 하고, 광주에서 나주에 이르기도 하였으니 두 곳을 왕래하는 길은 사람들이 어깨를 서로 결으며 옷섶을 연이어 장막을 이루었다. 그 가운데는 어린 아이를 잃어버린 사람도 있고, 처와 첩을 잃어버린 사람도 있었다. 나는 알지 못하겠다, 이 어떠한 신령스러움인가를. 백성들의 흠모함이 이와 같도다. 백성들의 흠모만 아니라면 실로 화와 복의 거짓말보다도 두렵다(최충성. 山堂集).

　무등산에서 기우제를 올렸다는 이야기다. 공주의 만권당(萬卷堂) 주인이 안 회장에게 질문을 던졌다.

　"이 번 백제가요 현장 가운데 무등산 기행 관련하여 여러 가지로 좋은 말씀 잘 들었습니다. 무등산에서 기우제를 지냈다는 기록을 본 일이 있는데 혹시 기우제 절차에 대해서 설명해 주시면 좋겠습니다."

　"아는 대로 말씀 드리기로 하겠습니다. 관심 고맙습니다."

광주 향토문화에 대한 애정과 지속적인 연구를 하는 안 회장의 무등산 기우제 절차에 대한 풀이는 다음과 같았다. 진행자가 만권당 주인에게 양해를 구하고 사연을 간추려 올리기로 했다.

광주에서는 먼저 제 1차로 사직단에서 지내고 그 다음으로 무등산 신사에서 그리고 무등산 골짜기에 있는 용추(龍湫) 못에서 지냈다는 기록이 있다. 매천야록(梅泉野錄)에 따르면, 고종 13년(1876. 丙子) 극심한 가뭄이 들었다. 당시의 전라감사인 정범조(鄭範朝)는 무등산의 용연(龍淵) 마을에 와서 기우제를 올렸는데 가물었던 하늘에 문득 검은 구름이 모여들기 시작하여 얼마간의 비를 뿌렸다고 한다.

기우제(祈雨祭)는 처음엔 마을에서만 몇 사람들이 지내다가 가뭄이 그치지 않으면 온 동네에 알려 각 마을에서 나이 많은 이들을 뽑아 제관을 삼고 이곳으로 와서 동 단위로 지냈으며 결국에는 광주 목사나 전라 감사까지 와서 지낼 만큼 규모가 컸다고 한다.

기우제 장소는 무등산 아래에 자리한 용연 마을에서 십리쯤 떨어진 곳에 큰 용소, 작은 용소, 가운데 용소 등 무등산 기슭에 위치한 가운데 용소(龍沼)에서 지낸다. 제사를 모시는 시간은 저녁 10시경에 올린다. 날이 가물어 들곡식이 타들어 가고 며칠 안에 비가 오지 않으면 큰일이 날 것이라고 생각되면 마을 사람들의 입에서 기우제를 지내자는 소리가 저절로 나온다. 이쯤 되면 마을회의를 붙여 마을 어르신들이 날짜를 잡는다. 제삿날이 정해지면 축관, 3헌관 등 제관을 뽑는데 동제 때와 마찬가지로 연로한 노인 가운데서 부정이 없이 깨끗한 사람이 뽑힌다.

집집마다 기우제 비용을 내면 제관 등이 제수를 정성껏 마련하는데 제주, 생오곡, 삼실과, 촛불, 시루 등과 마을에서 돼지 한 마리를 산 채로 준비한다. 기우제는 보통 혈제(血祭)인데 여기서도 산 돼지머리를 사용한다.

기우제 날짜가 되면 아침에 젊은 남자들은 가운데 용소로 올라가 길과 산을 다듬고 나무를 베어 곱게 다듬어 네모난 제청을 짓고 사방을 백지로 바르고 천정은 흰 광목으로 쳐 하늘을 가린다. 제청 안은 납작한 돌들로 정성껏 제상을 만든다.

그리고 주위에 금줄을 치고 종일 그 곳을 지켰다. 제관은 목욕재계하되 궂은 일이 없는 남자만이 제단에 잔을 올릴 수 있다. 제물을 준비할 때에도 엄격하고 넉넉하게 준비하고 장을 보러 갈 때는 타인과 말을 걸지 않으며 값도 절대로 깎는 일이 없다. 부정을 타면 안 되니까. 산에 먼저 올라간 사람들은 저녁에 불을 지를 나무도 준비하였다.

저녁 9시경이 되면 제관과 음식을 준비하는 사람들이 제물을 용소로 옮겨간다. 밤이라 어두우니 대에 불을 붙인 횃불을 들고 먼저 올라가고 뒤따라 제관 등이 올라간다. 제사는 세 헌관이 잔을 올리고 축관이 축을 읽었다. 축을 읽고 제의 절차가 끝나면 돼지머리는 잘라서 용소에 던져 버리고 나머지는 마을사람들이 함께 먹는다. 내려올 때가 되면 높이 쌓아둔 나무더미에 불을 지른다. 물론 제청도 뜯어 불을 지르는데 이 때 불이 크면 클수록 큰비가 온다고 믿어 많은 나무로 불을 질렀다. 마을 사람들이 횃불을 밝혀 들고 내려올 때면 온 산이 타는 것 같았다.

제보자인 이 마을의 김옥렬(남. 71세) 님에 따르면, 생전에 서너 차례 기우제에 참가하였는데 제를 지낸 후 3일 내에 꼭 비가 왔고 어느 해인가는 산에서 마을에 도착하기도 전에 소나기가 내렸다고 한다. 그 때의 축문이 현재까지 전한다(무등산(1988) 참조).

무등산은 소도인가

무등산가를 제천의식(祭天儀式)의 무가(巫歌)로 보는 데에는 크게 두 가지 사실을 바탕으로 삼을 수 있다. 우선 무등산에 성터의 흔적을 발견할 수도 없을 뿐 아니라, 또한 성(城)에 관한 기록이 전혀 보이지 않는다는 점, 다음으로 무등산이 산으로서의 성격 곧 전래적으로 그 근처 주민이 가지고 있는 통념의 산이라는 점을 지적할 수 있다.

무등산(1,187m)은 광주시와 광양군과 화순군의 사이에 있는 산으로서 인근에서는 가장 높은 산이다. 무등산은 신령한 산으로 볼 수 있다. 따라서 무등산가는 무등산에서 시행되었던 제의에서 불리어진 무가(巫歌)로서 국태민안 등 민중의 염원이 담겨진 노래라고 본다(조재훈. 무등산가 소고(1996)).

무등산가가 불렸던 공간이 무등산인 만큼 먼저 무등산과 관련한 유래를 살펴봄이 좋을 듯하다. 오늘 무등산가 사랑방에 초대되신 분은 동초 조재훈 선생님이시다. 진행자는 은수 친구가 맡기로 했다. 진행자가 오늘의 사랑방 대화에 대한 내용과 진행에 대한 간단한 안내를 했다.

"선생님, 그 동안 평안하셨는지요. 저희 무등산가 사랑방의 초대에 와 주셔서 고맙습니다. 오늘의 화두는 가사가 전하지 않는 무등산가에 대하여 그 바탕이 되는 무등산의 성격에 대해서 지명 유래라든가 전통신앙과 관련한 문제가 되겠습니다. 먼저 발제 삼아 무등산가에 대해서 하실 말씀을 부탁드리겠습니다."

<발제 글>

무등산은 오랜 옛날부터 오늘까지 호남의 영산입니다. 고려사(高麗史) 같은 기록에 따르면 신라시대에는 소사, 고려조에는 국제(國祭), 조선조에는 춘추로 제를 지냈으며 오늘날도 그 고장 주민들은 부지불식간에 정신적 귀의처로 생각해 오고 있습니다. 우선 다음과 같은 산 이름의 유래에서 종교적인 산임을 알 수 있습니다.

우선 무등산은 무덤산에서 왔다는 설에 대하여 이는 산형에서 말미암았다고 보는 것이지요. 다음으로 부처님의 존호로서의 무등이라는 뜻 곧 불교산으로서 무등산이라는 주장입니다. 그 다음으로 산마루에 무리지어 있는 돌들이 우뚝우뚝 서 있기 때문에 무돌산에서 나왔다는 설이 있습니다. 백제시대의 이름인 무진악, 서석산과 일치합니다. 넷째로는, 이태조가 이곳 산신에게 기우제를 지냈으나 비를 내리게 하지 않았다 해서 무정산이라고도 불렀다는 전설이 있습니다. 다섯째로는, 무당산에서 붙여진 이름입니다. 이 가운데에서 제가 보기로는 무돌산과 무당산 설이 가장 온당하다고 생각합니다. 산봉우리에 기암괴석이 총석처럼 솟아 있다는 점에서 무돌산이라 했을 것입니다. 보기만 해도 스스로 외경감(畏敬感)을 갖게 되거나 민간신앙이 융합되어 무당산이라 불렸을 것으로 봅니다. 천제(天祭)와 관련하여 그 고장 백성의 신앙적 성소로서 그 성격을 드러내 줍니다.

삼국사기(三國史記)에 따르면, 백제는 다른 나라와는 달리 건국한 첫 임금부터 제단을 쌓고 천지에 제사를 지냈다고 합니다. 이러한 천신 신앙은 여러 형태로 민간에 침투하여 다양한 민간신앙으로 전이되었을 것으로 봅니다.

마침내 '무등산가'라는 노래는 성 쌓기 또는 한갓되이 태평을 기리는 노래라기보다는 무가적(巫歌的) 성격을 지녔을 것이며 그것은 주술적인 내용에 경쾌한 2음보격의 형식을 가졌을 것으로 추측할 수 있습니다. 기우제(祈雨祭)를 올려 하늘에 비를 오게 해달라든지, 아니면 나라의 평안을 빈다든지 하는 기원이 중점을 둔 노래로 보입니다. 무등 탄다고 합니다. 이 말은 대중의 열광과 흥분 곧 어떤 엑스타시와 관련이 있는 게 아닐까 합니다. 이런 점으로도 무등산가의 어느 일면을 엿볼 수 있습니다. 이 노래는 비록 전하지 않는 실전(失傳)이지만 백제인들의 무속신앙을 엿볼 수 있는 유일한 노래로서 그 가치를 평가해야 한다고 생각합니다.

선생님의 발제가 끝이 났다. 진행자가 만권당 주인에게 첫 질문을 부탁했다. 만권당 주인(구중회)은 서슴없이 말문을 연다.

"선생님, 이런 자리에서 함께 말씀 나누게 되니 옛날 선생님의 학생으로 돌아간 느낌입니다. 무등산에서 기우제 같은 제사를 드렸다고 하셨는데 구체적으로 그런 기록이나 민속이 이어지고 있는지 궁금합니다."

"물론 있지. 광주시 향토문화개발협의회 조사에 따르면, 최근까지도 옛날 같지는 않지만 무등산에서 기우제를 모시던 절차라든가 제문이 있었다는 증언이 있어요. 그러니까 무등산가는 일종의 무가(巫歌)로 보아야겠지. 기우제를 지내는 산제사뿐이 아니고 질병이라든가 외적이 침입했을 때도 신성한 제단을 찾아 무등산에 올랐을 것으로 봐요, 구체적인 제의 공간은 용연(龍淵, 龍湫) 어름이라는 제보자도 있고 그렇지."

"혹시 무등산가의 가사는 전하지 않으나 무등산가 류의 문학사적인 의미는 어떻게 보면 좋을까요?"

"가사가 없으니 딱히 이렇다 하기는 어렵겠지요. 노래의 이름뿐이든 또는 내용이든 현존하는 백제가요는 거의 남녀 간의 애정을 모티브로 한 점이 주목할 만합니다. 이것은 민요가 갖는 내용적 특성에 그대로 부합하지요. 그런데 백제가요 가운데 무등산가는 주술적인 무가적 성격을 지녔다고 보기 때문이지. 신라의 가요 중 주술적인 것으로 처용가가 있어요. 그러나 무등산가는 제천의식이라는 점에서 처용가와 구별됩니다. 구태여 유사한 것을 찾아본다면 신라 헌강왕대의 산신가(山神歌)가 될 것이여. 지혜로운 이는 다 도망가고 성읍은 장차 망한다(智理多逃都邑將破)의 뜻이라고 하지만 실은 주술적인 진언인 지리다도파도파(智理多都波都波)의 산신가와 많이 닮았을 듯하오만. 이를 요약하여 도식화하면, <하늘-노래-무당산-속계>로 요약할 수 있지. 이렇게 보아, 백제인들의 제천의식과 종교적 성향을 짐작하게 하는 귀중한 자료라고 평가할 수 있을 것으로 봐요."

진행자는 이제 마무리를 하려고 한다. 우리 모임의 맏이인 갑내가 청산가를 노래 가락으로 불러 보면 어떻겠느냐. 좋다고들 했다.

　"나비야 청산가자 벌나비 너도 가자/ 가다가 날 저물면 꽃에서나 자고가지/ 꽃에서 푸대접하거든 잎에서라도 자고 갈까. 여러분 건강하시고 행복하세요."

6. 방등산가(方等山歌)

방장산을 찾아서

산행이란 생각만 해도 싱그러운 마음이 든다. 설레는 마음으로 오늘은 고창에 자리한 방장산(方丈山)으로 방등산가 답사를 가기로 했다. 방장산(734m)은 산 아래 고창 벌판이 해발 100m밖에 되지 않아 불쑥 솟은 피라미드 같다.

이 산은 노령산맥에 자리하여 전라도의 살피 지역인 장성(長城)과 고창(高敞), 그리고 정읍(井邑)을 사이하여 높게 솟아 있는 산으로, 내장산(內藏山) 서쪽 줄기를 따라 뻗친 능선 중 가장 높이 솟아있는 아름다운 봉우리다.

서로 다른 곳에서 출발, 일단 전주에서 만나기로 했다. 대구에는 비가 조금 내리지만 고창 지방은 맑은 날씨에 매우 더운 날씨라는 예보다. 버스를 타고 3시간 남짓 88 도로를 지나 12시 무렵 전주에 도착했다. 마중 나온 송사와 박 이사와 함께 전주 남부 시장으로 가자는 것이다. 모든 게 식후경이니 잘하는 조 할머니 순대국밥 집으로 가자는 것이다. 경기전이 보이는 풍남문을 돌아 정읍사에 나오는 젼저재라는 곳이다. 날씨도 가물고 이렇게 지칠 정도로 힘들 때는 순대국밥을 먹으면 많은 도움이 된다는 것이다. 90이 넘은 조 할머니가 입구 돈 받는 자리에 앉아 말쑥한 모습으로 밥 값을 받고 인사를 나눈다. 밥을 먹으려면 한 십여 분 기다리는 것은 상례라는 것. 맛

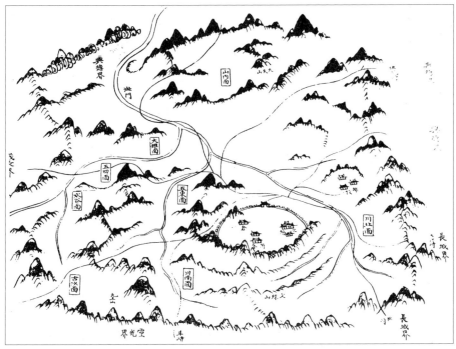

• 방장산[일명 반등산(半嶝山)]

있게 먹는 후루룩 소리에 군침이 돈다. 다소 늦은 감은 있지만 차를 마시고 바로 고창으로 출발했다. 고창읍성 쪽으로 들어오면서 사방을 둘러보니 길목 좌측으로 솟대 같은 산이 눈에 들어온다.

먼저 고창 읍성을 들러보고 다시 판소리 박물관을 보자는 것이었다. 판소리의 얼굴인 신재효(申在孝, 1812~1884) 선생의 생가와 고창의 답성놀이로 유명한 고창읍성(高敞邑城)을 아울러 둘러보기로 했다. 고창읍성은 고창의 읍성으로 모양성(牟陽城)이라고도 한다. 백제 시절 고창을 모량부리(毛良夫里)로 불렀던 데에서 비롯되었다고 하며, 나주진관, 입암산성 등과 더불어 호남 대륙을 방어하는 요충지로 단종 원년(1453)에 세워진 것이라고 한다. 숙종 때 완성되었다고도 하나 확실하지는 않은 것 같았다. 특히 고창읍성에서 돌을 머리에 이고 성(城)을 한 바퀴 돌면 다리 병이 낫고, 두 바퀴 돌면 무병장수하고, 성을 세 바퀴 돌면 극락왕생 한다는 전설이 있는 답성놀이가 유명하다. 고창읍성을 보고 옆에 있는 신재효 선생의 고택을 둘러보았다. 신재효 선생은 심청가, 적벽가, 춘향가, 토끼타령, 박타령, 변강쇠 타령 등 판소리 여섯마당의 틀을 놓았다. 판소리 창극화와 함께 판소리 사설을 집대성한 고창이 낳은 판소리의 선구자다. 그 분의 고택은 아담하면서 후진을 위해 방에서 판소리를 가르치는 밀랍 인형이 전시되어 있는 것을 보니 나도 모르게 들려오는 판소리에 흥에 젖어 드는 양.

방장산의 꼭대기로는 구름이 덮이고 길게 늘어선 산줄기가 바로 여기가 호남정맥을 이루는 방장산임을 가늠케 한다. 정거장에서 방장산 들머리인 양고살재까지 한 이십 분 갔을까. 재를 넘어 자연휴양림 어구에 들러 안내를 받았으나 다시 양고살재로 돌아가서 올라가라는 것이다. 되돌아 양고살재로 갔다.

양고살재는 병자호란(丙子胡亂) 때 이 고장 출신 장군 박의(朴毅)가 누르하치의 사위인 양고리를 살해했다고 붙인 이름이라고 하는데 그 곳이 바로 전라북도와 전라남도의 사이를 두는 방장산이었다. 산의 이름은 본디 방등산(方等山)이었다.

일행은 양고살재에서 시작하는 들머리로부터 산행을 시작하였다. 애시당초 처음부터 가파른 오름길은 작년에 내린 폭우로 길이 많이 팽겨 있어 오늘같이 더운 날에 산을 오르는데 힘이 든다는 송사의 설명이다. 헐떡거리며 따라올라 가노라니 나 혼자 힘이 든 것 같았다. 이러다 또 통풍 친구가 찾아드는 것은 아닐까를 의심하면서 ….

아무도 없는 안내소에서 한 30여 분 오르니 산허리로 자리 잡은 아담한 암자 하나가 보였다. 이곳이 방장사(方丈寺)란다. 예전에는 본디 임공사(臨空寺)가 있었으나 절집이 산 아래로 내려간 다음 1965년 법륜(法輪) 스님이 오늘날의 절로 새로 세웠다고 한다. 지금은 조계종 백양사의 말사이나 절의 크기가 작아서 작은 암자 같아 보였다. 주승은 간 데 없고 나그네들만 절집을 둘러보았다. 목이 마르지만 샘물이라곤 찾아볼 길이 없고 가져 간 물병을 내어 목을 축였다.

방장사 옆 조그만 대나무 숲을 지났다. 갈미봉에서 다시 40여 분 오르니 문너미재가 나왔다. 문너미재에서는 저 아래로 고창 공설운동장으로 내려가는 길이 보였다. 여기 문너미재는 아마도 무너미재로 불렸지 않았을까 싶다.

한 때 물이 넘쳐 이 고개를 넘었다는 전설이 있을 법하다. 우리나라 전역에 무너미재 혹은 무너미 마을이 상당하다. 한자로 쓰면 물이 넘는다 하여 수월(水越) 혹은 수유(水踰)라 한다. 그 대표적인 것이 서울의 수유리(水踰里)라 할 것이다.

이제 문너미재를 지나서 벽오봉으로 이어지는 긴 능선길로 걸어갔다. 능선 길로 들어서니 제법 시원한 바람도 불어왔고 주위에는 참나무, 낙엽송, 소나무가 숲을 이루고 있고 저 밑으로는 고창 시내가 한눈에 보였다. 나무숲은 언제나 우리들에게 맑고 깨끗한 공기를 주지만 사람들은 그 고마움을 모른 채 살고 있는 것은 아닐까.

벽오봉으로 가는 길 오른쪽으로 방장굴(方丈窟) 터가 있단다. 방장굴은 그 옛날 도적들에게 잡혀간 여인네들이 남편이 구하러 오지 않자 그 처절한 슬픔을 노래한 방등산가(方等山歌)라는 백제가요가 바로 이 동굴을 무대로 지어진 노래라고 한다. 부엉부엉 하고 우는 부엉이 소리가 바람결에 들려온다. 서러운 한을 노래하듯 …. 참으로 애달픈 삶이 아닌가. 흉년에 못 먹고 살다가, 혹독한 세금을 내라는 바람에 시달리며 사는 가운데 어느 날 밤에 산적들에게 보쌈을 당해 이곳 산채에 와서 살았을 것이다. 저 방장굴에서 …. 남편이 구하러 오기만을 기다리던 저네들의 그 마음이 어떠했을까. 굴의 천정에서 몇 방울씩 떨어지는 샘물이 여인들의 눈물은 아닌가.

벌써 오후 다섯 시. 일행은 벽오봉에 이르렀다. 방장산이라 그런지 정말 방대하고 호탕하였다. 말 그대로 신선이 된 듯 …. 방장(方丈)이란 본디 도교(道敎)에서 말하는 선경을 이르지 않는가. 동시에 불가의 선승들이 머무는 공간을 이른다. 능선 길을 따라 고창 고개를 넘고 나니 마지막 오르막길이 읊조리고 있었다. 기다렸다는 듯이, 마치 방등산가의 산채로 붙잡혀 온 여인이 남편을 대하는 듯이 ….

하얀 밧줄이 길 오른쪽으로 연결된 바위 너들 길은 오늘같이 더운 날씨에 힘이 많이 들었고 상대편 장성 쪽의 갈재[葛嶺. 蘆嶺]에서 넘어온 산 사람들의 표정도 많이 지쳐 보였다. 여기 갈재는 원형적인 의미로 보면 가림 재라 함이 옳을 것이다. 고창과 장성이 갈리는 분기점이라는 뜻일 것이다(조재훈, 1975).

해는 서산에 지고 있었다. 일행은 벽오봉에서 다시 왔던 길로 되짚어 내려 왔다. 봉수대며 용추폭포도 들르지 못하고 하산을 한 것이다. 그래도 방장사를 지나 도둑골을 쳐다보고 내려 온 셈이다. 주변만 맴을 돌다 내려가는 것이다. 좀 더 일찍 도착해서 산행을 했더라면 하는 아쉬움이 남았다. 차 머리를 선운사 쪽으로 돌렸다. 거기가서 하룻밤을 보내자는 것이다. 다음에 오면, 비라도 흠씬 온 뒤에 온다면 하루 밤을 지내서라도 산을 종주하리라 다짐을 두며 읍성을 뒤로 한 채 고인돌 공원 쪽으로 발길을 돌렸다. 드문드문 고인돌이 저녁을 맞고 있었다. 못다 한 산행의 아쉬움을 뒤로 한 채.

방등산의 상여 소리

고양이가 쥐를 몰 때도 도망갈 구석을 남겨 두고 몬다. 먹고 살기도 빠듯한 판에 시도 때도 없이 무슨 산성을 쌓는다고 …. 도읍을 옮겼으니 성을 쌓으러 나와라.

그나마 농사라고 지어 놓으면 다 떼면 남기는커녕 빚만 남고 …. 방법은 하나 깊은 밤에 남들이 다 자고 있을 때 산으로 도망을 가서 산채로 들어가 거기서 입에 풀칠이라도 하는 편이 훨씬 낫지 않은가. 이래 사나 저래 사나 사는 게 너무도 힘이 드니 도둑의 소굴, 산채로 갈 밖에.

돌쇠는 그래도 열심히 사노라면 좀 나아질 것이라 믿고 농사철에는 부지런히 논밭을 갈아 씨를 뿌리고 김을 맨다. 유일한 위안은 나를 믿고 시집을 와서 살면서 슬픔과 기쁨을 함께 해주는 아내가 있다는 것이다. 노란 저고리에 붉은 치마를 걸친 아내의 모습은 봄이 돌아온 꽃밭에 앉은 나비. 지난 겨울 시름시름 해소 기침에 골골하던 칠십 어머니가 돌아가셨다. 아픈 어머니 옆에서 병수발이며 없는 살림에 아침저녁으로 미음 끓여 드리는 게 예사 일이 아니었다. 한편으로 미안하고 한편으로 저 사람이 없었으면 어떡하나 싶었다. 아직 아이가 들어서지 않아 새댁 같다. 일하고 돌아와서 아내가 만든 저녁을 함께 먹으면서 너무 고맙고 사랑스러웠다.

"오늘 냉이 죽은 참으로 꿀맛이오. 당신이 만든 죽은 임금님 수라상으로도 당하지 못할거요."

희죽거리면서 돌쇠는 아내의 손을 어루만지며 앞으로 농사 열심히 지어 빚도 갚고 아이도 낳아 기르자고 메나리를 흥얼거린다.

얼럴럴 상사뒤여 이실 저실 좋다 해도 마누라 품이 제일이야.
조상님전 복을 빌고 풍년가를 불러보세.

보리로 빚은 보리술 막걸리 한 잔에 더욱 취흥은 도도해 지고. 젊은 내외의 봄밤은 깊어 가고. 하루하루가 행복한 …. 그날도 옆 동네 김씨 할머니 초상이 나서서 이웃들이랑 문상을 하고 나서 그 집에서 밤이 깊도록 농사일 하는 두레 이야기를 하고 집으로 돌아왔다. 그런데 이게 웬일. 사립문을 열고 몇 번씩이나 소리쳐 불러도 아내는 답이 없다. (어. 이 사람. 어디 갔나요?) 조금 있더니 앞집의 순희 엄마가 호롱불을 들고 달려오듯이 들어온다.

"아재, 이제 오면 어떡합니꺼? 방등산의 화적들이 몰래 마을에 들어와서 거 와 있잔능교. 김 생원네 노적가리도 헐어갔고요 …. 산채로 돌아갈 때 부안댁도 자루에 보쌈을 해가지고 갔다 아닝교."

경상도 김천에서 시집 와서 앞뒷집에 산 지 몇 년 되었다.

"머라고 합니까. 긍께 그게 언젠대요?"

"아마도 초지녁이라요. 어쩌면 부안댁이 예쁘다는 걸 알고 일부러 온깁니다. 아무 것도 다른 것은 훔쳐간 기 없잖능교."

"나 말이요, 그 사람 없으면 못 사는데 …. 순라꾼들은 뭐 하는 사람들인감요?"

허사였다. 밤새도록 온 마을을 찾아 헤매어도 …. 아내를 되찾을 길은 찾지 못하고 돌아왔다. 다음 날 약속해 놓은 두렛일이고 뭐고 ….

고창 현감을 찾아갔다. 문에서 못 들어가게 하는 순찰들을 밀치고 고래고래 소리를 질렀다.

"부역 나오라고 할 땐 언제고 …. 집 사람이 없어졌는데 못 들은 척 하고. 이기 무슨 선정입니꺼? 좀 우리 집사람 좀 찾아 주소, 이대로는 못 돌아갑니다."

　하도 소란스러우니까 현감이 이방을 시켜 들어와 보라고 한다. 현청 아래 마당에
깔린 멍석에 앉으라고 한다. 꿇어앉았다. 무슨 영문인지 자초지종을 이야기하란다.
옆 동네 초상에 문상 갔다 일손이 모자라는 탓에 사람들이랑 두레 이야기 나누고 와
보니 마누라를 보쌈해서 방등산 산채로 데려 갔다는 줄거리다. 조사해서 조치할 테
니 집에 돌아가서 기다리라는 이방의 말이다.

　"이방 나으리 말씀만 믿겠습니다. 난 이대로 살 수가 없습니다. 지발요. 잉?"

　"돌쇠, 이 사람 왜 이렇게 말을 못 알아들어 ···."

　(식구 건사도 못하는 주제에 ··· 어디 와서 소란을 피노. 미친 놈 아닌갑네.)

　그럭저럭 봄여름이 지나고 찬바람 부는 늦가을이 됐다. 일도 안 하고 반미치광이
가 된 돌쇠는 거의 반 폐인이 다 되었다. 겨울로 접어드는 입동 무렵 한 많은 세상을
등지고 ···. 양지 바른 방등산 기슭에 묻혔다. 그것도 동네 사람들이 모여 돌쇠의 딱
한 처지를 생각해서 죽어서라도 아내가 머물고 있는 산채가 바라다 보이는 곳에다 무
덤을 써 주었다.

　해는 바뀌고 진달래 피는 봄은 돌아 왔건만 ···. 방장사 마애불상님 앞에 가서 돌쇠
를 생각하며 밤이 새도록 목 놓아 울며 비는 여인, 부안댁이었다.

　"어떻게 지 마누라가 보쌈을 당해 산채로 붙잡혀 갔는데 찾으러 오지도 않고. 무정
한 사람. 마음씨 착한, 정이 깊은 사내라고 믿고 부모의 반대를 무릅쓰고 시집을 왔
으니 내 신세는 어이 할꼬?"

> 얼럴럴 상상뒤야 산신님 하느님 우리 낭군 돌보아 주소서
> 봄여름 다 지나고 가을 밤 낙엽소리 어느 날에 오실까.
> 어느 계집 품에 안고 희희낙락을. 하늘도 무심하시지 상사뒤여

　산채의 두목은 부안댁을 몹시 아끼고 좋아했다. 하기야 산채 두목도 집을 버리고
여기 와서 산채 생활을 한 지 벌써 5년이 넘었다. 보쌈은 해서 데리고 왔지만 저런 여
인네를 옆에 두고 산다는 것만으로도 즐거운 일이었다. 부하들이 더러 맛있는 머루

다래나 산딸기 같은 것을 가져 오면 먼저 부안댁을 가져다주고 오라고 했다. 그렇다고 잠자리를 요구하는 것도 아니었다. 무슨 스님도 아닌 바에.

"부안댁은 얼핏 들었는데 정읍의 서 초시댁 따님이라면서 …. 양반댁 규수가 이런 험한 곳에 와서 우리와 같이 지내는 것이 죽기보다 싫겠지 뭐 …."

"…."

"못 된 양반 털어서 정말 가난하고 어려운 사람들도 도와주는 우리가 그렇게 나쁜 일은 아니잖은가?"

"나쁜 일은 아닌데 나라 법을 지키면서 할 수 있으면 …."

"법이라는 게 귀걸이 코걸이인데 그걸 지키라 이거구먼. 댁도 양반의 자식이라 어쩔 수가 …."

차츰 두목에게 고마운 생각이 들기도 했다. 오늘은 부추전을 만들어 함께 먹을 요량으로 산채 식구들과 저녁을 준비하고 있었다. 그 전날인가 두고 온 산 아래 신림 마을 이야기를 듣게 되었다. 지난 늦가을 무렵부터 무슨 쇤가 하는 사람이 그 부인이 산채로 잡혀 간 뒤에 병이 들어 죽었다는 등등 ….

내일부터는 두목의 잠자리에 들라는 전갈이 왔다. 여느 때와 마찬가지로 갈재 위로 돋은 달을 보면 그래도 남편의 무사안녕을 비는 부안댁의 머릿속으로 다시 떠오른 생각들이 머리를 들었다. 무슨 쇤가 하는 젊은이가 부인을 잃고 시름시름 앓다가 지난 해 늦가을에 죽었다는 …. 마애불 앞에서 기도하다 잠시 풋잠에 들었는데 희미한 남편의 그림자가 …. 손을 흔들며 차츰 멀어져 가는 …. 뒤로는 무지개 같은 것이 떠 있고. 흔들리며 가물거리는 촛불 앞에서 …. 나무아미타불을 외우다 그는 잠이 들고 다시는 깨어나지 않았다.

방장사 마애불 앞에는 어느 새 스님 두어 분이 나와서 독경을 하며 극락왕생을 빌고 또 빌고 …. 풍경 소리는 산허리를 돌아 멀리 안개 속으로 묻혀버렸다. 좋은 곳으로 가라는 염원이 안개 속으로 피다가 아침 햇살에 사라져 가는 …. 인생은 한갓 꿈이런가. 기쁨도 슬픔도 없는 저승길로 가기를 빌며 ….

방등산, 모두가 평등한 세상을

방등산(方等山, 742m)은 갈재(蘆嶺)와 장성(長城) 사이에 자리하고 있다. 또한 갈재의 남쪽에 네거리가 있다. 여기 네거리야말로 도적들이 돈 많은 부자들이나 탐관오리들의 재물을 빼앗는 데 유리한 모꼬지였으니 방등산 네거리는 도적 무리들의 활발한 길목일 수밖에 없었다. 도적들이 사고파는 경제 활동이 지역 경제에 미치는 영향이 클 수밖에. 말하자면 방등산의 도적 무리들이 의적(義賊)과 비슷한 성격으로 지역민들에게 홍길동 같은 인상으로 각인될 가능성이 높았다. 또 저네들이 벌이는 서민 대중의 불만과 어려움을 해소해주는 사이다 같은 존재일 수 있었다.

방등산의 숲길 좌우로는 편백의 군락지가 있었다. 산 이름이 방등이라 사위스럽다고 방장산이라 고쳐서 불렀다고 한다. 정말 방대하고 호탕하기도 한 산. 말 그대로 신선이 된 듯….

나그네가 보기로는 방등산의 방등(方等)이란 온 세상이 평등하게 살았으면 좋겠다는 그런 꿈을 드러낸 말이 아닌가 한다. 요즘 수저 논란이 한창이다. 이건 정말로 평등한 누리가 아닌 거지. 양반이라고, 상것이라고…. 게다가 온갖 못된 짓은 다 하면서 무슨 선비입네 하고…. 에헴…. 이거 한번 갈아엎고 싶은 열망들이 요원의 불처

• 방등산가비

럼 번지던 사람들의 이야기를 불교식으로, 도교식으로 둔갑시킨 것으로 보인다 이거지. 이번 부안댁 보쌈한 산채의 강 두목도 그런 유의 적당 패였다. 자칭 무슨 방등적이라고나 하고 싶었을 것이다.

능선 길을 따라 고창 고개를 넘고 나니 마지막 오르막길이 읊조리고 있었다. 기다렸다는 듯이 마치 방등산가의 산채로 붙잡혀 온 여인이 남편을 대하는 듯이 ….

고려사(高麗史)에 보면 신라 말엽에 도적이 크게 일어났다고 했다. 어느 나라이든 망할 무렵에는 나라의 기강이 문란해지고 사회의 혼란상이 악화일로를 걸었다. 그 대표적인 것이 체제에 대한 반란과 들끓는 도적떼들이었다. 신라 정강왕 시절에 큰 흉년이 들었으며 진성여왕 때는 나라의 재정이 모자라 백성들에게 세곡을 독촉하자 사방에 도적이 벌떼처럼 일어났다. 그 대표적인 난동은 후백제를 일으킨 견훤의 일이었다. 대야성(大耶城, 합천)을 공략하고 다시 금성(錦城, 현 나주)으로 옮겨 연해 지역을 점령하게 된다.

백제는 넓은 평야를 비롯한 천혜의 자원이 넉넉한 나라였다. 따라서 비교적 인구도 많고 일찍이 빈부의 차이에 따른 사회적인 갈등이 두드러졌다.

백제 지역의 도적이 많이 생기는 배경으로는 우선 백제와 부족 국가의 형성에서 원인을 찾을 수 있다. 원주민이라 할 마한(馬韓)과 지배 계층인 부여족(夫餘族)과의 싸움을 들 수 있다. 마한의 멸망 과정, 삼국사기 백제본기(百濟本紀) 온조왕 부분을 보면 온조왕 27년에 원산성(圓山城, 완산)과 금현성(錦峴城, 부여)의 두 성의 항복을 들고 있으며 마한의 장수 주근(周勤, -勒)이 중곡성(中谷城)에서 반란을 일으킨 일 등을 들고 있다.

다음으로 백제의 건국 과정에서 일어난 피지배 계층에 대한 착취와 이에 항거하는 사회적인 갈등으로 빚어진 것으로 보인다. 마한을 정복하고 세운 백제는 신라와 고구려와 말갈의 침략에 군비를 증강해야 했다. 또한 중국과의 국제 관계도 한 몫 했다. 백제의 수많은 역대 제왕 시절의 흉년과 기근에 대한 기록이 올라 있다. 말하자면 먹고 사는 민생(民生)에 대한 불만 요인이 도사리고 있었다. 이와 함께 전쟁을 대비한 수많은 군역(軍役)의 징발이 사회적인 불만 요인으로 작용했다.

하남 위례성에서 웅진(熊津, 공주)으로 천도를 한 뒤에도 홍수의 피해가 크고 메뚜기[蝗災] 피해로 먹을 것이 없었다. 굶주린 사람들이 많아 자식을 팔거나 잡아먹을 지경에 이르렀다. 더러는 고구려나 신라로 도망을 치거나 방황하던 사람들이 산으로 다른 나라로 들어가 도적이 되는 이들이 하루가 다르게 늘어났다.

특히 고구려의 남침으로 말미암은 두 번의 천도로 엄청난 비용이 필요하였다. 이로 하여 혹독한 징세와 노동력의 착취가 뒤따랐다. 15세 이상의 남자들은 군역으로 혹은 성을 쌓는 노역으로 가게 됨으로 엄청난 저항을 불러 일으켰다. 관권의 지배력이 느슨하면서도 적당한 공간이 바로 산이었고, 그 가운데 대표적인 공간이 방등산(方等山)이었을 것으로 보인다.

방등산의 도적은 산의 정상과 서쪽, 그리고 북쪽을 거점으로 하였을 것이다. 그럴 가능성은 몇 가지로 말할 수 있다. 우선 방등산은 고창과 장성의 사이에 있지만 고창에 가깝다. 방등산은 고창의 진산(鎭山)이었다. 다음으로 방등산의 등(等) 자 계열의 산의 서북쪽에 자리하고 있음을 들 수 있다. 그 다음으로 방등산 근처의 신림면 반룡리에는 도덕굴이라는 지명이 아직도 쓰이고 있다. 하반룡의 남쪽에 자리하였으며 도둑들이 숨어 살았다는 전설이 아직도 전하고 있다. 장일현(長日縣)의 장일도 장성 정도로 가늠할 수 있다. 여기 장성을 향한 곳에 만동(萬洞)과 허물어진 성터가 있다.

백제를 포함한 삼국시대의 혼속(婚俗)은 부모가 결정하는 중매혼도 있으나 대체로 당사자의 의사에 따르는 자유혼이 지배적일 것으로 보는 주장이 있다. 하지만 백제의 경우는 신라에 비하여 엄격했고 의식은 대체로 중국의 풍속과 같았다(周書 참조).

당시 백제 사회에서는, 도미(都彌)의 처나 지리산가의 설화처럼 엄격한 정조관념이 바탕에 깔려 있다. 이러한 흐름은 남원의 춘향전(春香傳)으로 이어진다. 방등산가(方等山歌)의 경우도 도적들에 의한 약탈혼(略奪婚)이라 할지라도 엄연히 남편이 있는 여인들이 남편의 구원의 손길을 기다림은 당연한 것이다. 어떤 면에서 보면, 이러한 방등산가의 사연은, 여인으로 볼 때 남편의 무능함과 동시에 어쩔 수 없는 상황에 대한 합리화라고도 볼 수 있다. 도적들에게 납치당한 여인들의 공통된 정서를 드러낸 노래일 수도 있다. 아내를 빼앗긴 남편들이 살고 있는 지역의 다른 여인네들이 공통으로 불렀을 가능성도 있다. 말하자면 잡혀간 여인들을 동정하면서 그들의 남편들의 무능을 풍유한 사연일 수도 있다.

방등산가는 내용에 있어서 다른 민요와 구별된다. 이는 당대의 생활 감정을 표현한 것이 아니기 때문이다. 이를 크게 두 가지로 살펴보기로 한다. 하나는 도적들에게 부녀자가 납치된 사실이다. 이와 관련, 도적들에게 초점을 두는 것이다. 다른 하나는, 도적들에게 납치당한 부녀자가 남편의 도움을 기다렸으나 뜻대로 되지 않음을 풍자한 사실 가운데 여인 또는 결혼 풍속, 이르자면 남의 아내를 빼앗아다가 사는 약탈혼(略奪婚)이 통했던 시대임을 가늠할 수 있다.

방등산의 유래

방등산가는 현재 전하는 노랫말이 없다. 다만 그 내용으로 볼 때 우적가와 비슷한 사연임을 엿볼 수 있다. 고려사(高麗史)의 기록은 가장 오래된 내용상 원형이라 하여 무리가 없다. 그런데 문제는 고려사의 자료에 백제 속요로 분류해 놓음으로써 백제 가요로 본 데에 반하여 증보문헌비고 기록은 악고(樂考)나 예문고(藝文考)에 모두 신라의 속요로 포함시키고 있다는 사실에 있다. 가장 믿을 만한 고려사의 자료가 백제의 것으로 볼 수 있다면, 그대로 믿을 수밖에. 하지만 내용에 있어서 신라 말엽에 도적들이 크게 일어났다(新羅末盜賊大起)라 함은 서로가 잘 맞지 않는다. 월산이 이야기의 진행을 하였다.

"방등산가에 대해서 조예가 깊으신 동초 선생님을 모시고 묻고 대답하는 형식으로 진행해 볼까 합니다. 진행자는 동초 선생님의 제자 임윤수입니다. 선생님, 안녕하세요. 날씨도 고르지 않은 때 감기나 없으신지요. 기회가 있을 때마다 저희 백제가요 사랑방 초대석에 자리해주셔서 너무 고맙습니다. 오늘은 주로 방등산가에 대한 말씀을 나눠 볼까 합니다. 선생님 글 어디에 보니까 직접 방등산을 현장, 현지 주민들과 말씀도 나누시고 했던데 어떤 내용이었습니까?"

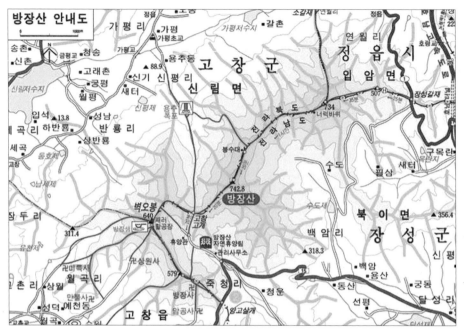

• 방장산 안내도

"반갑네. 이렇게 초대해주니 나야 고맙군 그래. 벌써 한 사십 년은 족히 되는군. 오래 전 일이라 또렷한 기억은 아니지만 …. 사십대 초반이니 세월이 참 빨라요."

"저희들도 벌써 직장에서 정년하고 이렇게 친구들이 일 년에 한두 번씩 모여서 옛날 생각도 하면 옛정을 나누고는 합니다. 그 때는 장성이나 고창에 가려면 버스 교통도 요즘 같지 않고 많이 불편하셨을 테지요."

"그래요. 그렇지만 현장 감각이 없는 전설이라든가 지명, 혹은 문학에 대한 공부도 일체감이 없는 경우가 많지. 산의 지명과 관련한 부분을 말해 볼까. 장성 쪽에서 방등산을 바라보면서 망골을 가리켜 준 노인도 계셨지. 거기서는 망골을 만동(萬洞)이라고도 하더라고. 한자의 뜻으로 보면 많은 골짜기로 풀이할 수 있을 거야. 그런데 내가 보기로는 '망'을 보는 골짜기라는 뜻이라고 봤어. 우리말의 소리를 이두식으로 한자의 소리를 빌려서 통용한 거라고 …. 산채에 사는 사람들이 자기들 잡으러 쳐들어오는 관군의 동정을 살펴야 하니까. 망을 봐야 할 것 아닌가. 그렇게 보는 데는 산의 남쪽인가 망골 민보성(民堡城)이라고 있지. 말하자면 백성을 지키는 성채라는 뜻이잖아요."

"그러니까 일종의 망루(望樓)가 되겠네요."

"그렇지. 방등산은 앞 방장산과 뒷 방장산이 있어요. 뒷 방장산은 거의가 바위산이고 물이 없더라고. 마을과 멀리 떨어져 있어서 생활의 거점으로 하기에는 어려움이 많아 보였지. 그러면 앞 방장산에 저네들의 산채가 있을 수밖에. 산의 북서쪽으로 가면 고창의 신림 쪽이 되지. 반룡리 특히 하반룡이라는 마을에 가면 도덕골이 있어요. 한마디로 도둑골이라 해야 할 거요. 어찌 보면 몇 군데 거점을 두어 산채를 배치한 것으로도 보이고."

고창 해리가 고향인 송사가 어려서 들었다는 이야기를 꺼낸다.

"저희들이 어렸을 적 어른들 말씀에 신림 쪽에 가면 예부터 그쪽에는 무슨 도적과 관련한 전설들이, 특히 지명 유래로 나옴직한 이야기를 들은 적이 있습니다."

"아, 그래, 남규가 고창이라 했지. 해리라면 미당 서정주 시인의 문학관이 있는 곳이구면. 지명을 보면 바다가 가까운가봐."

"예, 바닷물이 들락거리는 고장입니다. 풍천 장어와 복분자, 그리고 고인돌로 이름이 나 있습니다. 어찌 보면 판소리가 발달한 것도 이런 저런 한이 많은 지역이기에 한을 삭이는 노랫가락으로도 볼 수 있습니다. 수년 전에 곰나루 친구들이 선운사 왔을 때 풍천 장어를 함께 한 적이 있습니다. 선생님, 고창에 오시면 한번 모시고 싶습니다."

"일리 있는 이야기구면. 말만 들어도 좋구면."

진행자가 덧붙여 지명 유래와 관련한 장성의 향토문화를 연구하는 노인의 말씀을 전하려고 끼어들었다.

"장성 지방에서 향토문화를 연구하셨다는 어느 노인 분이 보내주신 질문을 말씀드리겠습니다. 전하는 요지, '망골에 대한 좋은 말씀 잘 알겠습니다. 근데 선생님요,

신증동국여지승람(新增東國輿地勝覽)의 장일현(長日縣)을 장성(長城)으로 보시는 근거는 무엇인가 궁금합니다. 고견을 말씀해주신다면 …'이라는 물음이었습니다. 선생님."

"관심 고맙습니다. 확고한 답이라기보다는 하나의 가능성에 대한 말씀이 되겠습니다. 우선 망꼴을 만동으로, 민보성의 위치, 그 성이 장성의 남쪽에 자리했다는 점을 고려해서 그렇다는 겁니다. 민보성은 고창이나 흥덕 쪽에서 쳐들어오는 적당을 막기 쉽다는 점이고요. 반대편으로 보면 몽골군 같은 오랑캐들을 막는 중요한 성채가 되었다고 보기에 그렇습니다."

전주의 동록 박 선생이 인사 겸 물음을 던졌다.

"선생님, 이런 자리에서 뵙게 되어 정말 반갑습니다. 방등산에 갈재가 나옵니다. 갈재란 지명 어원을 어떻게 보시는지요. 저는 길이 갈라진다 해서 그렇게 붙이지 않았나 하는데요?"

"박 선생, 반가워요. 학교 다닐 때 월남에서 온 아저씨 학생이더니 여전히 잘 지내지? 내 생각도 박 선생의 생각과 다르지 않아요. 기록에는 갈대 노(蘆)를 써서 노령이라 하였는데 그보다는 아까 이야기 한 것처럼 갈림 고개라는 의미가 현실적으로 옳을 것으로 봐요. 좀 더 살펴봐야 하겠지만."

이밖에도 고창에서 전해 오는 검단백염(黔丹白鹽)의 유래도 도둑 이야기와 통한다. 부처님의 교화에 따라서 도둑들이 건전한 양민으로 돌아오는 과정을 담고 있다. 산속에 자리한 사찰의 불교적 교화와 소금 생산을 통한 일상성의 회복을 그 밑에 깔고 있다. 말하자면 이러한 산이라는 동일한 공간 속에서 빼앗고 뺏기는 갈등이 도둑행위를 용감하게 버림으로써 건전한 양민이 되었다는 설화다. 이러한 사실은 방등산의 도적떼를 이해하는 데에 시사하는 바가 크다. 단순한 좀도둑들이 아니기에 그렇다.

어쨌든 방등산은 지리적 위치로 보아 봉건 시대 농촌사회의 구조 속에서 적응할 수 없는 한 무리의 사람들이 그들을 소외시킨 사회체제에 저항하면서 한편으로 풍부한 농산물과 어물에 기대어 생활하기에 가장 적합하였을 것이다. 뿐만 아니라, 남북으로 흩어져 관아의 습격으로부터 피하기도 좋았고 동서로 숨기에도 아주 좋았던 보금자리로 알려져 왔다고 볼 수 있다.

특히 산성의 경우, 동으로는 험준하면서도 산꼭대기에 넓은 농경지까지 있는 입암산성(笠岩山城)이 있는데 성은 마한 때부터 있었다는 게 학계의 정설이다. 서로는 해발 4~500m의 산들을 거쳐 서해에 이를 수가 있다. 말하자면 천혜의 피신처라 할 수 있다. 이러한 좋은 조건을 바탕으로 의적 비슷한 도둑들이 모여들어 방등산을 거점으로 활약하였을 것이다. 진행자가 다시 물었다.

"선생님, 그럼 갈재와 입암산성에 대한 풀이를 지리적인 특성, 아니면 방등산가에서 등장하는 도둑들의 생성과 관련한 말씀을 듣고 싶습니다."

"윤수는 학교 다닐 때 그렇게 열심히 공부는 안 했던 걸로 기억하는데 …. 기억력도 뛰어나고, 이제 보니 향학 열의가 강해 보이는군. 지금 학점을 준다면 훨씬 좋은 에이 학점으로 줄 수 있을 듯하네 그래. 허허 …."

하면서 입암산성과 갈재에 대한 좀 더 소상한 말씀을 이어갔다. 그 내용은 아래와 같다. 서해안 쪽에서도 특히 남쪽은 강우량이나 기후적인 조건으로 보아 농산물의 보물 창고였다. 논산이나 강경(논뫼. 갱갱이들)으로부터 김제(벽골. 볏골)를 지나 부안, 정읍이며 고창까지 망망대해처럼 펼쳐진 넓은 들이다. 말하자면 태백산맥에서 갈려져 나온 노령산맥의 줄기다. 다시 말하면 입암산 쪽에서 약간 서남쪽으로 달려 나간, 마치 우리 몸의 가로막이 같은 것이 노령산맥이다. 노령에는 갈재가 있다. 위령(葦嶺), 노령(蘆嶺) 등의 이름은 갈재에서 비롯한다. 여기서 노령에 대한 약간의 살핌이 필요하다. 왜냐하면 노령의 의미를 분명히 해야 방등산의 지정학적인 위치가 확연해지기 때문이다.

어떤 이들은 '갈재'라는 토속 지명에 한자의 훈을 따서 노(蘆)를 쓰거나 아니면 음차를 하여 갈(葛)자를 쓰는 게 일반적이다. 이는 갈대가 많아 황무지를 이른다고 한다(이영택. 한국의 지명). 이런 견해는 동의하기 어렵다. 한마디로 말하여 갈재의 정확한 의미는 '갈라놓는 고개(재)'로 봄이 옳다. 흔히 산이 외산이면 외산[孤山. 예산의 옛 이름]이며 산과 산 사이는 사잇재이며 새재[鳥嶺]로 불리고 관문의 역할을 하면, 열뫼[悅山. 공주 연미산], 갈라져 있으면 갈미[葛山. 蘆嶺. 葦嶺] 등으로 명명되고 있다. 노위(蘆-葦)의 갈[kal]은 ᄀᆞᄅᆞ(江. 刀), 갈다[磨. 割. 耕], 가르마 등의 어근과 어원상 동일한 것으로써 서로 갈라

놓는 갈라짐의 의미가 있다. 진행자는 청주 병륜 강 선생에게 기회를 주고 싶었다. 그는 지명으로 학위를 받은 사람이었으니까. 말하자면 지명에 대한 가장 전문가다. 그 누구보다도. 강 선생은 청주에서 정년 후 농원을 꾸려가고 있다. 지난해는 하수오 농사로 일을 많이 했고 진행자도 더러 틈이 날 때 함께 일을 거들어 주기도 했다. 개인적으로 병륜이와 석주는 고등학교 동창생이기에 오랜 친구 사이이기도 하다. 또한 그는 우리 동기생 윤 선생과 부부 사이로 행복하게 살고 있다. 질의응답이 거의 마무리 단계가 된 듯하다. 우리들은 차를 하면서 방등산에 대한 이야기에 젖어 들고 있었다. 향기로운 시간이었다.

"강 선생, 선생님의 말씀과 관련하여 혹시 생각나는 점이 있으면 마무리 겸 한 말씀 부탁해도 좋겠지?"

평소 말이 적은 편으로 알겠다는 표정으로 강 선생이 말문을 연다.

"오늘 선생님을 모시고 이렇게 오랫동안 좋은 특강을 듣게 되어 정말 좋습니다. 우리 흔히 저희들 사이에서는 선생님을 곰나루의 담임 선생님이라고 합니다. 열정어린 말씀처럼 늘 건강하시고 저희들 곁에 오랫동안 함께 해주시길 빌겠습니다. 지명은 어떤 특정한 인물이나, 역사적인 사실, 종교와 관련해서 특히 전설과 관련하여 생기는 일이 많습니다. 방등산의 경우, 북으로는 바람막이도 될 뿐 아니라 유사시에 외적을 막아주는 요새의 구실도 하고요. 말씀하신 대로 이런 갈라짐 혹은 사이 개념으로 지명을 보면서 동시에 전설 관련으로 이해함은 매우 흥미도 있고 유의미한 풀이라고 봅니다. 이렇게 사연이 진진하니 어찌 방등산가가 없을까 이런 생각을 해봅니다. 가사가 전해오지 않음이 안타까울 따름입니다."

누가 하자는 말도 안 했는데 모두가 박수를 치면서 무언의 공감을 전해 드렸다. 송사의 하모니카로 등대지기를 합창하면서 사랑방 초대석을 마무리하였다. 막걸리며 복분자에 젖어 이런 저런 재미스러운 이야기로 고창의 밤은 깊어만 갔다.

7. 서동요(薯童謠)

금마(金馬)의 밤은 깊어가고

오후 5시 쯤 되었을까. 서울서 온 친구들이 금마의 숙소에 와 있다는 전화가 왔다. 몇 사람이 와서 기다리고 있다는 것이다. 놀랄 만한 친구를 보게 될 것이라는 이야기다. 이름은 가르쳐 주질 않는다. 월산이 문득 사람의 이름을 떠올린다.

• 금마의 야생마

"준곤이 아니면 귀수, 아니면 복규 …?"

"과연 그럴까. 다른 사람이라면 누구란 말인가."

"와 보면 알 걸 갖고 뭐 그래 …."

십여 분 걸렸을까. 차 소리를 들었는지 몇몇 친구들이 밖으로 나온다.

"아, 이거 누구야. 어떻게 뉴질랜드에서 여기까지 오셨남. 어, 그리고 수홍이 형이 오셨네그려. 해가 서쪽에서 뜨는 거 아니야?"

"이 사람, 월산, 내가 익산 출신이란 걸 알면서 그딴 소리를 하면 어떡하나?"

"정말 반갑습니다. 정말 반갑습니다. 경중이 선생님, 이 얼마만인가요?"

우선 큰 방으로 들어가서 짐을 놓아두고 둘러앉아 그 동안 지난 이야기보따리를 풀어 놓기로 했다. 우선 민생고를 해결하기로 했다. 얼큰한 순두부에 황태를 더한 국밥을 먹기로 했다. 싫다는 사람이 없다. 고기보다는 훨씬 좋다는 이야기들. 역시 칠십을 넘보는 나이가 되니까 부담이 없는 먹을거리가 좋은가보다. 이미 연락이 되었음인가 참한 방 하나를 통째로 빌렸다. 월산이 급히 전화를 받는다. 곧 학다리 정 선생과 최 시인이 도착한다는 이야기. 특별 주문이라면서 식단으로 이 고장 마가 올라왔다. 서동요에 등장하는 마가 올라온 것이다. 아울러 향토주인 호산춘(壺山春)이 나왔다. 날보고 건배를 제안하란다. 나이가 많으니까.

"반갑습니다. 사랑의 화신 서동의 전설이 깃든 아름다운 고장에서 정겨운 친구들이 만났습니다. 그런 의미에서 곰나루의 곰을 선창할 테니 친구들은 나루를 함께 외치면 되겠습니다. 술잔을 높이 들어 우리들의 우정과 행복을 위하여 곰 … 나루 …."

옆에서 앉아 있던 월산이 성 사장을 보고 질문을 던진다.

"수홍이 형, 향토주 호산춘의 내력을 말씀해 봐요. 익산 감자로서 …."

"야, 너 나를 간보는 거냐? 뭐라더라 … 듣긴 했는데 … 가람 이병기 선생의 생가가 있는 여산(礪山)하고 관련이 있다고 했는데 …. 정 형, 혹시 뭐 좀 없을까."

"… 내 기억하기로는 여산의 별명이 술병 호(壺)자 호산이 아닌가 합니다만 …."

"이제 생각난다. 맞아요, 맞아. 중종 무렵 송 무슨 군수인가 하는 분이 만들기 시작한 술인데 여산의 별호를 넣어서 만든 향토주라고 들었던 기억이 떠오릅니다. 다시 복원하여 시장에 내놓은 지 일 년 만에 15만 병이 팔려 나갔다는 술입니다. 아무튼 익산에 오신 걸 크게 환영합니다. 특히 멀리 뉴질랜드에서까지 와주시니 더욱 반갑고요. 오랜 만에 학다리 선생도 보고, 참으로 좋구만 잉? 오늘 호산주 마음껏 드시라. 제가 술값을 냈으면 하니까요. 금마면에는 동고도리(東古都里)와 서고도리(西古都里)가 있고 진산으로 금마산(金馬山)이 있어요. 산이 마치 말대가리처럼 생겼다고 해서 붙였던 것으로 기억합니다. 마한의 머리 고을이었다고 알고 있습니다. 우리 익산 향우인 윤명숙 선생 그렇지요? 강 선생님은 익산의 사위가 되었잖아요. 식후경이니까 먹으면서 합시다."

한두 순배 잔을 돌리며 서로는 즐거운 저녁을 했다. 술이 있으려니 노래가 없을 수가…. 송사 이 선생이 일어나더니 하모니카로 고향의 봄을 부르며 우리는 모두 동심에 젖고 있었다.

"거 왜 있잖아. 학교 다닐 때 가곡을 잘 불렀잖아. 부탁해요, 송사."

서슴없이 목청을 가다듬으며 노래를 부른다. 현제명의 고향생각이었다. 나이는 들었어도 목소리는 늙지 않는구나. 참으로 맑고 고운 목소리였다. 함께 노래 부르며 함께 박수로 응수했다. 불러서 즐겁고 들어서 흥겨운…. 월산이 성 사장한테 궁금한 점 있으면 다 물어보라고 한다. 전주 송사 시인이 물었다. 성 사장은 아는 것만 물어보란다.

"수홍이 형, 반갑네요. 서동요에는 서동이 마를 캐서 생업을 삼았다고 했는데 익산에 금마, 이 지역에 당시도 그렇지만 지금도 마라든가 이런 감자 종류가 잘 되나요?"

"지금도 참마를 생산하는 농가는 제법 있다고 알고 있는데…. 내가 알기로는 익산 일원에는 붉은 색의 흙이 많다고. 그래서인지 질 좋고 붉은 고구마가 아주 잘 된다고. 게르마늄 성분이 다른 곳보다 더 많다고 들었소만. 먹을 것이 넉넉지 않았던 그 시절 구황작물일 것도 같고…. 말하자면 금고구마라고 할 수 있을 거요. 정 형, 혹시 의견이 있으면?"

갸웃거리며 지나가는 말투로 답을 하는 갑내가 가볍게 입을 연다.

"아름다운 고향을 두셨네요. 서동을 마동이라고도 하는 바, 성 사장이 말한 대로 고구마가 마일지도 모르겠네요. 사투리말로 보면, 고구마를 감자라고도 이르고 고마라고 하는 지역도 있고요. 지역에 따라서는 감자를 진고구마(고창 등) 혹은 하지고구마라고 합니다. 감자를 다른 말로 마령서(馬鈴薯)라고도 하지요. 서동요의 서(薯)가 마령서이든, 감서(甘薯. 고구마)이든 자생하는 마 종류인 듯합니다. 잠시 중국에 있을 때의 기억인데 거기서는 고구마를 지엔쑤, 그러니까 감서인거지요. 우리 쪽으로 오면서 고구마가 감자로 불린 거지요. 이는 중요한 양식이니까 정말 훌륭한 금값이 되는 금마가 아닌가 합니다. 어때요 …, 그럴싸한가요?"

만권당 주인이 반론을 제기한다.

"서동요에서는 같은 장소에서 캔 것이기는 하나 마 따로 금 따로인데 이것은 어떻게 보아야 할까요?"

"… 아시는 바와 같이 익산이나 김제 주위에는 사금(沙金)이 나는 곳으로 금(金)이 들어가는 곳이 분포했다고 봅니다. 송사 한 번 예를 들어볼 수가 …?"

"그거요, 대표적인 게 김제(金堤), 금평(金坪), 금구(金溝), 금마(金馬)-금마지(金馬池) 등이 있어요."

"미루어보건대, 지금 미륵사 옆에도 적지 않은 연못이 있는데 용내미(龍出) 못이 있잖아요. 황금만을 금(金)으로 보지 않고 쇠로 본다면 익산 지역이 쇠가 상당량이 비교적 많은 곳에 묻혀 있다고 봅니다. 옛날에는 쇠를 만들거나 생산하는 사람이나 나라가 부강한 경우가 많았습니다. 그 얼굴에 값하는 곳이 김해라고 할 수 있지요. 그러니까 서동은 금도 캐고 마도 캐는 일석이조의 일을 한 거지요, 마침내 아내도 얻어 그 여세를 몰아 용상에 오르기까지 한 거지요. 거꾸로 선화공주가 평강공주처럼 서동을 출세시키고 집안과 나라를 일으킨 셈이지요. 여기 용내미를 신화적인 상상력으로 보면, 매우 중요하다고 봅니다. 개천에서 용 난다고(龍出於河), 이 못에서 마침내 서동, 후일 무왕(武王)이 태어난 것으로 볼 수도 있지요. 물론 마룡지(馬龍池)가 서동의 살던 곳이라고 추정을 하고 있습니다만 …. 일설에는 부여의 서동지라고도 하고요. 말하자면 부여의 궁남지(宮南池), 요즘 연꽃으로 널리 알려진 곳이며 신동엽 시인의 생가가 있는 곳이기도 하지요."

"오늘 우리들의 이야기는 끝이 없네요. 수홍이 형 청문회 하느라 노고가 크셨네요 … (다 같이 박수하며 악수를 건넨다)."

먹는 게 하늘이라 했다. 먹을 게 없던 시절, 그것도 가뭄이 심해 흉년이 들 때면 뭔가를 먹는다는 게 얼마나 소중한 것인가. 서동(薯童)은 미륵사 주변 용내미 못 주위에 살면서 마 곧 서여(薯蕷), 야생 감자를 캐어 팔기도 하고 집에서 농사를 지어 양식으로 삼았을 것이다. 밤이 깊었다. 아카시아 향이 바람결에 온 마을이 젖고 선화공주의 사랑 이야기에도 젖어가고. 월산이 밤도 깊고 이야기도 한참을 갔으니 이제 숙소로 옮겨 가자고 했다. 물론 순두부집에는 양해를 구하여 놓고 인사도 했지만 ….

"그럼 서동요의 고장 금마의 뿌리를 알아볼 필요가 있습니다. 이로써 오늘의 화제를 마무리하면 좋지 않을까 합니다만 …. 마무리 겸해서 금마의 내력을 갑내 형한테 부탁했으면 합니다."

"준비된 것도 없는데 아마도 이번 백제가요 답사를 제가 제안했다고 날보고 말해 보라는 듯. 혹시 누가 아시는 대로 금마 곧 익산에 대해서 말씀할 분이 있을 듯한데요 …."

다 그냥 하라는 듯 박수를 보낸다.

"밤도 깊고 한데요. 요지만 말씀드릴게요. 신증동국여지승람(新增東國輿地勝覽) 같은 자료를 보면 익산의 본디 이름은 마한(馬韓) 54소국 시절 건마국(乾馬國)이었고 이는 다시 달리 개마(蓋馬) 또는 금마(金馬)라 하였습니다. 다시 마한(馬韓)–한마(韓馬)–건마(乾馬)–고막(古莫)이었습니다(도수희, 마한의 언어, 2008). 이는 모두 크다(*koma)kom 大–熊–金–乾–巨–錦)는 뜻을 담고 있습니다. 고한자음으로 보면 마한의 한(韓)의 원음이 핸[xan-kan(東國正韻)]이니까 마한–마칸–물칸이 될 수가. 건마도 금마도 가장 큰 우두머리 나라라는 말이 되지요. 마한 시절에는 금마를 금마저(金馬渚)의 저(渚)가 모래섬 혹은 삼각주라는 개념을 드러냈지요. 그러다 고려 충혜왕 때 와서 기(奇)씨가 원나라 황후가 됨을 계기로 하여 익주(益州)라 하게 됩니다. 익(益)을 설문해자 식으로 풀이하면 물 수(水)에 그릇 명(皿)을 합한 것입니다. 그릇이 땅이라면 물 곧 금강과 관련한 삼각주로 그 생성의 뿌리를 인식한 것으로도 볼 수가 있습니다. 어쨌든 금마국은 마한의 54국 가운데 가장 크고 생산이 많고 금이 많이 나는 부강한 지역이었다고 보입니다. 삼국유사 무왕(武王) 조에 고본에는 무왕을 무강왕(武康王)이라고 적은 것은 상당한 논란의 여지가 있을 것으로 보입니다. 곤하실 터인데 경청해주시니 고맙습니다."

행여 꿈속에서나 서동과 만나서 이야기를 나눌 수 있을까. 모두는 스치는 바람결에 꽃 향 가득한 꿈속으로 빨려 들고 있었다. 서동요의 전설 속으로 ….

서동은 무왕인가 무강왕인가

삼국유사(三國遺事) 기이 제2 무왕에 대한 위의 자료를 보면, 백제의 제30대 무왕의 이름은 장(璋)이라 하였다. 고본(古本)에는 무왕을 무강왕(武康王)이라 하였으나 이는 잘못이다. 백제에는 무강이 없다는 것이다. 그럼 고본의 기록이 틀렸다는 것. 과연 그럴까. 서동요의 배경설화를 분석한 결과, 서동요의 지은이

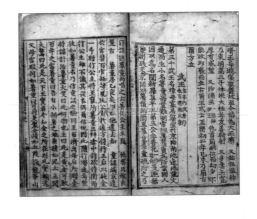

가 무왕 혹은 무령왕, 혹은 동성왕, 혹은 원효라는 설이 분분하다. 서동요는 4구체 향찰로 적힌 향가로서 그 내용은 의도성의 참요(讖謠)로 알고 있다. 백제의 무왕이 어린 시절 마를 캐서 먹고 살았다. 그래서 서동(薯童)이라 불렸다. 그는 서라벌에 들어가 신라 진평왕의 셋째 딸인 선화공주를 아내로 삼고자 이 노래를 지어 부르게 하였다는 것이다(삼국유사).

선화공주님은 남모르게 얼어 두고
서동의 방을 밤마다 안으려고 간다네.

아침을 먹고 난 일행은 잠시 미륵사지 유물전시관을 둘러보았다. 금동제 사리호며 금동제 사리봉안기, 사리장엄구 등을 보았다. 사리봉안기에 사택적덕(沙宅積德)의 딸이자 무왕의 왕비가 제청하여 미륵사를 지었다는 기록이 올라 있다. 전시관 안에 가면 편히 앉아서 쉬어도 될 만한 공간이 있다. 12명이 모여 앉아 쉬면서 선화공주의 정체성에 대하여 잠시 이야기를 나누었다. 목포의 준곤 이 선생이 문득 내게 물었다.

"갑내 형, 서동요의 작자인 서동에 대하여 여러 가지 설이 많고 가늠하기 어렵네요. 형은 어떻게 보나요?"

"주인공 서동을 고유명사로 보지를 말고 초립동, 초동, 무동이라 할 때처럼 그냥 마를 캐는 일을 하는 아이 정도로 보자는 의견도 있어. 역사가 흐르면서 무왕에 대한 기록은 무강왕과 무왕을 혼동한 듯하고. 우선 신증동국여지승람(新增東國輿地勝覽)의 경우, 이 자료는 일종의 지리서로 흔히 인용되는 자료인데 전라도(全羅道) 익산군(益山郡) 조에 그러한 기록이 미륵사(彌勒寺) 부분의 풀이를 보면 다소 감이 잡힐 법도 한데 …."

사찰 연기 설화를 전공한 목포 이 선생이 신증동국여지승람에 대한 설명에 한 술 더 뜬다.

"미륵사는 용화산(龍華山)에 자리한다고 했잖아요. 기록에 전하기를 무강왕(武康王)이 민심을 얻어 마한국을 세웠다고. 하루는 선화부인(善花夫人)과 함께 사자사(獅子寺)에 가고자 산 아래 큰 못가에 이르렀다는 겁니다. 세 미륵불이 못 속에서 나왔어요. 선화부인이 무강왕께 청을 하여 이곳에 미륵사 절을 지었다는 거잖아요? 뒤에 이야기 나누겠지만, 마한 곧 금마국 시절에 무강왕 홍성 일원의 사로국의 선화공주와의 이야기를 중심으로 한 것이라 볼 때 마한의 무강왕이 될 수도 있다고 봅니다."

삼국유사에는 무강왕은 고본에 있으나 잘못된 틀린 것이라 하였거늘 후대의 기록인 신증동국여지승람에는 무강이라 하였다. 뿐만이 아니다. 같은 자료 고적 부분의 쌍릉(雙陵)에 대한 기술이 더욱 믿음을 더 하게 한다. 이어지는 이 선생의 설명이었다.

"쌍릉은 오금사(五金寺) 봉우리 서쪽 수백 보 되는 곳에 오늘날에도 자리하지요. 고려사(高麗史)에는 후조선(後朝鮮) 무강왕과 그 왕비의 능이라고 했어요. 흔히 말통대왕릉(末通大王陵)이라 한다. 달리는 백제 무왕의 어린 시절 이름이 서동(薯童)이다. 여기 말통(末通)이란 곧 서동(薯童)이 다른 표기라고 하였지요."

우선 후조선의 무강왕과 왕비의 쌍릉이 지금도 금마에 있다. 무강왕이 살아생전 선화부인과 함께 용화산 아래 연못가를 지나다 세 미륵불이 나옴을 보고서 임금에게 청원을 넣어 세운 절이 미륵사라는 것이다. 거슬러 올라가서 삼국유사에서는 무강왕과 무왕은 다른 사람이다. 그러나 같은 책 왕력 편에서는 어떤가. 백제 제30대 무왕은 달리 무강(武康) 혹은 헌병(獻丙)이라 적고 있다. 어릴 때 이름은 일기사덕(一耆篩德)이라 하며 경신년(庚申, 600)에 즉위, 41년 동안 나라를 다스렸다. 오락가락 한 마디로 종잡을 수가 없다. 이렇게 작자에 대하여 왔다 갔다 하는 것을 어떻게 설명하면 좋겠느냐는 질문을 갑내에게 던진다.

"이런 경우, 갑내 형은 어떻게 풀어야 그 흐름의 물꼬를 튼다고 생각해요?"

"설화 곧 전설이란 일반적으로 적층문화(積層文化)의 특성을 갖고 있지요. 처음의 어떤 이야기가 시대와 지역을 달리하면서 자신들의 입맛에 맞는 이야기를 더해 갑니다. 그 전승의 형태가 기록에 의한 것이라기보다 입에서 입으로 옮겨지는 구전(口傳)이 되기에 더욱 그렇지요. 말하자면 구전문학(口傳文學, littérature orale)이라는 겁니다. 적층성을 고려하면 이야기는 달라집니다. 서로 앙숙인 백제와 신라 두 나라 사이에서 서동과 선화공주의 결혼이란 현실적으로 맺어질 수 없지요. 말하자면 상극이지요. 그러면 선화공주라는 설화상의 주인공을 신라와 같은 나라 이름을 쓰는 사로국(馴盧國, 홍성 일원)의 선화일 가능성이 있다. 홍성에는 지금도 금마면(金馬面)이 있기는 해요. 신라는 달리 사로국(斯盧國)으로 그 발음이 거의 같지요. 마한 54국 가운데 금마국과 사로국이 교류함에는 아무런 장벽이 없다고 봅니다. 더욱 관심이 가는 것은 중국의 사료인 전한서(前漢書)의 마한세계(馬韓世系)를 보면 무강왕(武康王)이 나오지요. 무강왕이 금마국을 세웠다고 볼 수 있는 대목이지요.

이를 동아리하면, 마한 시절 곧 금마국 시절에 무강왕과 사로국의 선화공주 사이에 있던 설화소가 뒤로 오면서 익산미륵사연기전설(益山彌勒寺緣起傳說)로 변용이 된 겁니다. 설화의 민담적 주인공인 서동이 나타나게 됩니다. 이러한 설화들이 일연(一然) 선사에 의하여 삼국유사에 실리면서 점차 현실성이 없는 설화로 변질되어 고착화된 것이 아닌가 해요. 마침내 이름도 비슷한 백제의 제30대 무왕으로 덧칠한 셈이 된 것이지요. 온갖 시련을 겪으면서 서동이 용상에 오릅니다. 민담의 형태로 구전되어 이런저런 기록에 올라 오늘에 이르게 되었지요. 내가 보기로는 마한 시절 곧 금마국 시절의 서동이 홍성(洪城)에 자리하였던 사로국(駟盧國)의 선화 공주를 맞이하여 마침내 사로국왕의 도움을 얻어 백제의 임금으로 등극하는 설화소가 기본이었다고 봅니다. 그러면서 불교가 들어오고 무왕 때 미륵사를 창건, 당대 최대의 석탑을 쌓으면서 승려 혹은 불교 친화적인 문인들에 의하여 신라 불교와 쌍벽을 이루는 도량으로 발돋움하게 된 것이라고 상정합니다."

어리둥절한 모습들이다. 이쯤 해 두고 옆에 자리한 절터와 더불어 용내미 못을 돌아보고 점심을 하러 가자는 것이다. 월산이 앞을 섰다. 언제 이야기를 해두었는지 문화해설사가 와서 사지와 새로 복원한 동탑에 대하여 친절하고 막힘없는 솜씨로 설명을 해준다.

살아 있는 서동요의 부활

수요가 있는 곳에 공급이 따른다. 오히려 적극적으로 수요를 창출하면 없던 공급량이 늘어난다. 지나간 역사문화의 소재를 살리고 그 역사적인 현장, 실제로 주민들이 관심을 갖고 현재 살고 있는 현장에서 알맞은 과제, 곧 생태문화를 살려 가면 지난날과 오늘날이 함께 숨 쉬는 문화산업의 공간으로서 상생할 수 있을 것이다.

매년 5월이면 익산에서는 서동 축제가 벌어진다. 온 시민이 참여하는 축제로 진화하기를 기대해 본다.

"오늘은 이와 관련하여 몇 년 전에 삼국유사 학술상을 받으신 장 선생을 모시고 말씀을 나누도록 하겠습니다. 대담의 진행은 우리 모임의 대표인 월산 선생이 맡도록 할 것입니다."

"장 선생님, 늦었지만 삼국유사 학술상 받으심을 축하드립니다. 오늘 우리 모임의 백제가요 스토리텔링 사이버 대담에 자리를 함께 해주셔서 고맙습니다. 선생님 글을 보니까 선화공주의 적극적인 의미를 부여하는 내용을 읽어본 기억이 납니다. 좀 더 쉽게 말씀해주시면 좋겠습니다."

"대표님 고맙습니다. 아마도 제가 삼국유사 학술상을 받았을 때 심사위원장을 맡

• 익산 미륵사지 석탑

으셨던 갑내 선생님이 저를 격려해주신 듯합니다. 갑내 선생님 반갑습니다. 아름답
고 맵시 곱기에 비길 데가 없는 선화공주(善花公主)는 서동요 노래에서 주인공으로 억
울한 희생양으로만 각인되어 왔습니다. 어떻게 보면 선화공주가 밤마다 서동을 만나
사랑을 나눈다는 내용을 중시한다면, 공주의 반전이 깃들어 있다고 볼 수 있습니다.
이게 우선 눈여겨보아야 할 점이고요. 다음으로 선화공주는 고구려의 평강공주 못지
않은 야심만만한 여성입니다. 금도 아랑곳없이 야생마를 캐서 팔던 서동에게 금 활
용의 길을 가르쳐 줍니다. 곧 지명법사의 신통력을 이용하여 금을 보냄으로써 아버
지인 신라의 진평왕을 설득해 남편 서동이 백제 무왕에 오르도록 합니다. 서동으로
서는 아내이자 동지를 만난 셈이지요.

　위기를 기회로 반전의 결실을 얻어냄은 이게 다가 아닙니다. 이는 마치 선화의 언
니인 선덕이 시련을 겪은 끝에 용상에 올라 통일 신라의 기초를 닦은 것과 같습니다.

서동의 출생담도 유난합니다. 과부임에도 불구하고 용으로 상징되는 왕과의 만남은 서동의 어머니 또한 대단히 비범한 여걸입니다. 선화와 서동, 진평으로 이루어진 신라와 백제가 상생하는 모습을 보여주는 전략이라고 할 수 있습니다. 따라서 선화나 서동의 어머니에 대한 관점의 대전환이 필요하다고 봅니다."

좀 더 이야기의 범위를 좁혀서 금제사리봉안기(金製捨離奉安記)[5]에서 밝혀진 사택 왕후와 선화와의 관계 설정에 대한 부분을 월산이 물었다.

"주인공과 관련하여 사택왕비와 선화공주의 관계설정을 어떻게 생각하시는지 궁금합니다."

"중요한 지적입니다. 지난 2010년 무렵 익산 미륵사 서탑에서 발굴된 금동사리봉안기가 나온 이후 그 동안 우리가 알고 있던 서동요의 선화공주를 허구적인 인물로 보려는 주장이 있습니다. 저는 사택 적덕의 따님이나 선화공주가 모두 역사적인 인

---

5 (앞면)竊以法王出世隨機赴感應物現身如水中月是以託生王宮示滅雙樹遺形八斛利益三千遂使光曜伍色行遶七遍神通變化不可思議我百濟王后佐平沙乇積德女種善因於曠劫受勝報於今生撫育萬民棟梁三寶故能謹捨淨財造立伽藍以己亥 (뒷면)年正月卄九日奉迎舍利願使世世供養劫劫無盡用此善根仰資 大王陛下年壽與山岳齊固寶曆共地同久上弘正法下化蒼生又願王后卽身心同水鏡照法界而恒明身若金剛等虛空而不滅七世久遠幷蒙福利凡是有心俱成佛道(가만히 생각하건대, 부처님(法王)께서 세상에 나오셔서 중생의 자질(근기, 根機)에 따라 감응(感應)하시고 (중생의) 바람에 맞추어 몸을 드러내심은 물 속에 달이 비치는 것과 같다. 그래서 (석가모니께서는) 왕궁(王宮)에서 태어나시고 사라쌍수 아래에서 열반에 드시면서 8곡(斛)의 사리(舍利)를 남겨 3천 대천세계를 이익되게 하셨다. (그러니) 마침내 오색으로 빛나는 사리를 7번 요잡(오른쪽으로 돌면서 경의를 표함)하면 그 신통변화는 불가사의할 것이다. 우리 백제 왕후께서는 좌평(佐平) 사택적덕(沙宅積德)의 따님으로 지극히 오랜 세월(광겁, 曠劫)에 선인(善因)을 심어 금생(今生)에 뛰어난 과보(승보, 勝報)를 받아 만백성을 어루만져 기르시고, 불교(삼보, 三寶)의 동량(棟梁)이 되셨기에 능히 정재(淨財)를 희사하여 사찰(가람, 伽藍)을 세우시고, 기해년(己亥年) 정월 29일에 사리를 받들어 맞이하였다. 원하옵나니, 세세토록 공양하고 영원토록 다함이 없어서 이 선근(善根)을 자량(資糧)으로 하여 대왕폐하(무왕)의 수명은 산악과 같이 견고하고 치세(보력, 寶曆)는 천지와 함께 영구하여, 위로는 정법(正法)을 넓히고 아래로는 창생(蒼生)을 교화하게 하소서. 또 원하옵나니, 왕후의 신심(身心)은 수경(水鏡)과 같아서 법계(法界)를 비추어 항상 밝히시며, 금강같은 몸은 허공과 나란히 불멸(不滅)하시어 칠세(七世)의 구원(久遠)까지도 함께 복리(福利)를 입게 하시고, 모든 중생들 함께 불도를 이루게 하소서.

물이라고 생각합니다. 사택왕후는 가람을 세웠고 선화공주는 대가람을 세웠다고 했습니다(創大伽藍. 各三所創之). 조립이라 함은 승방(僧房), 정사(精舍)나 불상(佛像) 등 구체적이고 개별적인 구조물을 만든 것을 이름이요, 창(創)이라 함은 어떤 일을 처음으로 새롭게 미륵사를 만들었음을 가리키는 말이라고 봅니다. 이르자면 훈민정음 창제, 조선왕조 창업 등이 그런 보기들입니다. 선화공주가 미륵사를 세운 창건의 주체라면, 사택왕후는 가람(伽藍)의 여러 부속 건축물 가운데 하나인 서탑을 만든 주인공이라고 볼 수 있습니다. 무왕이 42년간이나 통치하는 동안 첫째 왕후는 선화공주로, 그 후의 왕후는 사택 적덕의 딸로 봄도 무방하다는 것입니다."

신라의 선덕이 동양 최대의 황룡사(黃龍寺) 9층탑을 세웠다면, 선화는 백제 최대의 익산 미륵사를 세웠다. 신라의 진평왕은 선화와 서동이 미륵사를 지음에 기술자를 보내는 등 상당한 지원을 해주었다. 흔히 탑의 양식에서 1금당 1탑인데 백제에는 미륵 삼존을 모시는 3금당 3탑 양식으로 전에 없던 대사찰이 세워졌음을 삼국유사는 증언하고 있다. 갑내가 미륵석탑과 신라의 통일에 대한 예언적인 관련성에 대하여 물었다.

"장 선생님, 말씀 고맙고 이런 자리에서 만나게 되니 더욱 반갑습니다. 삼국유사 학술상 수상하심을 다시 한 번 축하합니다. 흔히 서동요를 앞으로 다가올 일에 대한 예언적인 내용을 노래하였다고 해서 참요(讖謠)라고 합니다. 혹시 앞으로 신라의 통일 구상과는 무슨 관련이 없는가를 생각해 보셨는지요?"

"… 생각해 본 일이 없습니다만, 선생님은 어떻게 보시나요?"

"미륵사라는 이름이나 용화산(龍華山)과 깊은 관련이 있다고 봅니다. 핵심은 3금당 3탑인데요. 이는 불교에서 이상적인 세계인 33천(天) 곧 도리천(忉利天) 신앙과 아주 밀접한 유연성이 있다고 봅니다. 33을 인도말로 달리야달리사(怛唎耶怛唎奢. Trāyastrimśa)라고 합니다. 도리천 중앙에 수미산(須彌山)이 있다고 보는 관점이지요. 제석(帝釋)이 온 누리를 선과 악을 가름하여 다스리는 세상인데 미륵 현신의 세상으로 만들겠다는 신앙적인 바탕이 있다고 봅니다만 …. 말하자면 황룡사를 옮겨놓은 형국이라 할 수 있습니다. 미륵-용-황룡이 같은 뜻을 갖고 있기 때문이지요. 여기 용은 임금을 가리킨

다고 봅니다. 선행이 꽃피고 진정한 평화를 상징하는 통일 신라에 대한 염원을 담았
다고도 봅니다만 …."

　옆에 있던 만권당이 날보고 너무 멀리 나간 것 아니냐는 귓속말을 건넨다. 오늘날
갈등과 전쟁을 넘어 진정한 우리의 올 날을 여는, 평화통일의 시대를 여는, 미륵 신
앙이 꿈꾸는 세상이 되었으면 얼마나 좋으랴. 해는 중천에 기울고 우리의 모임은 이
제 헤어져 돌아가야 한다. 다시 순두부집에 모여 민생고를 해결하자는 것이다. 용화
산 위로 넘어가는 흰 구름이 수미산의 이상향을 손짓하고 있었다.

익산의 가람 생가에서

    곰나루 일행은 서동요의 고장 익산의 미륵사지를 찾아 가기로 하였다. 하루 전 공주 만권당에서 만나 이른 새벽길을 나서 바로 익산으로 차머리를 돌렸다. 만권당^{(구중}회)과 함께 청주에서 온 임 대표와 함께였다. 녹두장군 전봉준이 꿈속에 경천을 조심하라는 도사의 말을 들었지만 사람을 믿었다가 마침내 배신당하고 왜군에게 잡혔다는 공주의 경천(敬天)을 지나고 있었다. 멀리 계룡산을 뒤로 하고. 한 삼십 분 갔을까. 5십 년 전 내가 근무했던 연무대 논산훈련소를 지나 일행은 여산(礪山) 휴게소, 벌써 익산 땅이었다. 문득 가람 이병기 선생의 생가를 찾았던 기억이 아침 햇살처럼 피어 오른다.

    "만권당, 가람 이병기 선생 고택을 들러 사진 몇 장 찍고 가면 어떻겠소?"

    "좋은 생각이요. 나도 한번 말을 할까 했는데 …. 길손의 시름도 풀 겸."

    "만권당, 우리 대학 1학년 시절 유당 림헌도 선생님께서 가람 선생님 작고하셨을 때 여산 원수리 가람 선생의 고택에 오셔서 목이 멘 조시(弔詩)를 읽으셨다는 말씀 기억이 나요? 월산은 어때요?"

    별로 또렷하게 기억이 나지 않는다고 했다. 유당 림헌도 선생님은 시조시인이셨으

• 가람 이병기 선생 동상

며 가람 선생님한테 서울대학 다니실 때 배우셨다고 자랑처럼 말씀을 하시곤 했다.

"갑내 형은 그런 걸 기억하네. 나도 기억력이 좋은 편이라는 말을 듣기는 하는데 …."

"그 때 읽으셨던 조시가 대학 신문에도 났다고 생각이 드는데. 확실하지는 않소만."

가람 선생의 시조 난초(蘭草)가 떠오른다. 난초 사랑, 민족 사랑, 우리말 사랑, 거슬러 올라 보면 서동요(薯童謠)의 이어감은 아닐는지. 익산 금마가 서동요의 고장이 아니던가.

빼어난 가는 잎새 굳은 듯 보르랍고
자줏빛 굵은 대공 하얀한 꽃이 벌고

이슬은 구슬이 되어 마디마디 달렸다.

본디 그 마음은 깨끗함을 즐겨하여
정(淨)한 모래틈에 뿌리를 서려 두고
미진(微塵)도 가까이 않고 우로(雨露) 받아 사느니라.

　난초 향이 옷소매에 젖는 듯. 가람 선생은 일제 말엽 우리말 큰 사전과 조선어학회 사건으로 투옥되어 1년간 홍원의 함흥 형무소에서 복역하였다. 시조회(1926)를 만들어 민족문학의 부흥운동을 하며 조선의 맥을 이어간 선비였다. 척박한 곳에서 자라나 표표히 살다 가는 벼랑 위의 고란 같은 정서를 주지 않는가. 난초 같은 삶을 표방한 가람의 생애를 시조로 드러낸 문학정신을 엿볼 수 있다. 해방 이후 서울대 교수 직도 그만두고 향리로 내려와서 전북대학에서 교육과 작품 활동을 하시다가 정년 이후 고향의 품으로 돌아갔다. 상당한 기간 가람의 생가를 지켜온 백일홍 나무의 말없는 가지와 잎새들이 바람에 손을 흔든다. 잘 왔고 잘 가라고 …. 두루마기 입은 선생의 소상 앞에서 묵념을 드린 일행은 금마면 미륵사 쪽으로 차머리를 돌렸다. 문득 월산이 날보고 묻는다.
　"갑내 형, 시조시인이시지 …? 학사 졸업 논문이 청구영언의 만횡청류라고 했던가?"
　"그냥 애독자라고 해야지. 뭐 …. 한국문인협회 회원이기는 해요. 그런 걸 뭐 기억하고 그래 … 시조집 '올 날이 아름답다(1994)' 등으로 습작을 하기는 했어."
　눈물 젖은 빵을 먹고 지냈던 학창 시절. 사과 상자에 신문 종이를 발라 엎어놓고 거기서 졸업논문 사설시조 모음인 '만회청류 어휘와 수사법 고찰'이었던가. 뒤늦게 공부하느라 애들 엄마는 두부 장사며 호떡 장사, 채소 장사를 하지 않으면 생활이 어려웠던 시절이었다. 쪽 지붕 집에서 둘째가 태어날 때, 오른쪽 발 하나가 안으로 붙어서 나와 너무나 놀라고 눈앞이 캄캄했던 시린 계절이 있었다. 보람도 없이 학교 졸업하자마자 어머니는 지병으로 세상 뜨시고. 이십 수 년 전에 애들 엄마도 저승 가고. 아, 만횡청류(蔓橫淸類) 같이 속절없는 세월의 강을 건너면서 …. 유당 선생님이 조시를 말씀하실 때 나도 저런 시조를 써 볼 날이 있을까. 가람 선생님도, 제자이신 유당 선생님도 피안으로, 나도 그렇게 되겠지.

샛길로 빠져 나와 고택을 한 바퀴 휘돌아 나왔다. 내려서 가람 선생님 동상 앞에서 목례로 대신했다. 시조 한 수 외우고 …. 미진도 가까이 않고 우로 받아 사느니.

금마면 용화산 아래로 해체 복원한 미륵사 석탑을 전시한 박물관 주차장으로 차를 댔다. 아직 오후 3시 무렵이고 모임 시간은 5시니까 얼마간의 여유가 있었다. 노곤도 하여 상점에 들러 시원한 생수를 마시면서 향내 짙은 아카시아 꽃그늘 아래서 쉬고 있었다. 우리는 잠시 뒤 유물전시관으로 들어갔다. 예상대로 2007년인가 해체한 서탑(국보 11호)에서 나왔다는 금제사리봉안기(金製捨離奉安記), 금동제사리호, 사리장엄구를 관람할 수 있었다.

사랑의 전설이 얽힌 서동요의 주인공인 서동과 선화공주, 봉안기에 따르면, 미륵사 창건의 주인공은 서동요의 선화공주가 아니고 사택(沙宅) 적덕(積德)의 따님이었다는 것이다. 그 동안 우리는 모두가 서동요는 무왕이 된 서동과 진평왕의 따님이었던 선화공주 사이에 일어난 사연을 향찰(鄕札)로 적어 오늘에 이르렀다는 속내로 배웠다. 또 그렇게 신라의 향가로 가르쳤다. 그럼 삼국유사의 기록이 말짱 도루묵일까. 이런저런 의문을 가지면서 전시관을 나와 다섯 시 모임 장소인 숙소로 가기로 했다. 집은 고풍스런 한옥이었다.

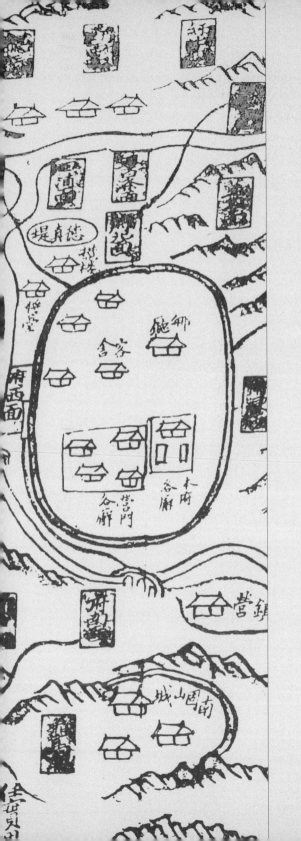

8. 완산요(完山謠)

완산요의 뒤안길

불쌍한 완산 아이
아비 잃고 눈물짓네.

완산요가 불린 시대적인 배경은 무엇인가. 배경설화는 고려사나 삼국사기에 노래
의 이름과 함께 실려 있으나 노래를 싣고 있는 것은 삼국유사(三國遺事)뿐이다. 이 노래
가 불리게 된 동기는 다음과 같다.

이찬 능환은 사람을 놓아 강주와 무주 2주에 보냈다. 양검등과 함께 지혜를 모아
청태 2년(乙未) 봄 3월에 영순 등과 함께 신검을 권하여 아버지인 견훤을 금산사에 가
두었다. 사람을 시켜 세자인 금강을 죽였다. 신검은 스스로가 대왕이라 하고 죄수들
을 사하여 주었다. 처음 아직 잠자리에서 있을 때, 궁중에서 함성이 멀리 들렸다. 이
소리가 무슨 소리인가를 물었다. 신검이 아버지에게 고하였다. 그 내용은,

"임금이 늙어서 나라의 정사에 어둡기에 장자인 신검이 부왕의 임금 자리에서 섭정
을 해야 한다며 여러 장수들이 축하하는 소리라는 것입니다."

잠시 뒤에 아버지를 금산사로 옮기고 파달 등 33명의 장사들이 절을 지켰다. 견훤
관련 동요는 이러했다.

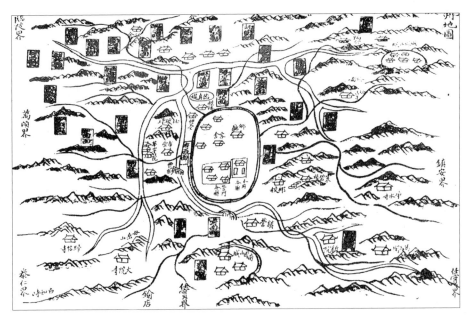

• 완산(전주, 신증동국여지승람)

완산요는 일종의 어떤 사실을 예언하는 참요(讖謠)라 할 수 있다.[6] 내용인즉, 견훤
이 앞으로 왕위를 잃고 신검이 그 자리를 차지할 거라는 내용을 담은 노래다. 이는 마
치 서동요(薯童謠)에서 선화공주가 쫓겨나서 서동과의 인연을 이어갈 거라는 민요풍의
노래와 같다. 고려 말엽에 불리던 계림요(鷄林謠)와도 비슷하다. 신라가 장차 망할 것
임을 예고하는 내용이다. 신라는 누런 낙엽이고 고려는 고개 마루에 늘 푸른 소나무
와 같다는 내용이다(鷄林黃葉 鵠嶺靑松).

그럼 완산요를 부른 사람은 누구인가. 금강일까 아니면 신검인가. 달리 후백제를

---

6 伊飱能奐使人往康·武二州, 與良劍等謀, 至淸泰二年乙未春三月, 與英順等勸神劍, 幽萱於金山
佛宇, 遣人殺金剛, 神劍自稱大王, 赦境內.(云云) 初, 萱寢未起, 遙聞宮庭呼喊聲, 問是何聲歟 告
父曰王年老, 暗於軍國政要, 長子神劍攝父王位, 而諸將歡賀聲也 俄移父於金山佛宇, 以巴達等
壯士三十人守之. 童謠曰可憐完山兒, 失父涕連酒(삼국유사 권2 후백제 견훤).

일으킨 후백제의 시조인 견훤의 몰락을 서러워하는 백성인가.

백제문학을 연구하신 원 교수를 모시고 몇 말씀 나누기로 하였다. 마침 그분은 학회 일로 전주의 어느 대학에 출장을 오셨다고 했다. 원 교수를 잘 아는 광주 김 선생이 어렵사리 모셔 온 것이다. 웬만하면 오지 않았을 텐데, 동초 선생님 관련한 답사라 하니까 몸도 불편하신데 힘들게 시간을 냈다는 것이다. 너무 고마웠다. 광주의 김 선생이 말머리를 꺼냈다.

"오늘 참으로 귀한 분을 모시고 함께 말씀을 나누게 됨을 다행이라고 생각합니다. 선생님은 저와 같이 광주의 한 대학에서 국문과에 봉직하시면서 백제의 문학을 연구하시는 문학 연구자이십니다. 개인적으로 동초 선생님과는 같은 백제가요에 대한 연구를 하셔서 두 분은 잘 아시는 사이이기도 합니다. 혹시 궁금한 점이 있으시면 특히 완산요에 대해서 말씀을 나누었으면 합니다."

먼저 갑내가 차를 권하면서 한두 가지 이야기를 시작하였다.

"이렇게 뵙게 되어 반갑습니다. 몸도 편치 않으신데. 저는 대구에 사는 정 갑내라고 합니다. 동초 선생님의 제자이고 이번 백제가요 답사를 제안한 사람이고요. 김 교수가 선생님의 논문을 따님한테서 구해서 보내주어 공부하고 있습니다. 특히 전주 지역에서 완산요 관련 전설이나 다른 비슷한 이야기에 대한 연구 결과라도 있는지요? 먼저 참요의 성격에 대한 말씀도 들려주시면 좋고요."

"예, 반갑습니다. 전주에 오심을 환영 드리고 특히 백제가요 답사 기행을 하신다니 너무나 뜻 깊은 일이라고 생각합니다. 제가 개인적으로 일이 있어 전주에 왔는데 마침 엇저녁에 김 교수의 전화를 받고 가겠노라고 했지요. 제가 백제 문학에 대한 학위논문을 쓰면서 조재훈 교수님의 많은 도움을 받았습니다. 제게는 행운이었지요. 동초 선생님의 제자분들이라니까 어쩐지 친근함을 느낍니다. 연구자로서는 제가 처음이고 변변하지 않으나 말씀드리겠습니다."

그 분의 설명은 이러했다. 완산요(完山謠)는 한국의 참요 역사에서 처음 형성기에 속할 것이다. 단언하기는 어려우나 2구의 한시로 번역이 된 형식적인 특징을 보인다는 것이다. 이르자면 원시가요의 성격으로 볼 수 있다. 이에 대한 논의는 조윤제의 한국

시가의 연구(1984)에서, 2구에서 4구로 진화해 가는 과정을 설명하였다. 지금도 아이들의 동요 가운데 불리고 있다(예: 꼭꼭 숨어라(서울). 아가 아가 물녀라(경북), 누까머리 팟가머리(경북)).

"선생님, 노래를 부른 주인공은 누구인지에 대해서도 궁금했습니다."

"확실하지는 않으나 세자였던 금강(金剛)이라고 합니다. 그러나 후백제가 전주에 도읍을 하였고 전주의 옛 이름이 완산이니 금강이라 하기에는 무리가 있습니다. 오히려 완산요가 후백제 멸망에 대한 예언적인 성격이 있음을 고려하면 신검(神劍)으로 보아야 한다고 생각합니다."

"그럼 완산요가 후대에는 어떤 영향을 주었을까요?"

"먼저 완산요는 이보다 앞선 신라시대의 원효의 천주요(天柱謠)나 무애가(無㝵歌)의 맥을 이었다면 어떨지 모르겠습니다. 이 또한 2구체로 된 참요의 원형이 아닌가 합니다. 완산요보다 뒤로 보이는 고려 시대로 들어와서 10여 편의 참요가 불린 것으로 보입니다. 이르자면, 충혜왕 시절에 불린 아야가(阿也歌), 의종 때 정중부를 중심으로 한 무신의 난에 미리 불린 보현찰(普賢刹), 공민왕 시절 홍건적에 빗대어 복잡한 나라의 정세를 풍자하고 예언한 듯한 남구가(南寇歌) 등을 들 수가 있습니다. 참요의 참(讖)은 표현하는 방식에 따라서 그림으로 하는 도참(圖讖), 부적으로 하는 부참(符讖), 벌레로 하는 충참(虫讖), 시로 하는 시참(詩讖), 말로 하는 언참(言讖), 그리고 노래로 부르는 요참(謠讖) 등이 있다고 봅니다. 향가인 서동요나 원가도 이런 부류에 속하지요."

완산요와 관련한 공부를 하고 난 우리들은 삼천동 막걸리 골목에 가서 송사의 하모니카 공연을 들으면서 완산요와 함께 읊조리기도 하였다. 옆에서 듣던 어떤 젊은 이가 화를 버럭 내고 소리를 지르는 듯 ….

"뭐가 완산아이가 어쩌고 어째 … 나이 들었으면 곱게 늙으라고 … 알았나요?"

송사가 나하고 얘기 좀 하자며 데리고 나가서 이건 전주 사람들을 나쁘게 말하는 게 아니고 후백제 시절의 견훤이 고통을 받고 금산사에 갇혔을 시절에 아이들이 부르던 민요라는 걸 이야기 해 주었더니 수그러들더라는 것이다. 그는 막걸리 한 주전자를 들고 오더니,

"서울 쪽에서 오신 듯한데, 제가 잘 못 듣고 버럭을 했습니다. 잉 … 양해해주시오, 잉."

"됐승께 …. 젊은 친구, 우리 같이 노래도 부르고 함께 즐기자고요 … 허허허."

주인 아주머니가 오더니 화해 잘 하시라며 먹을 것을 한 접시 가져다 주면서,

"이건 화해하신 걸로 알고 제가 덤으로 드리는 겁니다. 알겠수까?"

애석하게도 얼마 전 몇 해 전에 원 교수님이 별세하셨다는 소식을 들었다. 그 분과의 만남에 대한 추억이 더욱 새롭다. 삼가 명복을 빌어드립니다.

완산의 유래

완산요의 완산(完山)의 유래는 어떠한가. 백제 시대에 통용하던 이름으로 마한(馬韓) 시절에는 원산(圓山)이라 하였다. 이르자면, 원지국(圓池國)의 도성이라고 할 수 있다. 그러다 신라에 합병되고 경덕왕 16년(757) 당나라 식 주군현제를 받아들임으로써 오늘날의 전주(全州)가 된 것이다. 둥글다는 원(圓)과 온전하다의 완(完)의 글자의 구성소 [元]로 보면 두 소리가 같다. 모두가 원[WON]이다. 원-온의 소리가 비슷함으로써 온전하다의 완(完)을 써서 완산이라고 했을 가능성이 크다. 옛말로 산을 뫼 혹은 달(達)이라고 하였으니 완산은 온달이라고 읽을 수 있다.

고구려의 평강왕 시절 온달(溫達) 장군과 같은 말이다. 쓰인 한자만 달랐지 소리는 같다. 다시 온조(溫祚)의 온(溫)과 같은 말이다. 그럼 온이란 무엇인가. 옛말로 '온'은 모든 혹은 '온전하다'의 뜻으로 쓰였음을 알 수 있다(온편이(完片)(구급방언해. 하 61)/本性이 온 眞이니(영가집상 91) 등). 존재하는 모든 형태 가운데 가장 완성된 형이 원형이다. 가장 원만한 모습이다. 달과 해가 그렇고 우리의 눈동자가 그렇다.

특히 온이란 말은 완(完), 전(全)자 이외에도 원(圓), 온(溫), 백(百) 등의 한자 소리나 새김을 빌렸다. 백제의 시조인 온조왕(溫祚)이 마한을 합병하고자 하매 끊임없이 저항했던 곳이 원산성(圓山城)이었다. 온조왕의 '온'도 실은 온 임금이니 원만하게 해결했다

• 건지산

는 그래서 백제를 세웠다는 뜻도 담겨 있다. 온다라-온달-온나라를 세웠으니 온조가 아닌가 한다. 송사가 갑내에게 불쑥 이런 물음을 던진다.

"그런 거 어디서 보고 말하는가요? 그럴싸하긴 한데 ….."

"그냥 생각해본 건 아니고, 그래도 삼국유사나 삼국사기 등을 바탕으로 추정해 본거지 뭐. 전주의 진산이 건지산(乾止山)이라 하던데 건지산의 건(乾)이 하늘이고 하늘이 으뜸이며 둥그니까 원산(圓山)과 무슨 관련이 있는 것은 아닐까 해요. 그 산에는 전주이씨 이 태조의 시조인 이한(李翰)공의 묘소가 있다고 들었습니다만. 어때요?"

"그건 잘 알 수 없고요. 말은 될 법도 한데요."

"그렇게 가늠해 본겁니다요."

이런 저런 이야기를 나누며 걷노라니 벌써 건지산 어름에서 뻐꾸기 우는 숲길을 지나 다시 숙소로 돌아왔다. 벌써 해가 서산에 걸쳐 있고 거리는 노을에 물들어 가고 있었다.

등신불이 된 모정

가련한 완산아야
아비 잃고 눈물짓네.

위 노래는 삼국유사에 기록된 후백제의 노래다.

700여 년의 긴 역사를 유지해 온 백제이지만, 전해지는 노래는 '정읍사만이 유일하게 존재 한다'고, 우리 국어 교사들은 교육현장에서 안타까운 심정으로 교수-학습을 했었다. 그럴 때면 삼국사기를 쓴 김부식과 삼국유사를 쓴 일연 스님을 원망했었다.

산유화가는 백제가 망하면서 백제 유민이 부른 노래이고, 완산요는 백제가 망한 뒤 200여 년이 지난 후백제의 노래이지만, 백제가요의 범주에 포함함으로써 백제 사람들의 생활상을 조금이나마 넓혀 엿볼 수 있게 되었다. 완산요의 발굴을 계기로 완산(전주)에 살고 있는 사람으로서 독자들을 위해 동고산성의 축성과 견훤 궁궐터 이야기, 배경 설화, 완산요에 얽힌 쓸쓸한 소감을 쓰고자 한다.

견훤은 황간 견씨의 시조로 상주 가은현에서 아자개의 아들로 태어났다.

어렸을 때 부모들이 아기를 뉘어 놓고 밭일을 하는데 호랑이가 와서 젖을 먹였다는 전설도 있다. 창을 베고 적을 기다릴 정도로 기백이 항상 군인다웠다 한다. 신라 서

• 견훤을 위리 안치한 금산사

남해 지역의 방위에 공을 세워 비장이 되고, 군사를 모아 무진주(광주)를 점령하여 기반을 닦고, 이어 완산주(전주)를 점령하여 의자왕의 원한을 갚고 백제를 다시 찾는다는 구호 아래 후백제를 건국하고 스스로 왕이라 칭하였다. 중국 오·월에도 사신을 보내 문물을 받아들이고, 후당·거란에도 사신을 보내 고려와 신라를 견제하고, 후고구려의 궁예와 왕건과도 밀고 밀리는 싸움을 수없이 했고, 친고려 정책을 쓴 신라를 원수로 생각하고, 신라의 수도인 금성을 침략하여 주색에 빠진 경애왕을 살해하고 그의 동생 김부를 경순왕으로 세우기도 했다. 그러나 그렇게 기세등등했던 그도 배다른 자식들의 갈등으로 국력이 점점 쇠잔해져 갔다. 특히 넷째 아들 금강을 사랑하여 그를 태자로 봉하였는데, 이에 불만을 품고 큰아들 신검이 둘째와 셋째와 힘을 합하여 금강을 죽이고 아버지인 견훤을 금산사로 옮기어 유폐시켰다 한다.

금산사로 옮기면서 어느 길로 갔을까? 하여 그 노정을 추정해 보았다. 그 당시 상황으로 보아 신검의 부하들이 납치했을 것으로 추측되는데, 아무리 납치라 하더라도 왕이라 말을 타거나 가마를 이용했으리라 생각된다. 말이나 가마를 이용해 금산사로 옮기려면 구이면 항가리 마음 마을(궁궐터에서 13km 거리)을 거쳐 낮은 재를 넘었거나, 구이면 중인리(궁궐터에서 약 10km 거리)를 거쳐 모악산 중부 능선을 넘었으리라 생각된다.

견훤은 후백제를 세우면서 전주시 동북 방향에 있는 중바위산(승방산, 치명자산)에 둘레 1,712m의 그리 크지 않은 포곡식(包谷式) 산성을 쌓고, 그 안에 아파트 한 동 정도 되는 넓이의 땅에 주 건물인 궁궐을 지었고, 부속 건물로 13개 동을 지었는데 그것을 동고산성이라 한다.

동고산성이란 이름은 전주·임실 간 도로를 사이에 두고 동남 방향에 있는 남고산성과 대칭 짓기 위해서 붙여진 이름이다. 남고산성도 이미 있던 성을 견훤이 도성의 방어를 위해 개축한 성인데 둘레가 5.3km나 되고, 조선 후기까지 군대가 상주했었고 현재 군(軍)의 신(神)이라 할 수 있는 관우를 모시는 사당인 관성묘도 있는 성으로, 규모나 방위 면에서 동고산성보다 훨씬 훌륭하다. 그런데도 남고산성 안에 궁궐을 짓지 않고 왜 협소한 동고산성 안에 궁궐을 지었는지 이해가 안 간다.

위 노래의 화자가 누구냐? 에 대해 노래의 속성상 참요라 누구라고 단정 짓기가 어려운 것처럼 말하면서도 조

• 전주 중바위산 동고산성 안에 있는 후백제 궁궐터

심스럽게 신검으로 이 책에서 언급되었다. 필자도 같은 생각이다.

신검은 왕권을 차지하기 위해 동시다발적으로 태자를 죽이고 아버지를 납치하고서 자기의 악행을 숨기고 민심을 얻기 위해 '불쌍한 완산아야 아비 잃고 눈물지네'라고 2구체 형식의 짧은 참요를 지어 퍼뜨렸을 것이 농후하다. 아비를 잃은 것이 아니라 아비를 버렸다. 죽은 태자는 죽임을 당하여 노래 지어 부를 겨를도 없다. 따라서 금강이 노래를 지었다고는 볼 수 없다고 생각한다.

왕이 아비라면 완산아이는 일반 백성을 상징한다고도 볼 수 있다. 그렇다면 화자는 백성이 될 것이다. 견훤은 금산사에 갇힌 상태에 있다가 3개월 후 그 곳을 빠져나와 왕건에 투항하고, 그 후 후백제는 망했다.

장자 상속이 대세인 때에 오죽하면 장자인 신검에게 태자 자리를 주지 않고 넷째인 금강에게 주었을까? 왕권을 빼앗긴 견훤은 배신감으로 인해 분함을 참지 못하고 나라와 못된 자식을 버리고 왕건에 투항했으리라 생각된다.

왕권을 탐내서 아버지를 버린 예는 구약에서도 찾아 볼 수 있다. 구약 <사무엘하> 18장 5절 "왕이 요압과 아비새와 잇대에게 명하여 가로되 나를 위하여 소년 압살롬을 너그러이 대접하라 하니 왕이 압살롬을 위하여 모든 군장에게 명할 때에 백성들이 다 들으니라"에서 엿볼 수 있다.

여기서 왕은 다윗이고 압살롬은 다윗의 셋째 아들이다. 압살롬은 자기 누이를 근친 강간한 이복형 암논(다윗의 첫째 아들)을 살해하고 도망갔었는데 다윗의 관용으로 귀가했고, 다시 왕 자리를 탐내어 모반했다. 유대 민족은 예수는 선지자의 한 사람이고 다시 나타날 메시아는 다윗과 같은 인물이어야 한다고 한다. 그러한 다윗도 아들이 모반하자 예루살렘 궁에서 벧메르학으로 도망했다. 전세가 역전되어 모반한 아들을 잡을 수 있게 되자, 부하들에게 너그러이 대접하라고 부탁한다. 다윗은 여러 부인에게서 18명의 아들을 낳았고 소실에게서도 많은 아들을 낳았다고 한다. 그 많은 아들 중의 하나인 압살롬이 자기를 죽이려 했어도 다윗은 '너그러이 대접하라'고 부하들에게 부탁한다. 다윗은 모반한 자식이 죽을 위험에 처하자 왜 연민의 정을 표하고, 견훤은 왜 분함을 참지 못하고 왕건에게 투항했을까? 영조는 왜 자식인 사도세자를 죽였을까?

일반적으로 자식이 부모를 받드는 효(孝)는 인륜에 치중 되고, 부모가 자식을 사랑하는 것은 본능이란 생각이 든다. 효심이 크냐? 자식 사랑이 크냐?는 저울로 달아 볼 수도 없고 그런 성질도 아니며, 사람마다 다르고 가정마다 다르다. 못된 부모도 많고, 불효자식도 많지만, '내리사랑'이라는 말도 있고, '부모가 죽으면 산에다 묻고 자식이 죽으면 가슴에다 묻는다'는 속담이 있는 것으로 보아서, 자식이 부모를 생각하는 효심보다는 부모가 자식을 염려하는 마음이 깊다는 것은 어느 누구나 느낄 것이다. 여기에 그런 부모의 마음을 엿볼 수 있는 드라마(1999년 12월 19일에 KBS에서 〈학교2〉)로 방영된 한 부분을 써 본다.

옛날 한 청년이 살았다. 청년은 아름다운 여인을 만나 사랑에 빠졌다. 여인은 청년에게 별을 따다 달라고 말했다. 청년은 별을 따다 주었다. 여인은 청년에게 달을 따다 달라고 말했다. 청년은 달을 따다 주었다.

이제 청년이 더 이상 그녀에게 줄 것이 없게 되었을 때 여인이 말했다.

"네 부모님의 심장을 꺼내 와."

많은 고민과 갈등을 했지만 결국 청년은 부모님의 가슴속에서 심장을 꺼냈다.

청년은 부모님의 심장을 들고 뛰기 시작했다. 오직 그녀와 함께 할 자신의 행복을 생각하며, 달리고 또 달렸다. 청년이 돌부리에 걸려 넘어졌을 때 청년의 손에서 심장이 빠져 나갔다. 언덕에 굴러 내려간 심장을 다시 주워 왔을 때, 흙투성이가 된 심장이 이렇게 말했다.

"애야! 많이 다치지 않았니?"

부모의 자식에 대한 사랑이 얼마나 큰가를 보여주는 부분이다.

물론 남녀의 사랑도 사랑을 위하여 목숨을 버리는 사람도 있고, 왕관을 버린 역사도 있다. 자식을 키워 보아야 부모의 심정을 안다는 말이 있는데 자식을 키우면서도 부모에게 효도다운 효도를 못하고 부모님이 돌아가신 후에야 뼛속 깊은 회한으로 괴로워하면서 풍수지탄의 의미를 알았다.

효경에 나오는 '신체발부(身體髮膚) 수지부모(受之父母) 불감훼상(不敢毀傷) 효지시야(孝之

始也)'(몸은 부모로부터 받은 것이니 상하지 않는 것이 효의 시작이다)의 문장을 수없이 가르쳤으면서도 고희가 지나고서야 자식이 아픈 때가 있어서 그 의미의 깊이를 알았고, 5.18 민주화 운동 때 아들의 주검을 눈앞에 두고 통곡하는 부모의 심정과, 세월호의 침몰로 자식을 잃고 오열하는 단원고의 학부모의 심정도 자식이 아파본 후에야 그 부모들의 심정을 제대로 짐작할 수 있었다.

'입신행도(立身行道) 양명어후세(揚名於後世) 이현부모(以顯父母) 효지종야(孝之終也)'(몸을 바로 세우고 도를 행하여 후세에 이름을 날려 그것으로써 부모를 드러내는 것이 효의 마침이니라)의 문장은 자식이 대학을 졸업하고 취직을 하면서 비로소 그 의미를 깨달았다. 이순이 되면 어떤 일을 들으면 곧 이해가 된다는데 경험과 체험이 이렇게 차이가 있는가?

자식들이 결혼하여 각자 가정을 이루어 곁을 떠나고, 퇴직을 하고 부부만 살면서 삼식이 수고를 덜어주려고 취미 생활을 집사람과 같이 했다. 함께 하모니카 학원을 다녔고, 자전거 라이딩도 같이 했다. 집사람의 자전거 실력은 수준급이다. 일주일에 2회의 라이딩을 하는데, 1회의 라이딩 시간은 5~6시간이고, 거리도 50~70km다. 고희의 나이에 그런 라이딩을 10년 했으니 베테랑이라고 할 만하다. 그런 집사람이 차도에서 인도로 넘어지면서 팔목이 골절됐다. 심한 통증이 있음에도 고통스러워하거나 후회하는 모습이 전혀 없이 놀랄 만큼 태연했다. 수(手)병원에 가서 CT를 찍어보니 손목의 뼈에 금이 갔고, 어느 뼈는 정상의 자리에서 밀려났다. 의사의 말이 수술을 하지 않으면 평생 부자연스럽게 팔목을 사용해야 한다고 한다. 그런데도 수술을 하지 않으려 한다. 나의 결단으로 수술을 한 뒤 하는 말이 '내 몸이 부서져도 자식을 지켜 달라고 기도했다'고 한다. 요즘 아들 얼굴에 자그마한 반점이 있는데 전이가 되지 않는 암세포라는 말을 듣고 아들이 무사하기를 바라는 마음으로 그런 기원을 했단다.

팔목 부러진 것이 아들 무사하기를 바라는 어머니의 기원에 대한 신의 답인가? 주의산만으로 인한 사고인가? 오비이락인가? 자해(自害)인가? 자기가 무슨 소신(燒身) 공양한 만적 같은 '등신불'인가? 자문하며 휴가 계획을 망그러뜨린 이 사고에 화도 났지만 그럴 수 있는 내 아내다. 한편으로 안쓰러워 위로의 말을 찾으려 애를 썼다.

〈논 문〉

'정읍사(井邑詞)'는 가무의 영역

구중회

(공주대학교 명예교수)

〈논문〉
'정읍사(井邑詞)'는 가무의 영역

국문학도인 연구자[1]는 '정읍사井邑詞'를 문학의 영역 즉 '가요'라는 문학양식에 대하여 관심을 부여해 왔다. 그러나 내심으로는 '정읍사는 음악이고 춤인데' 라는 인식을 가졌던 것도 사실이다. 오늘은 이러한 영역에 대하여 짚어보고자 한다.

정읍사는 백제시대를 배경으로 하는 '정읍井邑'의 가사를 말한다. 정읍사의 출전은, (1)『고려사高麗史』[2] 악지樂志 속악조俗樂條, (2)『악학궤범樂學軌範』[3] 권3 『고려사』악지 속악정재俗樂呈才 무고조舞鼓條, 권5 시용향악정재 도설時用鄕樂呈才圖說 무고조, 권8 향악정재 악기도설樂器圖說 무고조, (3)『대악후보大樂後譜』[4] 권7 시용향악보時用鄕樂譜

---

1   전북 완주 출생. 현 JH 지식곳간채 한국풍속문화연구원장.
2   조선 세종 때(재위 1419~1450) 왕명으로 정인지鄭麟趾(1396~1478), 김종서金宗瑞(1390~1453) 등이 고려 왕조의 기전체 역사책으로 139권 100책으로 1451년(문종 1)에 완성하였다.
3   조선 시대(1392~1910)인 1493년 성현成俔(1439~1504) 등이 편찬한 음악이론서이다.
4   조선 영조 때(재위 1725~1776)에 서명응徐命膺(1716~1787)이 1759년에 7권7책으로 편찬한 악보로 세조 때(재위 1455~1468)의 음악을 정리한 것인『대악후보』이고 세종 때의 음악을 정리한 것이『대악전보大樂前譜』이다.

정읍조井邑條 등을 들 수 있다. 이 밖에도 『경국대전經國大典』[5] 권3 예전禮典 취재조取才條와 『신증동국여지승람新增東國輿地勝覽』[6] 권34 정읍현井邑縣 고악조古樂條에도 실려 있다.

여기서 몇 가지 용어를 정리해두기로 한다. '정재呈才'란 '재주를 드린다'는 의미로 궁중에서 추는 춤을 말한다. '속악俗樂'은 '아악雅樂'[궁중의례 음악과 춤]과 '당악唐樂'[중국에서 온 궁중의례 음악과 춤[7]]과 대칭되는 의미로 우리나라 형식의 음악과 춤을 말한다.

처음 정읍사는 가사와 춤[무고舞鼓]이 있었으나 이후 가사와 춤이 사라지고 '수제천壽齊天'이라는 형태의 기악곡으로 오늘날까지 전해오고 있다.

1. 악공 선발 및 승진 시험 과목으로서의 '정읍사'와 환궁악

조선시대 악공의 선발과 승진 과목[옛날에는 취재取才라고 하였다]으로 '정읍'이 있었는데, 환궁악還宮樂에서 포함되어 있다. 악공의 선발과 승진 시험 즉 '취재' 과목은 당악唐樂과 향악鄕樂 두 종류가 있었다. 참고로 그 과목들을 보이면 다음과 같다. 이 과목은 『경국대전』에 의거한 것이다.

1) 당악唐樂 : 삼진작보三眞勺譜, 여민락령與民樂令, 여민락만與民樂慢, 낙양춘洛陽春, 오운개서조五雲開瑞朝, 만엽치萬葉熾, 요도최자瑤圖嗺子, 보허자령步虛子令, 보허자급파자步虛子急拍破子, 환환곡桓桓曲, 대평년만大平年慢, 보태평11성保太平11聲, 정대업11성定大業11聲

---

5 조선 왕조의 근본을 이루는 법전으로 고려(918~1392) 말부터 성종 때(재위 1470~1494)까지 약 100년간에 반포된 제법령, 교지, 조례 및 관례 따위를 총망라함. 최항崔恒(1409~1474)을 중심으로 노사신盧思愼(1427~1498), 강희맹姜希孟(1424~1483) 등이 만들기 시작하여 1485년(성종 16)에 간행하였다.

6 조선 중종 25년(1530)에 왕명에 의하여 이행李荇(1478~1534), 윤은보尹殷輔(1468~1544) 등이 펴낸 인문 지리서. 전국을 도, 군별로 조목에 따라 서술하였으며, 지방 사회의 연혁, 성씨, 묘사廟社, 풍속, 관부官府, 토산, 인물 등 모든 면에 걸쳐 실은 백과사전식 서책이다.

7 『악학궤범』의 당악정재의 의물儀物에 의하면, 竹竿子, 引人仗, 龍扇, 鳳扇, 旌節, 雀扇, 尾扇, 盖, 抛毬門, 彩毬, 仙桃盤과 卓子, 金尺, 簇子 등이 있다.

진찬進饌 : 절화삼대折花3臺, 절화급박折花急拍, 소포구락령小抛毬樂令, 청평악淸平樂, 수룡음水龍吟, 하운봉夏雲峰, 억취소憶吹蕭, 백학자白鶴子, 헌천수獻天壽, 중선회衆仙會, 금전악金殿樂[속명 別羽調타령], 하성조賀聖朝 회팔선인자會8仙引子, 헌천수최자獻天壽嗺子, 금잔자만金盞子慢, 금잔자최자金盞子嗺子, 서자고만瑞鷓鴣慢, 서자고최자瑞鷓鴣嗺子, 천년만세인자千年萬歲引子, 성수무강인자聖壽無彊引子

2) 향악鄕樂 : 삼진작보3眞勺譜, 여민락령與民樂令, 여민락만與民樂慢, 진작4기眞勺4機, 이상곡履霜曲, 낙양춘洛陽春, 오관산5冠山, 자하동紫霞洞, 동동動動, 보대평11성保大平11聲, 정대업11성定大業11聲

진찬악進饌樂 : 풍안곡전인자豊安曲前引子, 후인자後引子, 정동방靖東方, 봉황음3기鳳凰吟3機, 한림별곡翰林別曲

환궁악還宮樂 : 치화평3기致和平3機, 유황곡維皇曲, 북전北殿, 만전춘滿殿春, 취풍형醉豊亨, 정읍2기井邑2機, 정과정3기鄭瓜亭3機, 헌선도獻仙桃, 금전악金殿樂, 납씨가納氏歌, 유림가儒林歌, 횡살문橫殺門, 성수무강聖壽無彊, 보허자步虛子

이들 시험 과목에서 '정읍'은 향악 그 가운데서 환궁악에 속하였다. 환궁악은 원래 고려시대(918~1392)에 송나라(북송 960~1127, 남송 1127~1279)에서 전래된 사악詞樂이었다. 이름이 뜻하는 것처럼 임금이 잔치에 참석한 뒤 환궁할 때 연주되던 음악으로, 잔치가 끝날 즈음에 노래로 불렸다. 가사는 쌍조雙調의 53자로 구성되었는데, 전단前段은 26자 5구 2평운平韻이었고, 후단은 27자 4구 3평운이었다. 일반적으로 고려시대 방식의 환궁악은 조선 후기까지 전승되지 못하였다는 것이 통설이다. 이에 대한 대표적인 논문으로는 박은옥(2011. 2쇄)은 『고려당악高麗唐樂』 당악곡 환궁악이 있다. 그는 차주환車柱環(1983)의 『고려당악의 연구』의 해석(연회가 끝나고 환궁할 때의 음악) 대신에 최자崔滋(1188~1260) 『보한집』의 해석(연희가 아니라 행행을 끝내고 환궁할 때 승평문昇平門에서의 음악)으로 확장하고 있으나 조선시대의 환궁악을 보지 못하여 이러한 결론에 도달한 것이다.

그러나 이는 잘못된 지식이고 오히려 강화된 것을 다음 <보기 2> 즉 『대전회통大典會通』[조선 말기에 『대전통편大典通編』 간행 이후 80년간의 사실을 보완하여 만든 법전. 6권5책으로 1865년

(고종 2)에 조두순趙斗淳(1796~1870) 등이 왕명에 의하여 편찬. 조선 500년간의 모든 법령이 수록된 종합 법전으로서 이 방면의 기본적 연구]에서 확인할 수 있다.

<보기 1>
　　a. 치화평3기致和平3機, b. 유황곡維皇曲, c. 북전北殿, d. 만전춘滿殿春, e. 취풍형醉豊亨, f. 정읍2기井邑2機, g. 정과정3기鄭瓜亭3機, h. 헌선도獻仙桃

<보기 2>
　　a. 치화평3기致和平3機, b. 유황곡維皇曲, c. 북전北殿, d. 만전춘滿殿春, e. 취풍형醉豊亨, f. 정읍2기井邑2機, g. 정과정3기鄭瓜亭3機, h. 헌선화獻仙桃, I. 금전악金殿樂, j. 납씨가納氏歌, k .유림가儒林歌, l. 횡살문橫殺門, m. 성수무강聖壽無疆, n. 보허자步虛子

　　<보기 1>은 조선 초기의 법전인 『경국대전』에서, <보기 2>는 『대전회통』에서 각각 뽑아온 것이다. 『경국대전』이 8곡인데 비교하여 『대전회통』은 14곡으로 6곡이 더 증가한 것이다. 이들 곡은 모두 향악에 해당되는 것이다. 『경국대전』에는 당악으로 '절화3대折花3臺', '절화급박折花急拍', '소포구락령小抛毬樂令'[고려시대. 포구락抛毬樂과 조선 초기의 금척무金尺舞 따위에 반주 음악으로 쓰인 당악곡의 하나] 등이 포함되어 있다. 그러므로 조선 초기의 환궁악은 당악 3곡과 향악 8곡 등 11곡이 되는 셈이다. 그런데 흥미로운 것은 이들 당악 3곡은 『대전회통』에 오면 진찬악進饌樂[궁중 잔치의 하나로 진연進宴보다 규모가 작고 의식이 간단하다]으로 전환되고 환궁악상의 당악 항목이 사라진다는 것이다. 이들 선발 및 승진 시험 과목의 성격을 알기 위하여 그 내용을 살피고 넘어가기로 한다.

　　<보기 3>
　　a. 치화평 : 조선 세종 때 지어진 아악의 곡명. 세종이 고취악과 향악을 참작하여 만들었다는 봉래의鳳來儀 중의 한 곡으로, 『용비어천가』 125장 전편을 가사로 하였다. 치화평악致和平樂 : 봉래의무鳳來儀舞에서 치화평무致和平舞로 넘어갈 때 연주하는 음악. 치화평무致和平舞 : 봉래의의 한 부분. 세종 연간에 『용비어천가』를 연주하기 위하여 작곡한 가락에 맞추어 추던 춤이다.

b. 유황곡 : [음악] 조선 초기에 지어진 제례악의 하나. 나라에서 올리는 제사의 아헌례 때 연주하였다.

c. 북전 : 고려 때부터 전창되어 오던 것이 성종 때에 개작되어 불리어진 창업송가이다. 가사는 <악학궤범>에 실려 있다. 『악학궤범』에 전하는 고려 말기, 조선 초기의 노래. 원래는 중국의 곡명으로, 고려 말에 불렸던 음란한 노래를 성종 때 조선 창업을 송축하는 가사로 개작되었다.

d. 만전춘 : 1 [문학] 남녀 간의 애정을 적나라하게 노래한 고려 가요. 2 [음악] 조선 세종 때 윤회尹淮(1380~1436)가 지은 가사. 3 전 5연으로 되어 있으며 작자와 창작 연대는 알 수 없다. 만전춘별사滿殿春別詞 : 1 [문학] 남녀 간의 애정을 적나라하게 노래한 고려 가요. 2 전 5연으로 되어 있으며 작자와 창작 연대는 알 수 없다. 3 『악장가사』에 실려 있다.

e. 취풍형 : 세종조의 악. <용비어천가>의 시를 작곡한 것. 『대악후보』에 실려 있다.

f. 정읍2기 : 정재의 무고舞鼓에 쓰이는 악곡 이름. 『대악후보』에 실려 있다.

g. 정과정 3기 : 옛 노래의 이름. 정과정곡鄭瓜亭曲 : 1 [문학] 고려 가요의 하나. 2 의종毅宗(재위 1147~1170) 때 정서鄭敍(?~?)가 유배지 동래에서 임금을 사모하는 심정을 산접동새에 비유하여 지은 노래로 『악학궤범』에 실려 전한다.

h. 헌선도 : 정재 때에 아뢰는 풍류의 이름. 당악인데 고려 때에 시작되었다. 남악과 여악이 있고 출연자는 죽간자竹竿子 2사람 외에 5사람 혹은 6사람이 주악에 맞추워 춤 장면이 바뀔 때마다 부르는 가사歌詞가 다르다. 그 가운데 왕모가 선도반仙桃盤을 탁자 위에 올려놓는 춤이다.

I. 금전악 : 1 [음악] 국악의 아악곡의 하나. 2 행악行樂에 속하며, 취타吹打, 길타령에 이어지는 접속곡으로 군악軍樂에서 마친다.

j. 납씨가 : 1 [문학] 조선 시대, 1393년(태조 2)에 정도전鄭道傳(?~1398)이 지은 악장의 하나. 2 태조 이성계가 동북면에 침입한 중국 원나라의 나하추納哈出를 물리친 것을 칭송하여 지은 것으로, 4연 5언 4구로 이루어져 있다.

k. 유림가 : 1 [문학] 조선 초기에 지어진 작자, 연대 미상의 악장. 2 경기체가 형식으로 되어 있으며, 조선의 건국을 찬양한, 총 6장으로 된 노래이다.

l. 횡살문 : 태평곡조주명군太平曲調奏明君의 한시 '錦城絲管日紛紛 半入江風半入雲 此曲只應天上有 人間能得幾時聞'을 관현악으로 연주한다. 고려 시대의 에서 일부 가락을 딴 곡으로, 『대악후보』와 『시용향악보』에 악보가 전한다.

m. 성수무강 : 조선 초기 악인데 뜻은 임금이 오랜 삶을 누리기를 비는 것이고 또

• 『경국대전』 예전 취재조

는 그런 말이다.

ㄴ. 보허자 1 [음악] 궁중 연례악의 하나. 2 '관악 보허자管樂步虛子'를 달리 이르는
말이다.

<보기 3>의 음악들은 왕세자의 거두 때 출궁악으로 쓰였으나, 궁중 무용의 반주
음악으로 자주 쓰이면서 원형에서 많이 벗어났다. 보허자본환입步虛子本還入 : 1 [음
악] 아악에 속하는 국악곡의 하나. 2 아명雅名은 수연장지곡壽延長之曲, 하성조賀聖朝이
다. 현악 보허자絃樂步虛子: [음악] 거문고, 가야금, 양금 따위의 현악기로 연주하는
궁중 연례악의 하나. 관악 보허자管樂步虛子 : [음악] 관악기인 당피리를 중심으로 연
주하는 궁중 연례악의 하나이다.

이들 항목을 종합정리해 보면, 환궁악은 조선 건국을 축하하고 임금의 장수를 기
원하는 내용이 줄기를 이루고 정읍사, 정과정, 만전춘 별사 등 기다림을 주제로 하는
내용이 가지를 이룬다. 하여튼 정읍사는 환궁악으로 조선시대 내내 존속하였다.

2. 음악적 형태로서의 '정읍사'

정읍사 연구 주조는 지금까지 국문학계와 음악학계가 각각 별도로 진행되어 왔으
나 점차 종합적인 방법으로 접근하려는 것이 최근의 동향이다. 국문학계는 내용[가사]
중심으로 연구가 이루어져 왔으나 음악학계는 형식 중심으로 접근해왔던 것이다. 그
결과 '後腔全져재 너러신고요'에서 '後腔 全 져재 너러신고요'이냐? '後腔 全 져재 녀
로신고요?'로 풀이하는 이설이 생겨나게 되었다. 먼저 음악적으로 접근한 논문으로
장사훈은 〈정읍사편고井邑詞片考〉를 내놓은 바 있다.

전강前腔	들하 노피곰 도드샤
	어긔야 머리곰 비취오시라
	어긔야 어강됴리
소엽小葉	아으 다롱디리

후강後腔全	져재 녀러신고요
	어긔야 즌 듸를 드듸욜셰라
	어긔야 어강됴리
	×× ××××
과편過篇	어느이다 노코시라[8]
김선조金善調	어긔야 내가논듸 졈그를셰라
	어긔야 어강됴리
소엽(小葉)	아으 다롱디리[9]

이상은 장사훈이 정읍사를 음악형식으로 정리한
배열이다. '전강前腔–小葉, 후강後腔–[소엽], 과편過篇
–금선조金善調–소엽'의 구성을 하고 있다는 것이다.
여기서 '[소엽]'이라고 표현한 것은 바로 '×× ××
××' 부분으로 '아으 다롱디리'가 되어야 한다는 의
미인 것이다.

또 만전춘 一·二·三을 전강前腔·후강後腔·대엽
大葉으로 표기하기도 하였으니, 만기·중기·급기,
만대엽[늦은 한닙]·중대엽[중 한닙]·數大葉[잦은 한닙], 전
강·후강 후강, 전강·후강·대엽 등은 모두 같은 형
태라 할 수 있으며[예외도 있지만], 따라서 정읍사의 전

• 『악학궤범』 향악정재 악기도설

---

8 렴정권[1956]은 '어느이 다노코시라'로 풀이하고 있다. "어느이 다노코시라는 '어느 이'는 어느 사
   람. '다노코시라'는 '다 노와 두고 오시라'의 뜻 즉 '누구라도 다 떼어놓고 돌아오시오'의 뜻. 이 구
   절을 '어듸에다 짐을 놓고 기다리시라'의 뜻으로 해하는 견해가 있으나 사리에 부합되지 않는다고
   생각됨으로 전기와 같이 취하였으니 이 노래는 집 떠난 남편이 일시나마 다른 녀성과의 애정 관
   계를 맺을가 두려워하는 봉건시대의 녀성의 감정을 반영하였다." 『악학궤범』, 321쪽.
9 장사훈[1993], 『한국음악과 무용에 관한 연구』, 140쪽.

강·후강·과편도 이와 동류로 볼 수 있을 것 같다.[10]

이러한 음악적 형식이 정읍사 가사를 나누게 된 근거인 셈이다. 장사훈이 이러한 근거를 찾아낸 것은 이병기의 설명[전강-후강전-과편]에 대한 이의를 제기하면서 시작된 것이다. 전강前腔, 후강전後腔全 과편過篇은 정읍에서만 볼 수 있는 특이한 것으로서 후강전이라는 것은 부엽附葉이 없는 후강만으로 그것이 끝났다는 것이고 과편은 지금 가곡의 반엽半葉과 같이 노래 한 편을 우조羽調로 부르다가 그 중간에서 계면조界面調로 변조함과 같이 후강에서 끝나고 금선조로 한다는 것이다.[11] 이러한 이병기의 설명은 옳지 못하다는 것이다. 자하동紫霞洞과 같이 긴 것은, 잦은 것으로 2회 반복하는 곡이 있고 동일 곡을 3회 또는 4회 반복하는 형식을 갖는 곡조도 있다는 것이 장사훈의 설명이다.

3. 춤呈才의 양태로 존재한 정읍사

『고려사』지 권25 악2과 『악학궤범』 권3의 『고려사』 악지 향악정재는 글자 한 자 다르지 않다. 정읍사는 향악정재 '무고舞鼓'의 가사로 존재한다.[12] 춤추는 무리들[검은 장삼 차림]이 악관樂官[붉은 옷차림]과 기녀妓女[단장]를 이끌고 남쪽으로부터 춤을 시작한다. 악관은 두 줄로 앉는다. 악관 2사람이 북과 북대를 들어다가 궁전 복판에 놓는다. 여러 기녀들이 정읍사를 부르고 향악은 그 곡을 연주한다. 기녀 두 사람이 먼저 나가 좌우로 갈라 북을 놓고 서서 북쪽을 향하여 절을 한다. 그리고 꿇어앉았다가 손을 여미고 일어나 춤을 춘다. 향악이 한 번 끝나는 것을 기다려 두 기녀가 북채를 잡고 일어나 춤을 추며 좌우로 나누어 북을 사이에 두고 한 번 나왔다 한 번 물러갔다

---

10 장사훈, 142쪽.
11 장사훈, 141쪽에서 다시 인용.
12 1902년[광무 6년]에서 궁중에서 연희하여 1922년 이왕직 아악부를 통하여 국립국악원에 이어지는 창사는 전혀 다르다. 圓舞 唱詞 : 누월위가선 재운작무의 인풍회설영 환사연쌍비 挾舞 창사 : 보쟁경경국 갈고화노강 영신가안전 만무일쌍쌍 김천흥, 『정재무도홀기 창사보』, 151~152쪽.

한 다음 북을 싸돌고 혹은 얼굴을 혹은 등을 마주하고 돌며 춤을 추며 북을 악절에 맞추이 장고와 상응하여 친다. 향악이 끝나면 그치고 거두면 두 기녀는 앞서와 같이 머리를 숙이고 엎드렸다 일어나 물러간다.[13]

이상이 무고의 과정이다. 그러나 이러한 과정에 대한 설명은 쉽게 그림이 그려지지 않는다. 그러한 면에서 『악학궤범』 권5 성종 향악정재 무고는 그림을 곁들이면서 훨씬 구체적인 모습을 보여준다. 즉 '초입배열도'와 '회무격고도'를 제시하고 있다. 정읍사도 전강-소엽-후강-과편-금선조-소엽 등으로 나누어 서술하고 있다.

음악이 정읍 만기를 연주하면 女妓 8인이 … 음악이 정읍 중기를 연주하면 음악 소리가 점점 빨라지면 장고의 쌍성을 걸려 북편 소리에만 따라 무고를 친다. 정읍의 급

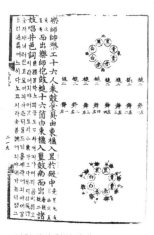

• 고려사 악지　　　　　　　　　　　　　　• 악학궤범 향악정재

13 　舞隊阜衫 率樂官及妓樂官朱衣妓丹粧 立于南 樂官重行而坐. 樂官2人 奉鼓及臺 置於殿中 諸妓歌井邑詞. 鄕樂奏其曲 妓2人先出 分左右 立於鼓之南 向北拜 跪斂手起舞 俟樂1成 兩妓執鼓槌起舞 分左右 俠鼓1進1退 訖 繞鼓或面或背 周旋而舞 以槌擊鼓 從杖節次 與杖鼓相應 樂終而止 樂徹 兩妓如前 俛伏興退.

기를 연주할 때 악사가 절차의 지속遲速에 따라 1腔[박자]을 걸러 박을 친다.[14] 그림뿐만 아니라 정읍사를 만기–중기–급기 세 차례 부르는 변화가 일어난다. 무고를 그 만큼 중요하게 여긴 것이라 생각된다.

국문학에서 흔히 '정읍사井邑詞'는 정재상의 가수가 부르는 가사를 이르는 말이다. 그러므로 '정읍사'는 가사 내용은 동일하지만 음악 형식으로 보면, 3종[만기, 중기, 급기]이 있는 셈이다.

4. 기악곡으로 변신한 '정읍(井邑)' 수제천(壽齊天)

정읍사는 『고려사』 악지에서 춤과 결합되고 『악학궤범』 향악정재에서 보다 구체적인 모습을 지닌다. 그러나 악보가 없어서 어떻게 연주하였는지 알 길이 없었다. 이를 해결할 문헌이 『대악후보』이다. 가사가 없이 삼현육각으로 연주할 수 있는, 소위 '수제천壽齊天'이란 악보가 실려 있기 때문이다.

'수제천'은 보통 '정읍井邑' 또는 '빗가락정읍橫指井邑'이라고 한다. 세가락정읍三指井邑인 동동動動과 구별하기 위한 것이라 알려져 있다. 여기서 '빗가락'이란 '횡지橫指'란 말인데, 『악학궤범』 향악악기 도설 현금조에 의하면 1지一指, 2지二指 등과 같이 '횡지'가 보인다. 이측夷則[B]

• 『대악후보』의 '정읍'

---

14 樂奏井邑慢機 妓8人 …… 奏井邑中機 樂聲漸促 則越杖鼓雙聲 隨鼓聲而擊之 奏井邑急機 樂師因節次遲速 越1腔擊拍

남려南呂[C]를 궁으로 하는 조라는 해석도 있다. 이 악보는 5음약보五音略譜와 16정간
井間 6대강人綱의 정간보井間譜를 섞어 만든 기보였다.

여기서 '오음약보'라는 기보법은 세조가 만들어낸 것인데, 궁宮을 정해놓고 그 궁
보다 높을 때는 上1, 上2, 上3, 上4, 上5 등으로 낮을 때는 下1, 下2, 下3, 下4, 下
5 등으로 표기하는 방법이다. 16정간井間[15] 6대강大綱[16]의 정간보井間譜라는 기보법은
세종 때 출현한 것인데 음악사의 획기적인 기틀을 마련한 것으로 평가되고 있다. 세
로가 4개의 줄行로 나누어져 있는데 제1줄이 현보絃譜이고 제2줄이 관보管譜이고 제3
줄이 장고의 고법 즉 고·요·편·쌍鼓·搖·鞭·雙이다.[17] 제4줄은 사설辭說을 적은 것
이 보통인데 위의 악보에는 비어 있다. 사설 즉 가사가 없어진 것이다.

수제천은 연음連音형식을 취하는 특징이 있다. 이 형식은 글자 그대로 음을 이어가
는 것을 말한다. 여기서 음을 이어간다는 것은 피리가 쉬는 동안 다른 선율 악기들이
음을 끌고 있다가 피리가 나올 때까지 연결한다는 뜻이다. 말하자면 기악곡에서 피
리가 중심적인 위치에 있다는 의미인 것이다.

수제천의 피리보를 보면, 기덕 쿵으로 시작하는 배남㣍과 태太는 기덕과 동시에
배남으로 떨어지고 쿵에서 다시 태로 올라가 요와 함께 요성 즉 제음과 한 음 위를 음
공의 변화 없이 2~3회 요한다. 그리고 이후 3박 정도 쉬게 된다.

바로 이 부분에 해당하는 대금보를 보면 피리보의 쉼표 대신 청태汰를 요성한 다음
청림淋, 중청황氵潢, 청남湳의 새로운 음들을 연주하게 된다. 이 가락이 바로 연음인
것이다.

이 가락을 듣고 있던 피리는 둘째 장단을 장고의 기덕과 함께 시작하게 된다. 둘째

---

15 세로로 이루어진 한 단위의 줄을 1行, 또는 1角, 또는 1長短이라고 부른다. 1장단을 이루는 정
    간의 수는 일정하지 않으며 악곡에 따라 20정간, 16정간, 12정간, 10정간, 8정간, 6정간, 4정
    간 등 다양하다.
16 6개의 큰 구분을 6대강이라고 부르며 제1강은 3박으로 첫 마디가 되고, 제2강: 2박, 제3강: 3
    박 등까지가 반각이 되며 제4강: 3박, 제5강: 2박, 제6강: 3박이 또 반각이 되어 전체가 된다.
17 수제천의 장단형은 쌍雙[기덕과 쿵: 갈라침], 편鞭[기덕], 고鼓, 요搖[덩 더러러러의 전타음] 등
    으로 표현된다.

장단의 끝부분을 배남[㑲]으로 뻗고 있다가 다시 쉬게 되면 또 대금의 연음이 이어지고 그 연음을 듣고 다시 셋째 장단이 시작된다. 피리의 쉬는 부분은 거의 매 장단 끝 부분이 되며 이 부분을 다른 악기들도 쉬게 되면 동시에 선율이 끊기게 되어 자연스럽게 연결되지 않는다.

이 연음 가락을 담당하는 악기들은 대금뿐 아니라 음을 이어갈 수 있는 선율 악기들로 해금, 아쟁, 소금 등이며 거문고나 가야금은 포함되지 않는다.[18]

연음 형식이란 철저하게 관악기 중심의 합주곡이 된다는 의미가 된다. 연음 형식은 수제천[일명 횡지정읍橫指井邑, 향피리] 이외에도 동동[삼지정읍三指井邑 향피리], 관악 영상회상의 상령산[향피리], 해령解슈[당피리], 전폐회문[회문의 전주곡. 당피리] 등이 있다.

이미 앞에서 시사한 것처럼 수제천을 연주하는 악기 구성은 삼현육각으로 향피리 2, 대금[젓대] 1, 해금 1, 북[좌고] 1 등이 기본이고 아쟁과 소금[당적]이 같이 연주할 수 있다.

수제천의 구성은 『대악후보』의 '정읍'과 『악학궤범』의 '정읍사', 그리고 오늘날의 〈수제천〉을 비교하면 대체로 형식이 서로 일치한다. 전강前腔은 오늘날의 1장, 후강後腔은 오늘날의 2장에 해당하고, 과편過篇은 3장의 1·2 장단, 금선조金善調[19]는 3장의 제3·4·5·6 장단, 즉 1장을 4도 높게 변조한 부분과 비교될 수 있다.

지금까지 '정읍사'가 노래와 춤, 그리고 문학과 의례 등에 어떻게 쓰였는지를 살펴본 셈이다. 이제는 이들 시각을 종합적으로 볼 시기가 되었다고 생각한다. 왜냐하면 그 동안 많은 지식산업의 발달로 많은 성과가 축적되어 있기 때문이다.

---

18 서한범[1995], 『국학통론』, 99쪽.

19 금선조란 금(金)자의 훈(訓)인 '쇠'와 선자의 종성終聲인 'ㄴ'을 취한 '쇤가락', 즉 '쇠어서 부는 가락'이라는 뜻으로 볼 수도 있다.

참고 문헌

『경국대전(經國大典)』

『고려사(高麗史)』

『대전회통(大典會通)』

『동국여지승람(東國輿地勝覽)』

『악학궤범(樂學軌範)』

국립국악원[1979], 『대악후보(大樂後譜) 全』, 한국음악학자료총서 1.

김천홍[2002], 『정재무도홀기창사보(呈才舞圖笏記 唱詞譜)』, 민속원.

렴정권[1956], 『악학궤범』, 평양 : 국립출판사/아름출판공사.

민족문화추진회[1983 중판], 『국역 악학궤범』 I·II.

박은옥[2011 2쇄], 『고려당악(高麗唐樂)』, 문사철.

서한범[1995], 『국악통론(國樂通論)』, 태림출판사.

장사훈[1993], 『한국음악과 무용에 관한 연구』, 세광음악출판사.

편집 후기

은백색의 눈송이 속에서 50년 전의 세월이 생생하게 흩날리고 있었다.

젊은 날 우리의 꿈을 함께 했던 마음의 고향, 공주 신관 전막에서 동초 조재훈 담임 선생님을 모시고 그 때 가슴 가득가득 묻어두었던 순간순간들을 아련한 그리움으로 쏟아냈다.

모자까지 정장차림으로 오신 선생님과 우리 모두 먼저 큰 절을 올리고 난 후, 그야말로 오래간만에 참석한 김춘자가 선생님께 가슴에 꽃을 달아드렸다.

연세가 올해 여든 둘, 모교에서 전임강사로 우리를 가르치셨을 때가 서른 넷 젊은 나이였는데. 올해 또 하나의 나이테를 그리는구나.

환한 미소의 선생님을 뵈오니 제자인 우리들이 왠지 자랑스러운 마음이 들었다.

갑내 형은 '금강은 흐른다'라고 힘찬 건배를 했다. 한산 소곡주와 보드카를 가지고 오신 선생님은 우리들 한 사람 한 사람에게 사랑이 담긴 '정'을 따라 주시었고, 이남규는 멋진 하모니카 연주로 우리를 즐겁게 해 주었다.

<공주 주미산자연휴양림 모임에서>

지난 2015년 우리는 '곰나루21'을 상재했었다. 이번에는 지금까지의 동초 선생님과의 인연을 소중한 정으로 엮어낼 수는 없을까. 여러 가지 고심 끝에 동초 선생님이 내신 1971년과 1998년 논문 '백제가요 연구'를 '스토리텔링 백제가요'라는 제목으로 몇 사람이 글을 함께 했다. (갑내 형이 대부분을 집필했다)

백제의 노래를 좋아하는 사람들이라면
달빛 춤추는 비단강을 걸으며,

샘바다마을에 떠있는 보름달을 쳐다보고,

도미의 처와 같이 정절을 지킨 지리산녀를 생각해 보자.

지아비를 그리다 지친 선운사 길섶에 피어난 동백꽃,

아비를 잃고 눈물짓는 완산아이,

납치된 여인이 남편을 기다리는 방등산가,

주술적인 무가적 성격을 지닌 무등산가,

백제 최대의 익산 미륵사를 세운 선화와 서동,

흰옷 입은 사람들이 부르는 산유화가의 목소리를 가슴으로 들어보자.

'곰나루21' 본부 : 지식곳간채(충남 공주시 신관동 대동다숲A 101-1303)

2017년

월산 임 윤 수 올림